横関大

彼女たちの犯罪

幻冬舎

目次

『……続きまして県内のニュースです。今日未明、伊東市の相模灘を航行中の漁船みやま丸が、女性と思われる遺体を発見、引き揚げました。

地元の旅館組合等の協力もあり、伊東警察署は遺体が東京都世田谷区桜木《さくらぎ》在住の神野由香里《じんのゆかり》さん、三十四歳のものであると断定しました。神野さんは一週間前に自宅を出たきり行方がわからなくなっていた模様です。

神野さんは伊東市内の宿泊施設に泊まっており、伊東市富戸《ふと》地先の海岸において女性用の靴が発見されていることから、警察は自殺の可能性が高いとして、関係者への事情聴取を開始しました。次のニュースです……』

第一部

彼女たちの事情

「ええと、日村《ひむら》さんのご趣味は何ですか？　あ、ちなみに僕はゴルフをやってます。先日会員権を買いました。高い買い物でしたよ。まあ友人から押しつけられた感じなんですけどね」

目の前の男はそう言って運ばれてきたサーロインステーキにナイフを入れた。場所は渋谷にある洋食屋だ。日村繭美《まゆみ》は内心溜め息をつく。まだ私が頼んだハンバーグステーキは運ばれてきていない。それなのに一言も断りなく先に食べ始めるなんて、何と気の利かない男なのだろう。

「ゴルフ場の場所は千葉です。最近女性でもゴルフやる人増えてるみたいだし、もしよかったら日村さんも一緒にどうですか？」

今日が初対面だ。結婚相談所から紹介された男で、高野《たかの》という名前の商社勤めの男らしい。結構期待していたのだが、今日もどうやらハズレのようだ。自分のことしか話そうとせず、こちらの話を聞き出そうという努力を怠っている点がいただけない。

「趣味はドライブとテニスです」

繭美がそう答えるとしばしの間があった。繭美はつけ加えた。

「さきほどの質問の答えです。趣味は何かとお訊きになりましたよね」

「ああ」と高野がうなずいた。「なるほどね。やはり大手自動車メーカーに勤務なさっているだけのことはある。ドライブにはよく行かれるんですか？」

「そうですね。最近は忙しくてあまり行ってませんが」

「僕は車を持っていません。都内に生活していると車の必要性を感じないんですよね。そもそも車に乗ってるだけで事故を起こす可能性が高まるじゃないですか。だったら電車を使った方がいいと思うんだよな」

一生わかり合うことがないタイプの男だな。繭美は完全に諦めた。ようやくハンバーグステーキが運ばれてきたので、今夜はこれを食べるためにこの店に足を運んだのだと自分に言い聞かせる。目の前にいる男はたまたま居合わせた客だ。そう考えれば特に不満も感じない。

「来週、仕事の関係でパリに行くんですよ。行ったことありますか？　僕は二度目なんですけど、フランスって思ったより治安が悪くて、前回行ったとき財布をスリにとられてしまってね。あのときは弱ったなあ」

三十歳までに結婚すること。それが繭美の子供の頃からの目標だった。絶対に叶うはずの目標だと信じて疑わなかった。しかしである。三十四歳になった今でも繭美は独身のままで、月に何度かこうして結婚相談所から紹介された男性と会って食事をする生活が続いている。

結婚というのはチケットのようなものではないか。最近、繭美はそんな風に考えるようになった。それさえ手に入れれば、別のステージに向かうことができるチケット。しかし運命とは皮肉なもので、それを喉から手が出るほど欲しがっている者の上には、なかなか落ちてはこないらしい。

繭美が勤める大手自動車メーカー〈トウハツ自動車〉にも女性社員が毎年採用される。新規採用された女子社員の多くが配属されるのが総務や経理といった事務系の部署か、見てくれがよければ秘書課に配属されることもある。そして大抵の女子社員が――ごく一部の専門職を除き――二十代のうちに寿退社をして会社から去っていく。

藺美が歩んできた道はある意味で王道だった。秘書課に五年いたあと、次の総務で三年、経理で二年。そして昨年、広報課に配属された。その間、付き合った男がいなかったわけではない。むしろ二十代の頃は恋人がいなかった時期などなかったくらいだ。しかしどの恋愛も結婚に結びつかず、現在に至っている。

経理課にいた頃、二歳下の後輩女子社員がいた。容姿も中の下といったあたりで、仕事の要領も悪く、よく伝票の計算を間違って上司から怒られていた。そんな彼女がある日、結婚すると言い出したときに受けた衝撃を今でも藺美ははっきりと憶えている。相手はどんな男なのかわからないが、結婚というチケットを手に入れた途端、彼女が一気に別世界の住人になってしまったような強烈な疎外感を覚えたのだ。容姿も十人並で、仕事もできない彼女だったが、結婚という一点において私より勝っている。その事実に藺美は打ちのめされた。

黙っていては結婚というチケットは手に入らない。藺美はそう思い、決意を改めた。何としても結婚するのだ。そう思って結婚相談所に登録し、そこで紹介された男性と会うようになった。結婚相談所のメリットとして挙げられるのは、そこに登録されている男性のほとんどは結婚願望があるということだ。ただし自分で相手を見つけることができない、いわば他力本願とも言える男性が多いような印象を受けた。狩猟と同じだと藺美は勝手に考えている。自分で狩りができる男と、できない男がいて、結婚相談所に登録しているのは後者のタイプが圧倒的に多いのだ。

「日村さんはどうして今まで結婚しなかったんですか？」

不意に訊かれ、繭美は答えに詰まる。すると高野という男が続けて言った。

「もう三十四歳ですよね。僕も人のことは言えないけど、早めに結婚した方がいいと思うんですよ」

余計なお世話だ。こんな男に言われたくはない。

「じゃあ次はゴルフでもしましょうか」高野がビールを飲みながら言う。誘えば必ずついてくる。そう思い込んでいるようで腹立たしい。「あ、コースじゃなくて、まずは練習場からスタートですよ。そうですね、ええと……来週の金曜なら空いてるかな。ゴルフのあとは旨い中華でも……。あれ？　どうされました？」

繭美は膝の上に置いてあったナプキンをとって立ち上がった。すでにハンバーグステーキは食べ終えている。肉汁たっぷりの美味しいハンバーグには満足だった。デミグラスソースも複雑な味わいで、甘く煮た人参のグラッセも美味しかった。こういうのは家で作ったりしないものだ。

「申し訳ありません。今回はご縁がなかったということで」

そう言いながら繭美はハンドバッグから財布をとり出し、千円札を二枚出してテーブルの上に置いた。そして最後にもう一度頭を下げる。この男と二度と会うことはないだろうし、電車の中で隣同士になっても気づかない自信がある。

「それでは失礼します」

繭美はその場から立ち去った。店から出る頃には気分はすっかり切り替わっていた。今日も結婚できる男と出会えなかった。そんな風に一喜一憂するのは馬鹿らしいと思っていた。通りかかったタクシーに向かって繭美は手を上げた。

〈広報トウハツ〉の編集と制作。それが繭美に与えられた主な仕事だ。広報トウハツは全国のディーラーや工場に配付される社内誌だ。刊行は隔月、発行部数は一万部を超える。系列子会社にも配付されており、マンモス社内誌としてかなりの影響力を持っていた。

広報トウハツの誌面は大まかに分けて三つの記事から成り立っている。まずは会社のPR記事であり、新車の発売情報や開発秘話などがメインとなることが多い。そして次がトウハツで働く人々の紹介だ。各号で二人ほどの社員を選抜し、インタビュー記事を載せるのだ。そして三つ目は連載記事だ。たとえば施設管理課による助成施設の紹介であったり、人事課による社内運動会等のイベント紹介などがそれだ。繭美の仕事は各課に依頼していた記事を集め、それをレイアウトしていくというものだった。繭美自身が直接担当しているのは各号で二つ掲載されるインタビュー記事だ。みずからインタビューして、それを記事にする。まるで本物の編集者になったようでやり甲斐のある仕事だった。

その日、出来上がったレイアウトを課長に見せた。各課から寄せ集めた記事を切り貼りしたものだ。課長の許可が出たら、それを印刷会社に持ち込んで印刷が始まるのだ。レイアウトを見た課長が首を振りながら言った。

「このインタビュー、どうにかならないか？」

そう言って課長が指をさした写真には、四十代の男性社員が写っている。関西地区営業総括部長だ。先日、わざわざ繭美が大阪まで出向いてインタビューをした相手でもある。名前は池田《いけだ》といい、実は五年ほど前までここ東京本社にいた男だ。今は大阪支社にいて、順調に売り上げを伸ばしていることから記事にすることを決定した。会ってみると気さくな感じで、優秀な男なんだろうと話しているだけでも伝わってきた。

「どうしてでしょうか？　いいインタビューだと思いますが」

インタビューで池田は本音を語ってくれた。営業マンたちが抱える苦悩や顧客への想いなどを真摯に語る姿には繭美も感銘を受けた。こういう人から車を買った人は幸せだろうなと思えるほどだった。

「池田さんは副社長派だからね。社長の目に留まるとお叱りを受けそうで怖いんだ」

「はあ……」

課長が説明する。池田は内部の派閥争いのとばっちりを受ける形で大阪支社に異動になったという。トウハツは大企業であり、やはり派閥争いのようなものが存在する。男というのは出世と女が好きな生き物なのだ。

「というわけだから、そのインタビューだけは差し替えておいてよ」

「課長、締め切りは明後日です。今さら言われても……」

「そうだ。あの子でいこう。今年入った野球部のピッチャー。甲子園でも注目されたらしいな。今年はそこそこいい成績を挙げるんじゃないか、うちの野球部も」

トウハツには硬式野球部があり、都市対抗野球大会にも参加している。若い頃は応援に駆り出されることもあったが、三十歳を過ぎてから声をかけられなくなった。今は七月なので、そろそろ大会が始まる頃だ。

「どうせ連中は毎日練習してんだろ。練習の合間にインタビューをすることくらい簡単じゃないか」

「……まあ、どうにかなるとは思いますが」

「頼むよ、日村君」

課長の命令とあっては逆らうわけにはいかない。せっかくインタビューに応じてくれた池田には悪いが、今回は差し替えるほかなさそうだ。それに別の候補を提示してくれたので、明後日の締め切りまでには間に合わせることができるかもしれない。

「野球部で思い出したんだが、今年の都市対抗、チケットどうにかならんかな。できれば四枚くらい手に入れてくれると有り難いんだが」

「わかりました。手配しておきます」

「それとね、日村君。今度の金曜日だが、古巣の営業部の若い連中と飲むことになってね。できれば華が欲しいんだよ、華が」

華。つまり女子社員のことだ。飲み会に女子社員をどれだけ呼ぶことができるか。それが男の中では大きな価値を生み出すらしい。

「日村君、君の後輩で四、五人手配してくれないか。もちろん金の心配は要らん。タクシー代も出してやるつもりだ」

君の後輩。そこには私は含まれていないということだ。しかし落胆はなかった。最近社内で異性から飲み会に誘われることはめっきり減った。むしろ誘われたら警戒すべきだと思い始めている。同じく同期の独身女性なんかは誘われてついていったら新興宗教への勧誘だったという。

「そちらの方もお任せください」

いくらでも候補はいる。給湯室に行って若い女子社員に声をかければ、おそらく夕方までに集まるだろう。営業部との飲み会は女子社員の間でも人気が高い。営業部には若くて野心的で体育会系の男子社員が揃っているからだ。

「もしよかったら日村君も来てもいいけど、営業部の奴らは二十代だからな。三十過ぎた君とはちょっと合わんと思うんだよ」

こういう発言にも最近は慣れた。いちいち腹を立てていては仕事にならないと考えるようになったのだ。どうして結婚しないのか。子供が欲しくないのか。そういうことを平気な顔で訊いてくる男は、この会社には掃いて捨てるほどいる。適度に鈍感になること。それが三十を過ぎた女性がこの会社で生き抜いていくコツでもある。

「失礼します。差し替えるインタビュー記事は明後日までに用意しますので」

繭美はそう言って課長室をあとにした。やることはたくさんある。まずは大阪支社の池田に詫びを入れることだろう。そう思いながら繭美は自分のデスクに戻った。

※

「由香里さん、この煮物、ちょっと味が薄いんじゃないかしら」

義母の神野素子《もとこ》に指摘され、神野由香里はまずは頭を下げて「すみません」と謝ってから、大根の煮物を口にする。たしかに味が薄い気がするが、それほど気にはならない程度だ。それでも由香里は言った。

「お醤油が足りなかったのかもしれません」

「そうね。多分お醤油ね」

毎日必ず義母の素子と二人きりで昼食を食べるのが由香里の日課だ。彼女が由香里の料理を手放しで褒めることはなく、必ず一言二言料理について指摘される。最初のうちはそれを次回に活かそうと思って日々作っていたが、結局どう作っても指摘されるということがわかって以来、適当に聞き流すことにしている。

「お義父《とう》さんのお帰りは何時ですか？」

別に興味はないが、一応訊いてみた。義父の和雄《かずお》がゴルフに行っていると朝食のときに聞いていた。素子が味噌汁のお椀を手にとりながら答える。

「夕方じゃないかしら。今日はうちでご飯を食べるって言ってたから。智明《ともあき》は？　智明は今日は早く帰ってくるの？」

「今日は夜勤ではないので、いつも通りの時間に帰ってくると思います」

神野智明と結婚したのは八年前、二十六歳のときだった。当時、由香里は世田谷区桜木にある世田谷さくらぎ記念病院でナースとして働いており、そこで一つ年上の整形外科医、神野智明と出会った。一年の交際を経て結婚、由香里は病院を辞めて専業主婦になった。由香里は結婚後もしばらくは働いてもいいと思ったのだが、智明の勧めもあり、家庭に入ることになった。

世田谷さくらぎ記念病院から徒歩五分のところにあるマンションで新生活をスタートさせた。

智明は多忙な日々を送っており、由香里も彼をサポートすることに全力を費やした。何不自由ない生活を送っていたのだが、二年前に智明の両親と同居することになった。

桜木地区は都内でも有数の高級住宅街として知られており、智明の実家も大きな邸宅だった。延べ床面積は百五十平方メートルあり、たしかに智明の両親だけでは持て余す広さだった。

もともと智明は離れに住んでおり、そこを智明と由香里で使うことになったのは幸いだった。四六時中義母の目が光っているわけではなく、離れに入ってしまえば一人きりになれるのが有り難かった。もし完全に同居するとなると息が詰まってしまうだろう。

「お風呂の掃除、よろしくね。あとは買い物のリストも冷蔵庫に貼ってあるから」

「わかりました、お義母様《かあさま》」

由香里の一日は大体決まっている。朝、智明を送り出してから自分たちが住む離れの掃除と洗濯をして、その後は母屋のキッチンで昼食の準備をする。昼食後は今度は母屋の掃除をして買い物に行かなければならない。自分のことに――特にこれといった趣味があるわけではないのだが――時間を使っている余裕はまったくない。

「今日は〈栄松《えいしょう》〉のお寿司にしようかしら。由香里さん、頼んでおいてくれる？」

「わかりました。夜七時でいいですか？」

「ええ。お願い」

栄松というのは駅前にある寿司屋のことだ。十日に一度くらいの頻度で出前をとる。しかも一人前五千円もする特上寿司だ。寿司というのは贅沢な料理だという固定観念がある由香里にとって、十日に一度の割合で特上寿司を食べるという行為には今でも罪悪感がつきまとう。しかし義母たちにとっては当たり前のことらしく、何の躊躇もなく注文を決めるのだ。

「お味噌汁だけ作っておいてね。できれば赤だしがいいわね」

「赤だしですね。わかりました」

由香里は三重県熊野市の出身だ。奈良県との県境に近い集落に生まれ、父親は林業の会社に勤めていた。父と母、それから祖父母と弟の六人家族だった。

由香里が住む集落には何もなく、高校を卒業し都会に出ようとずっと思っていた。大阪、名古屋と選択肢はいくつかあった中、思い切って東京に出ることに決めた。両親は反対した。どうしても都会で医療の仕事に就きたいと懸命に説得し、何とか許しを得た。大阪や名古屋あたりだと連れ戻されてしまいそうで怖かったので東京にしたのだ。

新宿の看護学校を三年で卒業し、高田馬場にある個人医院に勤めることになった。高齢の医師が一人いるだけの小児科医院だった。二年ほど勤めたが、院長である医師が高齢を理由に医院を閉鎖することになり、その院長に紹介されたのが世田谷さくらぎ記念病院だったのだ。

「由香里さん、そういえば三丁目の木下《きのした》さんのところの娘さん、お子さんが生まれるみたいよ。今年の十二月が予定日なんですって」

「へえ、そうですか」

あからさまなプレッシャーだ。結婚して八年がたつが、由香里はまだ子供を授かっていない。義父母が孫の誕生を願っているのは明らかであり、こうしてことあるごとに遠回しに圧力をかけてくる。特に義母はその傾向が顕著だった。オムツのテレビコマーシャルが流れるたびに、登場する子役の赤ん坊を見て「あら可愛い」と連呼する。

「ご馳走様。じゃあ由香里さん、お寿司の注文よろしくね」

素子がそう言って席を立った。由香里は残っていた煮物を口に運んでから、食器を片づけるために立ち上がった。


夫の智明が帰ってくる時間はまちまちだ。何もなければ午後七時くらいには帰ってくるのだが、夜九時や十時になっても帰ってこないこともある。この日、智明が帰ってきたのは午後十一時過ぎのことだった。

「悪い。マツモトに急に呼び出されちゃってさ」

智明はそう言って詫びたが、その口調に悪びれた様子はない。顔が赤く、酒を飲んでいることが見ただけでわかる。

「マツモト、結婚するんだって。これで残りはイマガワだけになった。俺はマツモトが最後に残ると思っていたんだけどなあ」

マツモトもイマガワも智明の大学の同級生で、同じ硬式野球部出身だ。野球部仲間の結束は固く、今も定期的に顔を合わせているらしい。披露宴のとき、彼らは裸踊りで智明の結婚を祝福した。体育会系の男たちだ。

智明は冷蔵庫から缶ビールを出し、それを片手にソファに座った。ビールを飲みながらテレビのニュース番組を見始めた。ちょうどプロ野球のニュースが流れていて、食い入るように画面を見ている。智明は大の巨人贔屓《びいき》だ。

「お、勝ったな。よしよし」

非の打ちどころがない夫だと思う。医者で、スポーツマンで、実家も金持ち。顔も彫りが深くて整っている。私とは釣り合いがとれないと結婚する前は本気で悩んだ。実際にそれを智明に告げたところ、無理に背伸びをする必要はないと彼から言われた。由香里と一緒にいると落ち着くんだよ、俺。そう言って智明は笑ってくれた。

「そうだ、智明さん。今日ね、栄松のお寿司をとったの。余ってるけど食べる？」

この離れは二階建てで、簡易なキッチンもあるし、バス・トイレもついている。智明が高校生のとき、両親に無理を言って作ってもらったらしい。早めに独立したかったというのが理由のようだが、大学時代には麻雀部屋として野球部員たちが入り浸っていたという。

「腹一杯だな。最後にお茶漬けまで食べたから」

「そう。明日の朝までもたないよね」

「捨てちゃえよ。どうせ母さんが払ったんだろ」

五千円もする特上寿司だ。それを簡単に捨てろという夫の経済感覚は理解できない。こればかりは生まれの差だから仕方がないと由香里は半ば諦めていた。智明は曽祖父の代からここ桜木の高級住宅街に住んでいる根っからのお金持ちだ。三重のど田舎で生まれ育った私とは違うのだ。

「お義父さんが話があるって言ってたわよ」

近いうちに話をしたいと智明に伝えておいてくれ。夕食のときに和雄にそう言われたことを思い出した。

「どうせ大学病院に来いって話だろ。何度も断っているのになあ」

智明の父、神野和雄は聖花《せいか》大附属病院の外科部長だ。五十九歳なので来年定年を迎えるようだが、うまくいけば病院の院長になることができるらしい。和雄が息子に大学病院に来てもらいたいと願っているのは智明から聞かされていた。しかし本人にはその気はなく、今の環境に満足しているようだった。

「さて、風呂入ってくるか」

そう言って智明が立ち上がった。由香里はテーブルの上に置かれたままになっていた缶ビールの空き缶をとり、それをゴミ箱に入れる。冷蔵庫を開けて中を覗くと、ラップに巻かれた寿司桶が入っている。一人前の特上寿司だ。

寿司桶を出した。ラップを外して、トロをつまんで口に運ぶ。それほどお腹は空いていないが、やはりトロは美味しい。全部は無理だと思うが、半分くらいは食べられるだろう。貧乏性と言われようが、この寿司を捨ててしまうことなど私にはできない。

自分の置かれた環境が恵まれたものであることを由香里は自覚している。桜木の高級住宅街に住み、ベンツに乗って買い物に行く。上京してきたときには想像もしていなかった生活だ。あの頃の自分に今の生活を見せてあげても、決して十八歳の私は信じないだろう。

「まだテレビ見るから、先に寝てていいぞ」

バスルームの方から智明の声が聞こえた。口の中に入っていた寿司を咀嚼《そしゃく》して飲み込んでから由香里は答えた。

「わかったわ」

寝室は二階にある。大抵先にベッドに入るのは由香里だった。今年に入ってから夜の営みはない。最後にあったのは去年の十一月のことだった。あれからもう八ヵ月もたっている。

夫が浮気しているのではないか。現に病院で働いている頃には医師と不倫をしているナースを数多く目にしてきた。智明がそういうことをしないとは言い切れないし、仮に浮気をしていても何ら不思議もなかった。もし本当にそうだったら、私は智明を糾弾するだろうか。それとも文句一つ言わずに許すだろうか。

いずれにしても義母の素子は間違っている。孫が生まれないのは嫁に責任があるわけではない。私を抱かない夫に問題があるのだから。

由香里はアナゴの寿司を口に運ぶ。柔らかく煮られたアナゴは口に入れた途端、ほろほろとろけていった。

※

トウハツの硬式野球部は都内の大学のグラウンドを間借りして練習している。夕方以降は大学の運動部が使用するため、練習はもっぱら午後の早い時間におこなっているようだった。その日、藺美は一塁側のベンチからトウハツの野球部の練習を見学していた。都市対抗野球に出場するだけのことはあり、練習から熱気が伝わってくる。

もともと野球には縁があった。大学時代、藺美はチアリーディング部にいたので、野球部の応援にはよく駆り出されたものだ。神宮球場の最前列でポンポンを両手に応援するのだ。もっとも応援中は客席に体を向けているので試合を満足に見られないが、それでもルールくらいは知っている。

「日村さん、そろそろです」

近くに座っていたスーツ姿の男性が声をかけてきた。彼は野球部の雑用をおこなっている社員だ。広報課という仕事柄、野球部には何度も取材を申し込んだので面識がある。

ユニフォーム姿の男性がベンチに向かって走ってきた。マウンドで打者に向かって投げていたピッチャーだ。名前は園田《そのだ》といい、今年からトウハツ野球部に入った新人だ。

「よろしくお願いします。広報課の日村です」

「ど、どうも」

名刺を渡してから膝の上でノートを開く。録音する許可を得てからインタビューを開始した。

「新生活には慣れましたか？　一人暮らしは初めてと聞いていますが」

「かなり慣れました。寮の先輩たちが優しくしてくれるので助かってます」

「野球部の印象はどうでしょうか？」

「やはり皆さんは社会人なので、とても落ち着いた感じがします」

彼はプロを志望していたが、ドラフト会議で声がかからず、トウハツへの入社を決意したらしい。実業団で実績を残していずれプロに入りたい。それが彼の本音だろう。

「いよいよ来週から都市対抗野球が始まりますが、意気込みのほどをお願いします」

「初めてなので楽しみです。いい結果を残せるように頑張りたいと思います」

顔つきにはあどけなさが残るが、意外にしっかりした青年だ。頑張って結果を残してプロに行ってほしいと思う。まだトウハツの野球部からプロ野球に進んだ選手はいないはずだ。

「では写真撮影をお願いします」

記事には当然写真も載せることになる。カメラマンは同行しておらず、写真を撮るのも繭美の仕事だった。園田選手にはグラウンドに出てもらい、繭美はベンチ内で撮影の準備を始めた。持参したバッグから一眼レフカメラをとり出していると、背後で声が聞こえた。振り返るとユニフォーム姿の男性が一人、立っている。

「繭ちゃん、久し振り。元気だった？」

野球部のコーチをしている男だ。二十代の頃に何度か飲み会の席で顔を合わせたことがある。

「あ、久し振りです。何とか元気にやってます」

「繭ちゃんは変わらないな。相変わらず綺麗だ」

「お世辞は結構ですよ」

実は彼には一度誘われたことがある。そのときは恋人がいたので誘いには乗らなかった。彼が結婚したのは噂で聞いた。社内結婚でお相手は総務部の新入社員だったはずだ。

「お世辞なんかじゃないって。今日は園田の取材？」

「ええ。有望な選手らしいですね」

「そうなんだよ。うまく成長すればプロも目指せる逸材だ。どう？　繭ちゃん。近いうちに一杯どうかな。園田のこと詳しく教えるから」

彼の左手の薬指には結婚指輪が光っている。既婚者と飲みにいくほど暇ではない。繭美はやんわりと断った。

「申し訳ありません。最近仕事が立て込んでるので」

「じゃあ仕方ないな。仕事頑張ってよ」

ベンチ裏に立ち去る彼を見送ってから、藺美はカメラ片手にベンチから出た。グラウンドではフリー打撃がおこなわれていた。レギュラークラスの練習らしく、快音が響き渡っている。

「じゃあ撮りますね。まずはボールを持って……うん、そんな感じ。左手は腰に当てる感じかな。はい、撮りますね」

ポーズを変えながら撮影する。広報課に配属されるまでカメラなど触ったことさえなかったのに、今ではこうして一人で撮影できるまでに成長した。しかしやはり写真は撮るより撮られる方が圧倒的に楽しい。できればウェディングドレスを着て撮られたいものだ。

「じゃあもう一枚撮りますね。今度はボールを前に突き出す感じでお願いします。……いいですね。じゃあ撮り……」

誰かが何か叫ぶ声が聞こえた。振り返ると同時に衝撃を感じ、藺美はその場に倒れ込んだ。視界が真っ暗になり、藺美の意識はそこで途絶えた。


目を覚ますとそこは病室だった。藺美が目を開いたことに気づいたのか、ベッドの脇にいたスーツ姿の男性が覗き込むようにして声をかけてくる。

「日村さん、大丈夫ですか？」

野球部を担当している社員だ。藺美は自分がどうしてここに寝ているのかわからなかった。世田谷にある大学のグラウンドで野球部の取材をしていた。園田という高校を卒業したばかりの新人を撮影していたのだ。そして——。

「私、どうしてここに……」

「打球がぶつかったんですよ。フリー打撃で選手が打った球がね。検査の結果、異常は見つからなかったみたいです。ちょっと待っててくださいね」

そう言って男性社員はいったん病室から出ていった。しばらくしてユニフォーム姿の男を伴い再度中に入ってくる。二十代前半くらいの選手だった。帽子を手に彼が頭を下げた。

「本当に申し訳ありませんでした」

彼が打った球が当たったということだろう。繭美はそう理解した。目が覚めたばかりで気が動転しているが、打った彼を責めるのはお門違いというものだ。

「気になさらないでください。悪いのは私の方です」

「本社には伝えました」男性社員が説明する。「このあと医師の説明があって、そのあとは帰っていいみたいです。今日はもう帰社しなくていいってそちらの課長さんがおっしゃってました」

事務的な説明が続く。労災が適用になる可能性があるので診断書をもらって人事課に提出すること。カメラや録音機などの荷物はすべて本社に運んであること。説明が終わると、再びユニフォーム姿の男が頭を下げた。

「申し訳ありませんでした。何かあったら言ってください」

「本当に大丈夫ですから。お二人とも練習に戻ってくれて結構ですよ」

「いや、でも……」

「本当に大丈夫です。タクシーに乗って帰りますので」

「そうですか……」

まだ謝り足りない様子だったが、ようやく二人が病室から出ていった。繭美はベッドの上で自分の体の状態を確認した。左手の甲に包帯が巻かれており、湿布が貼られているのがわかった。あとは左の耳の周辺にかすかな痛みがあったが、気にするほどのものではなさそうだ。

「失礼します」

そう言って一人のナースが中に入ってくる。彼女がこちらを見て言った。

「大丈夫ですか？　痛みはありませんか？」

「激しい痛みはありません。あの、私……」

「先生から説明があります。あ、いらっしゃいましたよ」

一人の男性医師が中に入ってきた。背が高く、彫りの深い顔立ちをした二枚目だ。繭美はその男の顔に見憶えがあった。名札に書かれた『神野』という文字を見て確信する。間違いない。この男は——。

神野という男性医師はファイルに目を落としている。やがてその医師が言った。

「ボールが当たったようですね。飛んできたボールはまずはあなたの左手に当たり、それから耳のあたりを掠《かす》めたようです。左手がクッションになったお陰で大事に至らなかったということですね」

医師の説明は続くが、内容はほとんど頭に入ってこない。エアコンが利いているのに病室の温度が上がったような錯覚がする。自分が汗をかいていることに繭美は気づいた。

「脳に異常もないし、手の甲もただの打撲でしょう。でも脳というのは数日後に影響が出る場合もあります。吐き気や頭痛を感じた場合、すぐに診察を受けてください」

「わ、わかりました」

何とか返事をする。するとナースが訊いてきた。

「日村さん、保険証はお持ちですか？」

「あ、持ってます。バッグの中に入っているかと」

ナースがハンドバッグをベッドの上に置いてくれたので、中から保険証を出した。保険証をナースに手渡すと、「少々お預かりしますね」と言ってから彼女は病室から出ていった。医師が説明を続ける。

「飲み薬は特に出しませんが、一応湿布薬を処方しておくので、それだけもらって今日は帰っていただいて結構です」

神野智明。大学の一学年上の先輩だ。彼は野球部で、チアリーディング部だった繭美とは顔見知りといった程度の関係だった。学内ですれ違ったら会釈する程度の間柄だ。きちんと話したこともないので向こうは憶えていないだろう。そう思ったが、次にかけられた言葉で繭美は肝を冷やした。

「繭美ちゃん、だよな。忘れちゃったかな、俺のこと。野球部の神野だよ」

そう言って神野智明が笑う。さきほどの野球部員よりもスポーツマンらしい笑顔だった。

忘れるわけがない。繭美は奥歯を嚙み締める。なぜよりによってこんな男に診察されてしまったのか。どうにもならないこととはわかっていても、そう思わずにはいられなかった。

※

「では秋のバス旅行ですが、多数決の結果、軽井沢に行くことに決定しました」

幹事の声に一同が拍手をする。由香里も一緒になって手を叩いた。公民館でおこなわれている婦人会の集まりだ。本来なら義母の素子が出席する会合なのだが、今日は素子が歯医者に行っているため、代理として参加することになったのだ。和室にテーブルが並べられ、それぞれの手元に湯呑みが置かれている。

世田谷区桜木。高級住宅街として知られているが、ここが非常に特殊な場所であることを由香里は智明の実家に暮らすようになってから初めて知った。東京は田舎に比べて地縁関係が薄い印象があり、実際に由香里がこれまで住んでいた都内の地域でも近所付き合いは一切なく、アパートの隣の部屋に住んでいる住人の顔さえ知らないことも多かった。しかし桜木はそうではなかった。自治会がきちんと機能しているのだ。

まず町内会がある。桜木は一丁目から八丁目まであり、それぞれ一つ、計八つの班を結成している。それらの集まりが町内会で、夏の盆踊り大会やラジオ体操、節分や花見大会といった行事を取り仕切っている。

町内会と別にあるのが婦人会だ。これは町内の女性が集まる団体であり、女性陣だけのバス旅行や遠足などを年に何度かおこなうのだ。由香里は今日、義母の素子の代理として婦人会の定期会合に出席しているわけである。

そしてもう一つが子供会だ。これは文字通り子供の集まりで、正確に言えば子供がいる家族たちで構成されている会のことだ。子供たちによるミニバスケットボール大会やバーベキュー大会が開かれ、親子一緒に参加して親睦を深めるのだ。

町内会、婦人会、子供会。この三つが三位一体となり、濃密な地縁関係を作り出している。人数が多い分、その関係も複雑だ。特に子供会の親たちを見ていると大変だなと同情することもある。子供は行事に参加できて楽しそうだが、親たちはその準備に奔走している。加えてどこの子は○○中学の受験に失敗したとか、子供の進路にまつわる噂話も飛び交い、気苦労も絶えないようだ。

「日程は例年通り、十月の第三週の日曜日です。参加については今月下旬の回覧板でプリントを配付します」

今日の会合に参加しているのは二十人ほどだ。ほとんどが五十代から六十代くらいの女性だった。子育てが一段落した世代だろう。子供がいるうちは子供会で、子供が手を離れてからは婦人会としての活動が始まり、男性陣は町内会の運営に加わることになるわけだ。

「今回は以上です。次回はバス旅行の行程を計画していきますので、よろしくお願いします」

会合はお開きとなったが、参加しているご婦人たちは席を立とうとしない。おのおのが雑談を始めている。会合が終わるとそのままお茶会が始まることを由香里は事前に素子から聞いていた。お茶を飲みながら噂話に花を咲かせるのだ。しかし由香里はどうにも場違いな感じがして席を立った。

「神野さん、ちょっといいかしら?」

そう呼ばれて振り向くと、そこには幹事の婦人が立っている。彼女は義母の素子と仲良しで、いつも一緒にお茶をする仲だ。失礼があってはいけないと思い、由香里は頭を下げた。

「ご挨拶が遅れて申し訳ありません。今日は義母の代理で出席いたしました」

「そのようですね。この資料なんですけど、三丁目の玉名《たまな》さんのところに届けてくれる？　どうせ帰り道でしょ」

　由香里の家は二丁目にあるので、三丁目ならすぐ隣だ。しかし玉名という名前に聞き憶えはない。婦人が続けて言った。

「玉名さん、今年は婦人会の役員なのに一度も会合に出席していないのよ。まったく困ったものだわ。次回は必ず出席するようにあなたから伝えてもらえないかしら？　玉名さんの家はね……」

　婦人が説明する道筋を頭に入れる。資料を受けとりながら由香里は答えた。

「わかりました。伝えておきます」

　由香里は周囲に向かって頭を下げながら公民館から出た。ここには徒歩で来ているので、そのまま歩いて玉名という人の自宅に向かう。婦人が教えてくれた目印は黄色い屋根と赤いスポーツカーだった。

　桜木の住宅街は道幅が広いのが特徴だった。その名が示す通り桜があちこちに植樹されていて、四月になると満開になって壮観だ。しかしこの住民にとっては花びらが飛び散るのが迷惑でもあり、桜が散る時期になると掃除に駆り出されるのだ。

　婦人の言葉通り、黄色い屋根の家が見えてきた。赤いスポーツカーも停まっている。表札を見ると『玉名翠《みどり》』と書かれていた。一人暮らしだろうか。ポストがあったら資料を入れて帰ってしまおうと思っていたが、見当たらないので仕方なくインターホンを押した。しばらくしてドアが開く。

「はい」

顔を出したのは若い女性だった。髪を無造作に後ろで束ね、どこかの民族衣装のようなゆったりとした服を着ている。化粧はしていないが、かなりの美人だ。てっきり年輩の未亡人が住んでいると思っていたので面食らいながらも由香里は資料を差し出した。

「婦人会の者です。今日の会合の資料をお持ちしました」

「あ、そうか。あれって今日だったんだ。また忘れちゃった」

彼女はそう言ったがまったく悪びれた様子はない。婦人会を無許可で欠席するなど、桜木の住人にとっては許されない所業だ。

「じゃあ失礼します」

立ち去ろうとすると背後から呼び止められた。

「ちょっと待ってよ。あんた、神野さんところのお嫁さんでしょ。せっかく来たんだし、お茶くらい飲んでいきなよ」

振り向くと彼女はこちらの返事も聞かずに家の奥にすたすたと歩いていってしまった。義母の素子はまだ歯医者から帰ってこないはずなので、少しくらいなら帰宅が遅れてもいいだろう。玉名翠という女性に興味があった。ああいう開けっ広げなタイプの女性は由香里の周りにはあまりいない。

「お邪魔します」と言いながら由香里は靴を脱いだ。

「智君とはずっと子供会で一緒だった。まああっちはお医者さんの息子だし、私とはちょっと距離があったけどね。それでも子供の頃はよく遊んだわよ」

　リビングに案内され、そこで玉名翠からコーヒーをご馳走になった。あまりコーヒーを飲まないので由香里は知らなかったが、コナというハワイ産のコーヒーらしく、熟れたフルーツのような香りがした。

「彼は中学から私立に行ったんだよね。私も私立に行ったけど、女子校だったからね。たまに電車で一緒になるくらいだったよ」

　二人は同級生だったらしい。玉名翠が桜木の住宅街の一軒家で生まれ育ったという事実は、彼女の家もそれなりのお金持ちであることを示している。

　桜木には一丁目から八丁目まであるが、その中にも格のようなものがある。駅から近い一丁目から三丁目はピラミッドにたとえると頂点に位置している。一丁目から三丁目までは代々桜木に住む古参が多く、逆に四丁目から八丁目までは新興の住人――結婚を機に思い切って家を購入した核家族などが多い。翠の家は三丁目にあるので、同じ桜木でも格上の部類に入るのだ。もちろん神野の家も同じだ。

「智君も医者でしょ。あんたも大変だね。子供が生まれたら英才教育で医者にしないといけないんだし」

「どうして私に子供がいないとわかるんですか？」

「いるんだったら婦人会の会合に出てる暇はないと思っただけよ」

　広い家だが、見た感じ一人で暮らしているらしい。変わった形の陶器や人形が棚の上に飾られていて、壁には世界各地の風景の写真が飾ってある。翠自身も写真に写っているので、彼女が旅をしていることは想像がついた。写真を見ている視線に気づいたのか、翠が説明してくれた。

「趣味なんだ、海外旅行が。一年の半分くらいは海外で過ごすかな。百ヵ国以上は行ってるね」

「凄いですね。私なんて新婚旅行でハワイに行っただけなのに」

素直に感心すると同時に、仕事はどうしているのだろうと疑問を覚えた。いったいどうやって稼いでいるのか。半年間も海外に滞在する費用は結構な金額になるだろう。

壁に飾られた写真を一枚ずつ見ていると、彼女が両親らしき男女と一緒に写っている写真を発見した。どこかの歴史的建造物の前に三人で並んでいる。由香里の視線に気づいたのか、翠が言った。

「両親だよ。三年前に事故で亡くなったんだ。高速道路で大型トラックの居眠り運転に巻き込まれて」

「そうなんですか……」

「即死だった。あまりに突然のことで訳がわからなかった」

当時、翠は都内の小学校で教師をしており、婚約者もいた。しかし両親の事故がきっかけとなって翠は精神的に不安定となって、婚約も一方的に破棄した。悲しみに暮れ、自宅で塞ぎ込む生活となったらしい。

「父も母も官僚でね、かなりの蓄えがあったし、保険金も入ってきた。しかもこの家もある。二、三十年は遊んで暮らせるほどの金額だよ。だったら自由に暮らそうと思ったんだ。その方が精神的にもいいかなってね」

突然の両親の死。翠は笑って話しているが、おそらく当時はかなりのショックを受けたに違いない。

だからかもしれない。彼女には人生を達観したような雰囲気があった。両親の貯金や家屋を相続し、それだけで余裕で暮らしていける生活。羨ましくも思えるが、彼女自身はそれを心から楽しんでいないような印象を受けた。

「よかったら今度ご飯でも食べよう。私、友達がいないんだ」

そう言って翠は笑った。友達がいないという点で私と似ている。そう思いながら由香里は訊く。

「いつまで日本にいるんですか？　また海外に行くんですよね？」

「実は大学時代の友人が塾経営を始めて、その塾を手伝ってくれって言われてるんだ。向こうは経営が軌道に乗るまで手伝ってほしいみたいだけど、私としては二、三ヵ月が限界かなと思ってる」

智明が夜勤の日など、実家から出る口実が欲しかった。玉名翠と食事をする。そういう話なら義母にも胸を張って説明できそうだ。別に外出を禁じられているわけではないが、夜に一人で外出するのはどこか気が引ける。

「わかりました。今度ご飯でも一緒に食べましょう。でも本当に私でいいんですか？」

桜木に住んでいながら、本当の意味で桜木の住人になりきれていないと常々感じていた。私のルーツは三重県の田舎、周囲を鬱蒼とした森林に囲まれたあの集落にある。そういう引け目は絶えず持ち続けている。しかもそういった田舎臭さがいまだに抜けていないことも承知していた。

「いいわよ。ちょっと興味があるんだ」

「興味？　私にですか？」

「そうだよ。智君はあなたと全然違うタイプの女性と結婚するんだと思ってた。なぜ智君があなたを選んだのか。その理由を知りたいだけ」

そう言って玉名翠という初対面の女性はコーヒーカップに手を伸ばした。

※

神野智明。繭美の大学時代の一学年上の先輩だ。

繭美は静岡県藤枝市に生まれた。両親と兄の四人家族だった。高校まで藤枝市内で過ごしたあと、都内の聖花大学に進学した。聖花大は渋谷区にある私立大学で、割りと育ちのいい学生が多いことで知られている。

入学式の直後におこなわれた学生たちによる歓迎式典の中で、繭美はチアリーディング部による一糸乱れぬダンスに感動し、即座に入部を決意した。入部してから意外に体育会系であることに気づいた。上下関係が厳しかったが、退部することもなく毎日練習に明け暮れた。ダンスの練習は楽しかった。

運動部の応援に駆り出され、さらにはダンスや応援歌の練習があり、毎日が慌ただしく過ぎていった。入学して一年がたち、二年生になる頃にはようやく周囲を見渡せるほどの余裕が出てきた。当時、繭美は学校からほど近い女子寮に住んでいた。

女子寮は朝と夜の食事も出るし、一階には洗濯機もあった。当然、学生同士の距離もぐっと近づくことになる。そこで繭美は一学年下のA子と出会うことになる。

A子は眼鏡をかけた地味な感じの女の子だったが、寮でおこなわれた歓迎会の自己紹介で、彼女が静岡県の沼津市出身であることを知った。藤枝と沼津では西と東で離れているが、同じ静岡県であることに変わりはなく、そんな理由もあって繭美は彼女に話しかけた。

彼女が入るサークル活動を決めていないことを知り、繭美はチアリーディング部に誘った。引っ込み思案な彼女は尻込みしていたが、やがて練習の見学に訪れるようになり、何度か通っているうちに入部の決意を固めた。

すると意外なことが起きた。最初は新入部員の中でも目立たない存在のA子だったのだが、あれよあれよのうちに変貌していったのだ。黒縁の眼鏡をコンタクトレンズに換え、化粧を覚えた。地味だった女の子が都会的な洗練された女子大生に生まれ変わった。数いる一年生のうちでも容姿、ダンスの実力ともに一、二を争う存在となり、彼女を入部させた繭美も鼻が高く、彼女を可愛がった。

学内においてチアリーディング部は男子学生からちやほやされる存在であり、飲み会に誘われることも多かった。体育会系の運動部と一緒に飲む機会が多く、野球部やサッカー部、アメフト部とは交流が盛んだった。中でも野球部とは一番仲がよく、部員同士が付き合っているカップルも多かった。繭美も何度か野球部員からアプローチされたが、当時は別の大学の人と付き合っていたのでやんわりと断った。

そんな野球部の一学年上にいたのが神野智明だった。彼は医学部の学生で、実家も金持ちという絵に描いたようなサラブレッドだった。人望も厚く、四年生が引退したら主将になるのではないかというもっぱらの噂だった。

藺美が二年生の秋のことだった。藺美はA子から相談を受けた。野球部のある男性に告白されて困っているというのだ。実はA子が夏くらいからサッカー部の男子と付き合い始めたのは藺美も知っていた。A子としては断りたいのだが、相手の自尊心を傷つけたくないという話だった。彼女は告白してきた男性の名前は明かそうとしなかったが、その話しぶりや前後の脈絡から相手の男は神野智明ではないかと推測した。彼以外の男性であれば、特に悩む必要もなく断ることができるのだ。当時の野球部で、告白されてそれを断るとのちのち影響が出そうな部員といえば、彼くらいしか思い浮かばないのだった。

やはり断るしかない。そういう結論になり、話は終わった。それ以来、二人の間でその話題が出ることはなかった。うまく断って相手が引き下がったのだろう。そんな風に思っていた。

その年の十一月、聖花大の学園祭があった。キャンパスでは屋台などが出て、夜遅くまで盛り上がった。当然、藺美らチアリーディング部の部員たちも学園祭に参加していた。歩くだけであちこちの屋台から声をかけられ、酒や食べ物を奢ってもらえた。

深夜十二時を回ったが、まだキャンパスのあちらこちらで学生たちが紙コップ片手に宴会騒ぎを繰り広げていた。そろそろ帰ろうと思った矢先、さきほどまで一緒にいたはずのA子の姿がないことに気がついた。

ついさっきまで一緒に行動していたはずだ。最後にA子を見たのは野球部が出しているたこ焼きの屋台の前で、パイプ椅子に座って飲んでいたときだ。あのとき彼女の隣に座っていたのは神野智明だった。彼がA子を見ていた目つきを思い出す。酔っていたせいかもしれないが、陶酔したような目だった。なぜか彼の目つきが気になった。

居ても立ってもいられなくなり、繭美は一人、キャンパス内を捜して歩いたが、どこにも彼女の姿を見つけることはできなかった。いったん女子寮に戻ってみても、まだ彼女は帰ってきていない様子だった。再び大学に戻り、その敷地内を捜索する。部室だろうかと思い、繭美は校舎の裏手にある学生会館という建物に向かった。学生会館は部やサークルの部室が入っている建物で、当然ながら野球部とチアリーディング部の部室もある。学園祭の開催中ということもあり、深夜であっても学生会館に出入りする学生は多かった。酔って中に担ぎ込まれていく者もいる。

学生会館の入口に向かおうとしたとき、繭美の視界に人影が映った。学生会館の脇にある茂みの中から一人の男性が出てきたのだ。思わず繭美は柱の陰に身を隠していた。出てきた男の横顔は紛れもなく神野智明のものだったからだ。

智明はこちらに向かって歩いてきたので、繭美は柱の後ろで息を殺す。通りかかった際に見た彼の顔は、少し上気したように赤くなっていた。嫌な予感がした。彼の姿が完全に見えなくなるのを待ってから、繭美は彼が出てきた茂みに足を踏み入れた。

中は暗かった。自分が枝を踏みしめる音がやけに大きく聞こえた。五メートルほど奥に進むとボイラー室と思われるコンクリ造りの建物があった。

建物の裏手でコンクリの壁に寄りかかっているA子を発見した。彼女は涙し、胸を上下させていた。乱暴されたのは明らかだった。繭美の足音に気づき、彼女がこちらに目を向けた。虚《うつ》ろな視線だった。

「私よ、繭美。わかるでしょ」

そう言い聞かせながら繭美は彼女のもとに近づき、彼女の肩を抱き寄せた。彼女の体は恐怖のためか小刻みに震えていて、そして冷え切っていた。

繭美も興奮していたので、そこから先は記憶が曖昧だった。どのようにして寮まで帰ったか記憶に残っておらず、気がつくと女子寮の自分の部屋にいた。A子は自分の部屋に閉じ籠もったきり、数日間は出てこなかった。彼女の許可を得ることなく警察に相談するわけにもいかず、繭美は成り行きを見守ることしかできずにいた。

学園祭の夜から十日ほどたった頃、A子と寮の廊下で会った。しばらく休学すると彼女は言った。あまり話を大きくしたくないので、あの夜のことは黙っていてくれ。彼女にそう言われたので繭美もそれに従うしかなかった。数日後、繭美が学校に行っている間に彼女はひっそりと女子寮から引っ越していった。休学中は実家に戻ると聞いていた。

それ以来、彼女の姿を見ることはなかった。繭美が在学中に彼女が復学することはなく、退学してしまったという噂も流れた。こちらから連絡するのも気が引けた。彼女のことは今でも繭美の心の中にしこりとして残っている。


「……百五十八番、百五十八番の方、いらっしゃいますか？」

その声で我に返り、繭美は顔を上げた。担ぎ込まれた病院の薬局だった。世田谷さくらぎ記念病院という総合病院だ。渡された番号札を見たが、自分の番号ではなかった。ベンチには薬を処方された人たちが座って待っている。

さきほど職場に電話をかけ、診察結果を伝えた。課長は怪我の状態を心配してくれていたが、同時に広報トウハツの締め切りを心配していた。君が怪我で休むなら今月号は別の者にやらせようか。そう提案されたが、繭美はそれを断った。広報トウハツの編集だけは自分の仕事だと思っている。

広報課で女子社員の扱いはいいものではない。対外的な広報活動をとりおこなうのはもっぱら男性社員で、女子社員はその手伝いをやらされるだけだ。それは繭美も同じで、普段は男性社員たちが進める仕事の手伝い——資料作りのためのコピーや物品の手配などを毎日やらされている。自分の裁量でおこなっている唯一の仕事が広報トウハツだった。

幸いなことに怪我も軽傷だったし、さきほどのインタビューも鮮明に記憶に残っている。今日はこのまま帰宅して、自宅でインタビュー記事を書いてしまおう。繭美はそう考えていた。

「繭美ちゃん」

その声に顔を上げる。廊下の向こうから白衣を着た医師が近づいてくる。神野智明だ。繭美は体を強張らせた。智明が繭美のもとまでやってきて、「隣、いいかな？」と声をかけてくる。断る理由がなかった。それに彼は私の診察をしてくれた医師なのだ。繭美は仕方なくうなずいた。

「どうぞ」

「さっきは驚かせてしまってごめん」智明が謝ってきた。「でも何も言わないのも変かなと思ってね。だって知らない仲じゃないんだし。ナースにいろいろ詮索されて参ったよ」

さきほど病室で智明が名前を名乗った途端、繭美はその場で凍りついてしまった。神野智明の名前は忘れることなどできない。私の後輩を襲った男なのだ。彼の行為は決して許されるものではない。

「繭美ちゃん、今はどこにお勤めしてるの？」

無視したいところだったが、あまり素っ気なくして気分を害されても面倒なことになる。繭美は答えた。

「トウハツ自動車です。広報の仕事をしています」

「大手じゃないか。凄いね」

「ありがとうございます」

多少は自尊心が満たされる。チアリーディング部は受けがいいのか、繭美が現役だった時代には結構いい企業に就職していく傾向があった。繭美の代には九人の同期がいたが、そのうち二人が客室乗務員となり、残りの多くは大手企業に就職していた。繭美も一時は航空会社への就職を考えていたが、それほど英語が得意ではなかったので諦めたという経緯がある。それでもトウハツに入ってよかったと繭美は思っている。テレビＣＭも流れるほどの大企業だ。

「あ、そうか、トウハツの野球部、この近くの大学のグラウンドを使ってるんだっけ。もしかしてその関係で？」

「ええ、まあ。ちょっと野球部に取材をした関係で」

「頑張ってるな、繭美ちゃん。天下のトウハツ自動車で広報やってるなんて凄いよ」

褒められて悪い気はしない。しかし大手企業の広報課勤務より、整形外科医の方がはるかに上だ。この男の愛車は絶対にトウハツではないと断言できる。ドイツの高級自動車メーカーあたりだろう。

「オノって憶えてるかな。俺の同期でショート守ってた男なんだけど、そいつがトウハツにいたはずだ。どこかのショールームにいるって去年飲んだときに言ってた。わかるかな？」

知らないし、興味もない。藺美が黙っていると智明が言った。

「ごめん、トウハツってでかい会社だし、知ってるわけないか。勝手に話しかけたりして悪かったと思ってる。何か懐かしくなっちゃってね」

「……百六十二番、百六十二番の方、いらっしゃいますか？」

番号札を見る。藺美の番号だった。立ち上がろうとしたときだった。眩暈《めまい》がしてバランスを崩した。再びベンチに座り込んだ。

「どうした？　大丈夫？」

「……ええ。立《た》ち眩《くら》みだと思います」

「さっきも言ったけど脳にダメージを負った場合、すぐに症状が出るとは限らない。ちょっとここで待ってて」

そう言って智明が藺美の手から番号札をとり、薬局の方に向かっていった。しばらく薬剤師と何やら話したあと、白いビニール袋を片手に戻ってくる。

「会計と話をつけた。これは湿布だからね。痛みがあったら貼るといいよ」

「お金、払いますから」

「心配要らない。タクシーまで送るよ。ゆっくり立とう。ゆっくりね」

手首を摑まれた。そして背中も支えられ、藺美は立ち上がった。今度は眩暈もない。「大丈夫ですから」と断ったが、智明は手を離そうとしない。

「ゆっくり歩くよ」

彼に支えられたままロビーを横切り、正面玄関から外に出た。すぐのところにタクシー乗り場があり、先頭に停まっているタクシーの後部座席のドアが開いた。隣で寄り添う智明が言う。

「少しでも異常を感じたら病院へ行くように。ここじゃなくて最寄りの病院でも構わないから」

タクシーの後部座席に乗り込む。ハンドバッグと湿布の入った袋を手渡される。ドアが閉じ、タクシーが発進した。窓の向こうで彼が手を振っている。藹美はぎこちなく笑って会釈をした。

「……どちらまで？」

運転手の声に気づき、藹美は口を開く。「恵比寿までお願いします」

ずっと握られていた手首にはまだ彼の手の感触が残っている。いつもの習性で彼の左手の指を見てしまっていた。彼の薬指には指輪は嵌められていなかった。

最悪だ。藹美は溜め息をつく。この世でもっとも助けられたくなかった男に、私は助けられてしまったらしい。

※

夕食は義母が作った酢豚と、由香里が作ったサラダだった。義父の和雄と智明の姿もあり、二人はビールを飲んでいる。

「いいわね、軽井沢のバス旅行。前回の箱根もよかったけど、やっぱり軽井沢は素敵だと思うわ」

夕食のときに喋るのは義母の素子で、ほかの三人は聞き役に回ることが多い。ただし和雄と智明はたまに聖花大附属病院の内情について話すことがある。何科の何とか先生が異動になったとか、誰々が開業するらしいとか、そんな話だ。

「そういえばアシカワさんのところの次男が東大に合格したらしいわよ」

素子の話題の多くは近所の噂話だ。義母の情報網の広さには驚かされるばかりだった。もともとあまり出歩かない人で、一日中家にいる日も多いのだが、どこかで新しい噂を拾ってきては食卓で披露するのだ。

「今年も楽しみね、バス旅行」また話題が一つ前に戻った。「由香里さんも参加するわよね。回覧板が回ってきたら参加に丸をつけておきますから」

「わかりました、お義母様」

本来であれば参加したくない。しかし義母の手前、断るわけにもいかなかった。義母としても由香里を伴って参加すれば、さすが神野の奥様はお嫁さんとも仲がいいのねと近所での評判も上がるというわけだ。

「由香里さん、婦人会の会合はどうだった？　欠席した人はいなかったでしょうね」

「さあ……でも資料は余っていたようでしたけど」

「後ろの方の人たちね、きっと。まあ後ろの方は共働きが多いみたいだから仕方ないかもしれないわね」

後ろの方。桜木一丁目から八丁目まであるうち、後半をさす言葉だ。若い核家族が多く、あまり町内会や婦人会の活動に積極的ではない人たちだ。しかし子供会で交流を図っていくことになるので、徐々に桜木のしきたりに慣れてくるものと思われた。

「そういえば由香里さん、帰りが遅かったみたいだけど、どこかに寄り道をしていたの？」

「ええ。婦人会の幹事の方に頼まれて、少しお使いをしてきたので」

由香里は説明した。婦人会の資料を三丁目の玉名翠の家まで届けたことを。自宅の中まで上がり込んで話をしたことは黙っておいた。由香里の話を聞いた素子が言う。

「玉名さんのところも大変だったわね。もう三年くらい前になるのかしら。お嬢さんは小学校の先生をやっていたと思うんだけど、事故を機に辞めちゃったのよ。智明の同級生だったのよ」

隣に座る智明の顔をちらりと見るが、彼の目はテレビのクイズ番組に向けられていた。素子の話など耳に入っていない様子だった。

「玉名のお嬢さんは独身だったはずね。いい人見つかるといいんだけど。智明、あんたのところのお医者さんでいい人いないの？」

急に話を振られ、智明が箸を持ったまま言う。

「は？　何の話？」

「玉名さんのところのお嬢さんよ。子供会でずっと一緒だったじゃないの」

「知らないって。ガキの頃の話だろ」

そう言って智明は酢豚の肉を箸でつまんで口に運ぶ。偏食気味な彼は、野菜はあまり食べずに肉や魚を好む傾向にある。それを知っている素子は息子の皿には肉を多めに盛りつけている。

しばらくして夕飯も終わり、智明は離れに戻っていった。義父の和雄はテレビの前で夕刊を読んでいる。素子と一緒に洗い物を済ませてから、由香里も離れに戻った。智明はクイズ番組の続きを見ているようだ。

「智明さん、玉名翠さんって人と仲良かったの？」

「由香里まで何だよ。ただの近所の幼馴染みだ。彼女がどうかしたのか？」

「いえ、今日ちょっと話をしたからね」

どことなく気になる感じの女性だった。両親の遺産で自由気ままな生活を送っている女性。超然とした雰囲気があり、由香里の周りにはあまりいないタイプの人だった。

「このあたりは子供会の活動が盛んでね」智明がテレビに目を向けたまま説明する。「遠足とかバーベキューとかしょっちゅう開かれるんだよ。俺も子供の頃から強制参加させられた。玉名翠も同じだった。それだけだよ」

彼女は親しげに『智君』と呼んでいた。彼のことを『智君』と呼ぶ人間は初めてだったので意外に思った。といっても彼が幼少時代には誰からもそう呼ばれていた可能性はある。

「明日は少し遅くなるかもしれない。マツモトと飲みにいくかもしれないんだ」

「わかったわ」

彼は飲んで帰ってきた日にはお茶漬けを食べたがる。それを作るのが由香里の仕事だった。

智明にとって私はどういう存在なのだろう。たまにそう思うときがある。妻という答えが正解だが、自分が妻としての役割を十分に果たしているとは正直言い難い。妻でもなく、母親にもなれない私。同居人、いや使用人といった方がしっくりくる。智明の身の回りの世話をする使用人だ。

由香里は階段を上り、二階の寝室に向かった。

※

「ごめん、遅れちゃって」

薊美が品川駅近くの洋食屋に入ると、すでに相手はテーブル席で待っていた。亀山優子《かめやまゆうこ》という大学時代の同級生で、チアリーディング部の同期でもある。いまだに結婚していない数少ない仲間の一人だ。

「どうしたの？　遅れてくるなんて珍しいじゃない」

「ちょっとね……」

実は今日が広報トウハツの締め切りだった。今日の夕方五時までに印刷会社に持ち込む予定になっていた。薊美自身はレイアウトもきちんと仕上げたのだが、それを最終確認するはずの課長が捕まらなかった。

「……勝手に会社を抜け出して、近くの喫茶店で呑気にコーヒーを飲んでたわ。お陰でこっちは印刷会社に頭を下げて、営業時間外に持ち込んだの。まったくいい迷惑よ」

「どこの会社も一緒ね。出来の悪い上司を持つと苦労するわね」

優子は大きな出版社に勤務している。今は子供用の教材などを担当しているらしい。

「ところで薊美、お見合いの相手はどうだった？　うまくいったの？」

「全然駄目。話し始めて三分でわかった。この人じゃないって」

「だから言ってるじゃない。やっぱりお見合いとかじゃ駄目なのよ」

同じ独身女性ということで置かれている状況は酷似しているが、その捉え方は優子とは大いに異なっている。仮に二人が無人島に漂着したとする。繭美は助かりたいという一心で通りかかる船に手を振ったり、火をおこして煙を出そうとするのに対し、優子は最初から救助されるのを諦め、無人島での生活をよりよいものにしようとするだろう。つまり優子は結婚を半ば諦め、自分の人生を謳歌することを選んでいる。

「男なんてやめた方がいいわよ。結局浮気するんだから」

優子は冷たい感じで言う。彼女は二十代の頃に六、七年間付き合った恋人と別れ、それを機に男性不信に陥ったのだ。実はずっと二股をかけられていたという。

「出会いなんて交通事故みたいなものよ。こっちから向かっていっても逃げていってしまうのよ。あ、これお土産ね」

そう言って優子が紙袋を手渡してくる。お饅頭らしい。紙袋には城の絵がプリントされている。

「週末に岡山に行ってきたの。そのお土産」

この絵は岡山城だろうか。全国にある戦国武将の城や神社仏閣を訪ね歩くことが優子の趣味だ。休みのたびに時刻表を片手に出かけるらしい。ここまで没頭できる趣味があるというのは正直羨ましい。

「ありがとう」礼を言ってから繭美は続けた。「でも私たち、来年三十五歳よ。もう一度言うわ。三十五歳よ。信じられる？　まだ結婚していないんだよ。あの頃の私たちに教えてあげたいくらいだわ」

「あの頃の私たちって？」

「チアやってた頃の私たちよ。誰もが二十代のうちに結婚して子供を産むんだって当たり前のように思ってたじゃない」

「まあね」と優子が同調する。「そりゃ私だってそう思っていたわよ。うちは両親ともに公務員だし、そういう堅い職業の人と結婚するんだと思ってた。でも仕方ないでしょう。結婚してないのが現実なんだから」

「まあそうだけど……」

「私たち、もうおばさんなのよ。女の子でもお姉さんでもなくて、おばさんなの」

「それは認めたくないわね」

「この前、会社の上司が息子の結婚相手を探してるって話になって、できれば二十代がいいって言うの。どうしてですかって訊いたら、三十を過ぎると子供が産めなくなるって言ってた。悔しいけどそれが世の男たちの本音よ」

注文した料理が運ばれてきたので、それを食べ始める。食べている間も会話が止まることはない。多くが仕事の愚痴と、チアリーディング部の同期、先輩や後輩の近況だった。誰々が子供を産んだとか、誰々が家を建てたとか、そんな話だ。優子とは頻繁に顔を合わせるが、それでも会話が尽きることはない。

気がつくと午後十時を回っていた。会計を済ませて外に出る。優子はここから徒歩で帰れるところに住んでいるので、店の前で別れた。繭美は帰宅するサラリーマンでごった返す山手線に乗り、恵比寿で降りた。恵比寿駅から徒歩十分のところにあるマンションが繭美の自宅だ。

トウハツの本社は上大崎にあり、かつては本社近くのアパートに暮らしていたのだが、二十八歳のときに恵比寿のマンションに引っ越した。給料もそこそこ上がり、生活に余裕が出てきたのが引っ越した理由だ。間取りは1DKだ。

マンションのエントランスに入り、ポストに入っていた郵便物をとっていると、いきなり背後から声をかけられた。

「繭美ちゃん、こんばんは」

振り向いた。そこに立っている人物の顔を見て、繭美は言葉を失った。神野智明だった。スーツ姿だった。なぜ彼がここにいるのか、まったくわからない。

「ど、どうして……」

繭美は恐怖心が湧き上がってくるのを感じ、思わず後ずさった。背中が壁に当たった。智明は酒を飲んでいるようで、少し頬のあたりが赤い。彼が面目なさそうに言う。

「ごめん、繭美ちゃん。驚かせるつもりはなかった。許してほしい」

「どうして……どうして私の部屋を……」

そう言いながら思い当たった。昨日、彼の働く病院で受診した。当然保険証を提示したし、そこには繭美の名前や現住所が書かれている。病院側はそれを必ず記録するはずだ。

「頼む、繭美ちゃん。少しだけ時間をくれないか？　君にはどうしても話しておきたいことがある。大事な話だ」

智明は真剣な目でそう言った。

「ありがとう。時間をとってくれて」

店員が立ち去るのを待ってから、目の前に座る智明が頭を下げた。二人の前にはコーヒーカップが置かれている。さすがに自宅に招くわけにもいかず、近くのファミリーレストランに場所を移した。窓際のボックス席で、店内は半分ほどの席が埋まっている。

大事な話。そう言われてしまうと断ることができなかった。あの話ではなかろうか。繭美は漠然とそう思っていた。

「俺が三年生のときの学園祭の夜だ。学生会館の前で君を見かけた。憶えてるかな？」

忘れるわけがない。あの夜以来、智明のことを蔑み続けてきた。A子が泣き寝入りする形で学校を去ってしまったので、彼の卑劣な行為について知っているのは繭美一人だった。たまに学内ですれ違うことがあっても以前のように明るく接することなどできなかったし、繭美自身も極力野球部の飲み会には参加しないように心がけた。

「懐かしいよな。あれからもう十年以上もたったんだよな」智明が話し出す。「繭美ちゃんも知っての通り、俺たち野球部とチアは仲がよかっただろ。俺らの飲み会にもチアの子が参加してくれたりして、とても楽しかったよ」

実際、付き合っているカップルも多かった。繭美の同期でも少なくとも三人ほど、在学中に野球部の男子と付き合っていた子を知っている。

「こう見えても俺、結構忙しかったんだよ。勉強もしなきゃいけないし、野球の練習にも顔を出さなきゃならない。恋愛なんてしてる暇はなかったと言いたいけど、実は好きな子がいた。まあ、その子には見向きもされなかったけどね」

智明は医学部だった。それだけで彼の置かれた環境がわかるというものだ。彼がどれほど学業に打ち込んでいたか、文学部の繭美にはまったく想像もできない。

「で、私に話って何ですか？」

自宅を訪ねてまで話したいこと。おそらくあの話だと確信めいたものがあった。智明はカップを脇に寄せてから話し出す。長い話だった。

「三年生の夏休みに入る前、ある女の子に映画に誘われた。チアの一年生だよ。でも俺は勉強で忙しかったたし、正直ほかに好きな子がいたから、その誘いを受けることができなかったんだ。ごめんって丁重に断った。

その子は泣きはしなかったけど、少しショックを受けたようだったよ。それ以降も野球の試合後の飲み会なんかでは顔を合わせることもあって、何事もなかったかのように話すこともあったね。そして十一月、学園祭の夜のことだ。

ちょうど大事なレポートを終えたばかりだったから、いつも以上に飲んだ。よく憶えていないんだけど、気がつくと彼女と一緒だった。夏に誘われて断った例の子だ。そうだよ、繭美ちゃん。君が可愛がっていたあの子だよ。

ずっと野球部の連中とかチアの子と騒いで飲んでいたのは憶えてる。でもそこから先の記憶が曖昧なんだ。いつの間にか彼女と手を繫いで歩いてた。足は自然と学生会館の裏手に向かっていった。ボイラー室の裏がちょうど死角になってて、どこからも見えない暗がりだった。

気がつくとキスをしてた。酔ってたんだと思う。いつの間にか俺は彼女の上に覆い被さっていた。終わったあと、彼女が泣いてる声が聞こえてきた。どうして泣いているのか、まったくわからなかった。

謝ったさ。謝るしかないだろ。でもね、よくよく見ると、彼女は泣いてなんかいなかったんだよ。笑ってたんだ。

驚いたよ。気味が悪くなって、俺はただただ彼女を見ていることしかできなかった。すると彼女が言ったんだ。

先輩、私と付き合ってくれるんですね。

何を言い出すんだろうと思った。たしかに俺と彼女はその……行為に及んでしまったのは事実だった。俺は謝った。謝るしかなかったんだ。いくら謝っても彼女は反応しなかった。怖くなって、俺はその場を離れることにした。

茂みから出て歩き出したとき、学生会館の柱の陰に隠れてる子を見つけた。君だってことはすぐにわかったけど、俺はその場を立ち去ることしかできなかった。

乱暴されたと彼女が警察に訴え出てしまったらどうしよう。そんなことを思いながら過ごしたよ。でも彼女が再び学校にやってくることはなかった。休学したらしいって噂を聞いたとき、少しほっとしたよ。

繭美ちゃん、信じてほしい。この話を人に話すのは初めてだ」

「そんなこと……急に言われても……信じられるわけないじゃないですか」

智明の長い話が終わった。突然の告白に繭美は驚いていた。酔ったうえでの合意による行為。智明はそう主張しているのだ。繭美が想像していたものとはだいぶ違う。

「君が彼女と仲良くしてたことは知ってたし、それに何よりあの夜、君には顔を見られてしまっている」

「私は隠れたつもりでした」

「一瞬だけ服が見えたんだ。君が着ていた服だとわかった」

藺美自身も多少はアルコールが入っていた。完璧に隠れたつもりだったが、実は見られていたということだ。

「君が病院に運ばれてきたとき、正直驚いたよ。こんな形で再会することになるとは思ってもいなかったからね。君を見ているうちにあの子のことが頭に浮かんだんだ。長年閉じ込めていた記憶だった。そして思ったんだ。おそらく君はずっと誤解しているんだろうと。あの夜以来、君が俺を避けていたのは気づいてた。それがわからないほど俺も鈍感じゃない」

避けていたのは事実だ。だって仕方ないではないか。可愛い後輩を襲った男なのだ。何事もなかったかのように普通に話せるわけがない。

「でも……」藺美は記憶をたぐり寄せる。「私、あの子から聞きました。告白されて困ってるって。どうしようかと相談を受けたことがあります。彼女、たしかサッカー部の子と付き合い始めたばかりだったような気が……」

「彼女が勝手に思い込んでいただけじゃないのか。俺に相手にされなかった腹いせに別の男と付き合い始めた。それだけじゃ飽き足らず、あることないこと君に相談してみせたんだ。意外にプライドは高かったし、彼女が天狗になっていたのは君だってわかるだろ」

それは認めないわけにはいかなかった。地味で引っ込み思案な女の子が大学に入ってからチアリーディング部に入り、まさに生まれ変わった。男子からちやほやされ、多少は調子に乗っていた部分もあるだろう。

化粧をして、可愛い洋服を着るだけで、周りの男子たちの自分を見る目が違ってくる。それを知った彼女は野球部の先輩を意識する。医学部で、次期キャプテンと目されるエリートだ。今の私なら彼と付き合えるのではないだろうか。彼女はそれを実行に移したが、あえなく撃沈。しかし彼女は諦められなかった。

「あの子が……そんなことを……」

「嘘じゃないって。だって考えてみてくれよ。いくら酔ってたからって、学校の敷地内で女性に手を出すような真似はしないよ」

「でも実際にあなたは……」

「さっきも説明した通りだ。お互い酔ってたし、向こうから誘ってきたようなものなんだ。そうじゃなきゃあんなことしないって」

目の下がやや赤くなっているが、智明は真剣な顔をしていた。聞いていると信じていいような気になっていた。当時の学内にあった神野智明という人物像からして、女性を一方的に襲うような男ではないようにも思えてくる。A子の笑い声——男を前にして媚びるように笑う声が聞こえた気がした。

「今さら信じてくれとは言わない。でも君にはどうしても話しておきたかった」

嘘を言っているようには見えない。しかしどちらが真実なのか、それを見極める方法はないような気がした。ずっと被害者だと思っていた彼女と連絡をとる術《すべ》はない。

「ちょっといいかな、繭美ちゃん」

智明がこちらに身を乗り出し、声をひそめて言った。

「何ですか？」

「変に動揺しないで、さりげない感じで見てほしい。店の出入口近くにあるテーブル席に一人の男が座っている。煙草を吸いながら新聞を読んでいる男だ。さっきからずっとこっちを――君の様子を窺っているような気がしてならないんだ」

店内を見回すような素振りをしつつ、出入口近くのテーブル席をちらりと見る。智明の言う通り、新聞を持った男が座っていた。黒っぽい服装で、年は四十代くらいだろうか。見たことがない顔だ。あまり観察していては怪しまれるので視線を戻した。智明が訊いてくる。

「どう？　知ってる人？」

「見たことありません」

「そうか。さっきから君をちらちら見ているんだ。俺の気のせいだったらいいけど」

そう言って智明はカップを手にとったが、それには何も入っていなかったようで、今度はグラスの水を一口飲んだ。

「ところで話は変わるけど、怪我の具合はどうだろうか。頭痛や吐き気、気になる症状は出ていないかな」

「今のところは大丈夫です」

「それならよかった。また何かあったら遠慮なく連絡を欲しい」

智明が伝票を持って立ち上がった。繭美も慌てて立ち上がって彼の背中を追いかける。やはり例の男がこちらに目を向けているのがわかる。

「あの、私も払います」

「ここは俺が払うから心配しないで」

財布から千円札を出して渡そうとしたのだが、彼は受けとってくれなかった。店から出たところで繭美は彼に訊く。

「どうしてですか？　どうして今さら誤解を解こうなんて思ったんですか？」

素朴な疑問だった。たまたま診察したとはいえ、多分もう二度と会うことはないのだし、わざわざ自宅を訪ねて誤解を解こうという彼の意図がわからなかったのだ。

「何て説明したらいいのかな」智明は通りに目を向けた。空車のタクシーを探しているようだ。

「こう言えばいいかもしれない。一番誤解されたくない人にずっと誤解されていたんだよ」

一番誤解されたくない人。それはつまり――。

さきほどの彼の言葉を思い出す。大学時代に好きな人がいたと語っていた。彼が好きだった女性というのは、まさか私のことなのか。

「おやすみ」

タクシーが停車した。彼はガードレールを飛び越え、後部座席に乗り込んだ。繭美は走り去っていくタクシーをその場で黙って見送ることしかできなかった。

※

「よく来たね」

「お邪魔します」

その日の昼前、由香里は玉名翠の自宅を訪ねた。今日は義母が友人と連れ立って銀座の画廊に行くというので、夕方まで不在だった。試しに連絡してみたところ、それなら昼食でも一緒に食べようという話になったのだ。

「これ、つまらないものですけど」

そう言って由香里はケーキの箱を翠に手渡した。義母が贔屓にしている洋菓子店のものだ。

「さすが神野家のお嫁さん。すっかり桜木の住人だね。手土産にも品がある」

「皮肉ですか？」

「そうだよ」

翠がそう言って笑ったので、つられるように由香里も笑った。こういうサバサバした性格の女性はあまり周囲にはいなかったので新鮮だ。

「いい匂いですね。カレーですか？」

「うん。市販のルーを使わない本格的なやつ。インドは好きで三回も行ったんだよ」

すぐに食事をすることになった。香辛料が利いた本格的な味だった。口にしたときはマイルドだが、あとからツンと辛さがやってくる。やみつきになる味だ。

「美味しいですね。うちで作るカレーとは全然違います」

「本場で食べるともっと違うよ」

神野家のカレーはなぜか義父の和雄が作ると昔から決まっていて、日曜日の昼食がカレーになることが多い。牛肉とタマネギ、ジャガイモ、ニンジンといった定番の具材で、味もごく家庭的なカレーライスだった。

「インドってどうですか？　この前のクイズ番組でやってました。遺灰を川に流すみたいですね」

「ガンジス川ね。遺灰だけじゃなくって死体も浮いてるよ。事故死や自殺者は火葬されずに水葬されることになってるみたい。ほかにも工場から出る排水とか、洗濯した水もそのまま垂れ流されてる。食事中に話せないようなものも流れてるはず」

　翠が説明してくれる。ガンジス川は聖なる川と呼ばれ、沐浴すればすべての罪が清められ、死後の遺灰を流せば輪廻からの解脱が信じられているという。特にヴァーラーナシーという都市は聖地であり、多くの巡礼者、観光客が訪れ、そこで沐浴していくらしい。

「もしかして玉名さん、入ったんですか？」

「まあね。あれは得難い経験だった。それから翠って呼んでくれて構わないから」

「凄いですね。今まで行った中で一番よかった国はどこですか？」

「そうだな。何をもってよかったというのか、判断基準にもよるけど……」

　食事をしながら翠に話を聞く。異国の話は楽しかった。見知らぬ国や場所、そこに実際に足を運んで経験している翠の話には説得力があった。ただし由香里自身は海外旅行に行くことはできないだろう。智明はそれほど旅行が好きでなく、そもそも彼は長期休暇をとることさえ難しい。ましてや一人で旅行など絶対に無理だ。

「じゃあコーヒーを淹れるよ」

「私も手伝います」

「お客さんは座ってて」

　食事を食べ終え、お茶の支度を始めた。じっとしていることができず由香里は食器を洗うことにした。コーヒーの香りが漂い始める。洗い物を終え、買ってきたケーキを皿の上に置く。翠が淹れたコーヒーをカップに注ぎ、それをリビングのテーブルに運んだ。

　参考書のような本が床に何冊も置かれている。しばらく友人の塾を手伝うようなことを翠は話していた。由香里の視線に気づいたのか、翠が薄く笑って言った。

「学習塾の参考書。前にも言ったけど、手伝ってほしいと友人に頼まれてるのよ。ところで由香里さんは大卒？」

　まだ彼女に智明とのなれそめを話していない。由香里は簡単に説明した。

「私、ナースだったんです。それで主人と出会ったんですよ」

「そうだったんだ。じゃあ子供が生まれたら大変だ。父子二代、医者が続いているでしょ。絶対に生まれてきた子は医者にしないと済まないだろうね。特におばさんはそう思っているはずだよ」

　おばさんというのは義母のことを言っているのだとわかった。さすがに子供の頃から神野家と付き合っているだけのことはあり、彼女の意見は鋭いところを突いていた。

「子供が生まれる予定はないの？」

「ええ、今のところは」

「一番最近セックスしたのはいつ？」

「えっ？」

言葉に詰まる。まさかそんな直接的な質問が来るとは思ってもいなかった。翠は表情一つ変えずにフォークでケーキを食べ、口の端についたクリームを舌で舐《な》めとってから言った。

「してないんでしょ。何となくわかるよ」

「……そうですか？」

「勘だけどね。どこか乾いた感じがするんだよね。あ、誤解しないでね。私はそういうのじゃないから」

翠は今日も異国の民族衣装を思わせるゆったりとした服を身にまとっている。ややエキゾチックな顔立ちなので、その服装がよく似合っていた。

「由香里さん、どうして智君と結婚したの？」

「どうしてって言われても……プロポーズされたから、ですかね」

「あんたに個人的な恨みはない。でもね、私はどうもあの男が好きになれないの。子供の頃は一緒に遊んだよ。子供会でずっと一緒だったから」

気のせいかもしれないが、何か個人的な恨みを抱えていそうな感じがした。由香里は試しに訊いてみる。

「何かあったんですか？　彼との間に」

翠はコーヒーを一口飲んでから答えた。

「本当にたいしたことじゃないの。小学生の頃の話だからね。一度だけ彼の部屋で二人きりで遊んだことがある。そのときお医者さんごっこをやったんだけど。ここまで言えばわかるでしょ」

由香里は手に持っていたカップを置いた。指先が震えているのがわかった。そんな、子供の遊びで――。

「ねえねえ、変な想像しないでよ。小学生の頃の話だって言ってるでしょ。パンツの中を見られたの。親以外に見られたのは彼が初めてだったわ。私は今でもそれを根に持っているのかもしれないわね」

※

「うちの旦那、最近ゴルフを始めて、家のことは何もしないで練習ばかり行ってるわ」

「うちもそう。ゴルフなんてどこが楽しいんだか。しかも高いじゃない。プレイする料金だけじゃなくて、クラブとかも結構な金額するでしょ。前に専門店に連れていかれたとき、正直驚いたわ」

今日は日曜日だった。繭美は渋谷にある大手百貨店のレストラン街にいた。イタリア料理店で早めのランチを食べている。一緒にいるのは聖花大チアリーディング部の同期、鈴村加奈子《すずむらかなこ》と藤木恵美《ふじきえみ》だ。二人は既婚者で子供もいるが、今日は子供の世話を旦那に任せてきたという。数ヵ月に一度、こうして顔を合わせる。

「繭美は最近どう？　忙しいの？」

「まあね。広報って派手だと思われがちだけど、結構地味な仕事が多いのよ」

「大変ね。うちらの同期でちゃんと仕事してんの繭美と優子だけだもんね」

チアリーディング部の同期は全員で九人だ。そのうち七人が結婚している。つまり未婚なのは繭美と亀山優子の二人だけだ。二十代半ばから後半にかけて結婚ラッシュが続き、自分と優子が最後の二人となったときは正直落ち込んだ。

結婚してしまうと生活のリズムが違ってくるし、ましてや出産したら子供中心の生活となる。一時期は優子以外のチアリーディング部の同期の子とは年賀状だけの付き合いになっていたが、ここ最近になって復活しつつある。早くに結婚した子たちの子育てが多少落ち着いたからだ。今日一緒にいる二人の子供はすでに幼稚園の年長組で、数時間程度だったら夫に面倒を任せられるらしい。だからこうして集まることができるわけだ。

「あれ？　千佳《ちか》はどうしたの？　来ると思っていたんだけど」

繭美がそう言うと加奈子が答えた。

「出かける間際に電話が来た。子供が急に熱出しちゃって救急病院に連れていくんだって」

「そう。それは大変ね」

「美樹《みき》も誘ったんだけど、今日は無理みたい。あの子、多分妊娠したんじゃないかなあ」

結婚した七人はほとんどが大手企業のサラリーマンと結婚していた。変わり種といえば客室乗務員になった千佳の相手の、フリーのジャーナリストくらいだろうか。それ以外はそこそこ名の通った企業のサラリーマンだ。結婚した七人は全員が会社を辞めて専業主婦になった。現役で働いているのは繭美と優子の二人だけだ。たとえば今日の食事代は割り勘になるはずだが、加奈子と恵美の場合は結局は旦那が稼いだ金で払うことになる。でも私は自分が稼いだ金で払っている。そう思うことで繭美は何とか優越心を保つことができた。

「でも繭美はいつまでも若いわね。凄く羨ましい」

「それは私もそう思う。疲れみたいなもんが顔に出てないもの」

二人に言われ、繭美は笑って答える。

「駄目よ、私だって。もうあの頃の張りがなくなってるから。それに最近、体重がなかなか落ちなくなった」

「体重を落とそうとしているだけ、まだ偉いわよ。私なんてこの二ヵ月間怖くて体重計に乗ってないのよ。まあ旦那の上にはたまに乗ってるんだけどね」

加奈子の下ネタに恵美が大笑いしている。二人ともたしかに大学時代に比べて少し太っており、今はどこから見ても子供がいる主婦といった感じだ。しかし結婚しているという意味では、紛れもなく二人は勝者であり、私が敗北しているのは明らかだ。

「あの頃が懐かしいわね。深夜まで飲んでもへっちゃらだったもんね」

「間違いなく輝いてた。嘘じゃなくて」

二人がしみじみとそう言った。チアリーディング部として活動した四年間は、本当に人生が輝いていたような気がする。これみよがしにチアのジャンパーを着て学内を歩き、そこかしこで男子学生から声をかけられた。今となっては考えられないような生活がそこにあった。

しかしそんな夢のような生活がわずか八ヵ月ほどで終わってしまった子もいる。A子だ。彼女は野球部の先輩、神野智明に暴行され、それを機に大学を去ったのだとずっと思っていた。しかし先日、当の本人である神野智明と会う機会があり、事実はそうではないと彼は主張したのだ。彼の話を全面的に信用しているわけではないが、信じてもいいような気がしていた。そもそも十数年前の話なので、どちらが真実であってもさほど繭美の生活に影響はない。

「そういえば繭美、最近いい人いないの？」

「繭美だったらいくらでも男が寄ってくるでしょうに」

大抵言われることだ。恋人がいないのが不思議だ。選り好みが激しいんじゃないか。仕事をしていればいくらでも相手は見つかるんじゃないの。

「今はいないわ」繭美は答える。「探してないわけじゃないんだけどね。今は仕事も忙しいし、いなくても別にいいかなって感じ」

「まあ繭美がそう言うならいいんだけどね。あ、コーヒーのお代わりもらおうか？　ケーキもあるけど食べる？」

「ケーキ食べましょう」

メニューを眺め始めた二人を見る。服装も微妙に一昔前のものだが、そこに漂っているのは勝者の余裕だ。一方の私は服もファッション誌を見て最近買ったものだし、髪型も先日原宿のサロンで仕上げたものだが、現実は独身だ。その差は決して埋まることがない。

「やっぱりモンブランにしようかな。恵美は？」

「私はチーズケーキとチョコで迷ってる」

不意に神野智明の顔を思い出した。同じ大学で一学年上、しかも整形外科医だ。たしか実家は世田谷の桜木だったはず。これ以上ないチケットではないだろうか。すでに周回遅れになってしまっているが、この遅れをとり戻してしまうほどの男かもしれない。チアの同期でも、社内の友人でも、医者と結婚した子はいない。

「どうする？　繭美もケーキ食べる？」

ケーキを食べる気などまったくなかったが、繭美はメニューを受けとって一応視線を落としてみた。

※

「由香里さん、明日なんだけど、ちょっと一緒に行きたいところがあるの」

日曜日の昼だった。義父の和雄は学会に参加するため留守にしており、夫の智明は医薬品会社の接待ゴルフに行っていたため、いつもと同じように昼食は義母の素子と二人きりだった。メニューは由香里が作った、義母曰く塩コショウが足りないチャーハンだ。

和雄は大学病院の部長、智明も現役の医師なのでいろいろと仕事上の付き合いがあるらしく、休みであっても家を空けることが多い。智明は家にいても離れのテーブルで難しい顔をして専門書を読んでいる。かと思ったらゴルフ帰りに大学時代の同級生を連れてきて、いきなり麻雀を始めることもある。子供がそのまま大きくなったような男だった。

「どこですか？　行きたいところって」

買い物だろう。漠然とそう思っていた。たまに二人で新宿あたりの百貨店に行くことがある。今回もそうだろうと思っていると、素子の口から返ってきたのは意外な答えだった。

「神社に行きたいの。日本橋の神社よ」

神野家はあまり信心深い方ではないと由香里は常日頃から感じていた。初詣にも行ったことはないし、厄払いをすることもないようだった。由香里の実家では、豊作を祈願する神事などには集落に住む全員が神社に集まるほどだった。

「神社ですか。何かの厄除けですか」

家族の誰かが厄年なのだろうか。そうでなければわざわざ日本橋の神社に足を運んだりしないだろう。

「厄払いというより、むしろ願かけね」

素子の言っている意味がわからず、由香里は首を傾《かし》げた。チャーハンを食べ終えた素子がスプーンを置きながら言った。

「四丁目の田村《たむら》さん、知ってるわよね」

あまり知らない。それでも由香里は相槌を打った。「ええ。お洒落な方ですよね」

桜木の住人は大抵がお洒落だ。素子は続けて言った。

「先週だったかしら、田村さんの奥さんと道でばったり会って立ち話になったのよ。田村さんの息子さん、新聞社に勤務しているのは知ってるわよね。五年前にお嫁さんをもらったんだけど、やっと妊娠したんですって」

何となく話の方向がわかり、由香里は暗澹とした気分になってコップの水を飲む。素子は喋り続けている。

「田村さんのところはそれで一年前から日本橋の水天宮にお参りをしたんですって。水天宮は都内でも有数の子授けの神社として名高いみたいでね。お参りするのにもコツがあって……」

戌の日にお参りすると縁起がいいらしい。戌の日は十二日に一度巡ってくるもので、暦などが詳しく載っているカレンダーを見ればわかるという。

「……それでね、田村さんのところはお参りを始めて半年でお嫁さんが妊娠したんですって。明日がちょうど戌の日に当たるみたいだから、せっかくだから一度くらいはお参りしておくのも悪くないと思ったのよ」

　神頼みというわけだ。しかしどれだけお参りしようと由香里が妊娠することは決してない。子供を授かるにはそのための行為が必要だ。無から子供は生まれない。

「そういうわけだから行ってみてはどうかなと思ってね。どう？　由香里さん。たまには日本橋まで足を運んでみない？」

　断ることなどできない。これはもう決定事項だろう。ことによるとこれから先、十二日に一度は日本橋に行く羽目になるかもしれない。そう考えると気が滅入った。

「わかりました。何時に行きましょうか？」

「午前中に行って、あっちでお昼を食べてくるっていうのでどうかしら？」

「わかりました。じゃあ明日のお昼は用意しなくていいですね」

「何を食べようかしら。楽しみね」

　そう言って素子は食器を持って立ち上がる、義母に気づかれないように由香里は小さく溜め息をついた。


「傑作だね。子作りに励んでないのに子授け祈願に行くなんてね」

　そう言って玉名翠が笑った。午後、買い物に出たついでに翠の自宅に立ち寄ったのだ。最近は三日に一度くらいは翠と顔を合わせるようになっている。彼女は飾り気がなく、どこか気どった感じの桜木の住人とは違っているので付き合い易い。

「で、どうするの？　本当に行くの？」

「行くに決まってるじゃないですか。断ることなんてできませんよ」

「大変だね、神野家のお嫁さんも」他人事のように翠は言う。「意味ないでしょ、神様に祈っても。でもお嫁さんって大変だよね。子供を産むのがある種の義務みたいなもんだから」

まさに義務だ。しかも絶対に成功させなければならない義務である。由香里は翠に訊いてみた。

「翠さんはどうですか？　結婚したいとか、子供が欲しいとか思いませんか？」

「うーん、私はないね、そういうの」

特定の恋人がいる気配はないが、顔立ちも整っているしスタイルもいい。もしかして付き合っている男性がいるのかもしれない。そんな気がした。

「でもこれから十二日に一度、わざわざ日本橋まで行くってことだよね。私だったら気が滅入ってしまうかも」

「私もですよ。本当に……」

思わず出そうになった言葉を飲み込む。本当に帰りたい。そう言いそうになっていた。

最近、不意に帰りたいと思うことがある。しかし帰る場所に心当たりがあるわけではなく、自分が生まれた三重の実家に帰りたいわけではない。三重の実家でもなく、世田谷の桜木ではない、まったく未知の場所――実は自分が帰るべき場所がどこかにあり、そこに帰りたいと思ってしまうのだ。変なことを考えているという自覚もある。

「でも仕方ないじゃないか」励ますように翠が言う。「どうせ神野のおばさんのことだから、日本橋あたりで美味しいものでも食べてくるんでしょ。そっちを目当てにするのも一つの手だね」

リビングのテーブルの上には塾の参考書のほかに数冊の旅行のガイドブックが置いてあった。図書館で借りてきたものらしく、やや古びているのがわかった。

「またどこか行くんですか？」

「まだ未定だけどね。塾の手伝いが落ち着いたら、中央ヨーロッパに行こうと思ってる。オーストリアとかポーランドとか、そのあたりかな」

翠は三年前に両親を事故で失い、家や財産を相続したという。両親の死には同情するが、今彼女が置かれている状況は正直羨ましいものだった。都内の一等地にある一軒家に一人で住み、特に経済的な不安を抱えることなく、自由気ままに海外旅行を楽しむ。これほど優雅な生活があるだろうか。

「ところで智君って医者だよね。聖花大の附属病院にいるの？」

「いえ、違います。世田谷さくらぎ記念病院にいます。整形外科医です。義父は聖花大附属にいますけど」

「そのうち大学病院に戻るのかな。いずれにしてもエリートだね」

翠と智明は同級生ということもあり、子供の頃からの付き合いのようだ。お医者さんごっこをしたこともあり、いまだに当時のことを根に持っていると先日話していた。

「こういうのはどうだろう。智君に言うんだよ、子授け祈願のことをね。そうすれば彼も彼なりに考えるんじゃないか」

「そうですかね」

「多分ね。そもそも子供のこととか夫婦の間で話し合ったことはないの？」

「ないですね」

子供は欲しくて当然。お互いがそう思っているとずっと思っていた。しかし考えてみれば智明の意思を確認したことはない。仕事が忙しく、今子供が生まれても大変になるだけ。彼はそんな風に考えているのだろうと漠然と思っていた。

「いい機会かもしれないね。お義母さんから子授け祈願に誘われたけどどうしよう。そう相談すれば彼だって何か考えるんじゃないかな」

たしかにそうだ。最近智明は仕事で帰宅が遅くなりがちだが、早く帰ってくる日があったら訊いてみてもいいかもしれない。由香里はそう思ってコーヒーカップを口に運んだ。

※

「本当に来てくれてありがとう。来てくれないだろうと思ってた」

繭美は新宿にある居酒屋にいた。雑居ビルの地下にある店で、一番奥の席だった。店内は混雑しているが、奥まった席なので落ち着いて話すことができそうだ。神野智明がビールを飲みながら言う。

「嬉しいよ、繭美ちゃん。こうして君と一緒に食事ができる日が来るとはね」

全面的に信用したわけではない。彼は加害者ではなかったという話だ。しかし彼の人となりや社交性などを考慮すると、酔った勢いで女性を暴行するような短絡的な男だとはどうしても思えなかった。あれは振られた腹いせにA子がでっち上げた嘘だった。今となってはそう考えた方がしっくりくるし、どこかでそう思いたい自分がいるのかもしれない。

「ところで繭美ちゃん、チアの子たちとは交流が続いてるの？」

「ええ」と繭美は答える。「同期の子たちとは今でも仲良しです。この前の日曜日も会いました。憶えていますかね。加奈子と恵美なんですけど」

「加奈子ちゃんって子は憶えてないけど、恵美ちゃんなら憶えてるかも。うちのマツモトと付き合っていたんじゃないか」

「そうです。その恵美です。彼女も今ではすっかりママですよ」

しばらくは同期の近況などの話をした。今でも野球部の結束は固く、同期や後輩と頻繁に飲みにいくらしい。そのあたりは別の部活でも大差はないようだ。

「マツモトの奴、今度結婚するらしい。相手は元モデルって言ってたっけ。あいつ、昔から面食いだったからね」

「そうなんですか。よかったですね」相槌を打ってから、繭美は踏み込んだ質問を口にした。「先輩はどうなんですか？　お医者さんですし、たくさんの女性が言い寄ってくるんじゃありません？」

「そんなことないって。勤務医なんて忙しいだけだよ」

そう言って智明は笑った。こうして二人きりで食事をする。智明にしても多少その気がなければ誘ってきたりはしないだろう。

「ところでチアの子たちもみんな結婚しちゃったのかな」

「そうですね。お恥ずかしい話ですけど、私と優子以外は結婚しました」

「藺美ちゃんは綺麗過ぎて男たちが近寄り難いんじゃないかな」

そう言って智明は笑う。屈託のない笑顔だった。そういえばちゃんづけで呼ばれることが最近ではめっきり減った。まるで学生時代に戻ったようで懐かしい気持ちだ。周囲からちやほやされていた、あの特別な四年間。彼にとって私は今でも一学年下の後輩のままなのだ。

「藺美ちゃんは大学の頃は他校の男子とずっと付き合っていたんだよね。実はその話を聞いたときはちょっとショックだった。俺が三年だった頃の話かな」

前回会ったときもそうだったが、智明が好意を抱いてくれているのが言葉の端々から伝わってくる。基本的に男性から好意を抱かれるのを嫌う女性はそうそういない。よほど変な男でない限りは嬉しいものだ。

沈黙が流れる。藺美はそこにいい意味での緊張を感じとった。駆け引きとでもいうのだろうか。意識し合っている男女の間にしか流れない、微妙な沈黙。

「藺美ちゃん、ちょっといいかな」先に沈黙を破ったのは智明だったが、その声にはわずかに緊張の色が滲んでいる。「君の場所からは見えないかもしれないけど、カウンターに一人の男が座っている。この前、君のマンションの近所のファミレスで見かけた男に似ている気がするんだよ」

たしかにそんなことがあった。あのときと同じ男だとしたら気持ち悪いが、智明の考え過ぎのような気がしなくもない。

「他人の空似じゃないですか。そんな偶然は有り得ませんよ」

「そうかな……」

納得できないような顔つきで智明はビールを飲み、それから食べ物に箸を伸ばした。鶏の唐揚げや刺身の盛り合わせなどがテーブルの上には置かれている。それを食べながらビールを飲んでいた智明だったが、いきなりグラスを置いて立ち上がった。

「我慢できない。少し話してくる」

そう言って智明はカウンターに向かって歩き始めた。それほど酔ってはいないようだが、顔がやや赤いのが気になった。どうしようか。繭美は逡巡した。ここで様子を見守っていることしかできないのだろうか。

智明がカウンターに近づき、そこに座っている男と何やら話し始めるのが見えた。繭美がそわそわしながらその様子を見守っていると、カウンターに座っていた男が立ち上がった。口論になっているようだ。繭美は居ても立ってもいられなくなり、思わず立ち上がった。そのとき智明が男の胸を突き飛ばし、それに腹を立てたのか、男の方も智明の肩のあたりを強く押す。バランスを崩した智明が倒れてしまい、近くにいた女性客が声を上げた。

カウンターに駆け寄る。立ち上がろうとしていた智明のもとに向かい、彼の肩に手を置いた。例の男はやや困惑した顔つきでこちらを見ている。たしかにファミレスで見かけた男によく似ている。

「先輩、いったん出ましょう」

繭美はそう言って智明の背中を押し、店から連れ出した。追いかけてきた店員に一万円札を一枚渡し、「ご迷惑をおかけしました」と謝った。お釣りは要らないと伝えてから、店の前から離れた。

「探偵らしい」隣を歩く智明が言った。「君のことを調査していたみたいだった。誰に雇われたか問い詰めたんだけど、白状しなかったよ。心当たりはあるかな」

身に覚えがない。しかしここ数ヵ月、立て続けにお見合いをしていて、そのすべてを断っている。そのうちの誰かが一方的に好意を抱き、探偵に素行調査を依頼したとは考えられないだろうか。何だか気持ちが悪い。

「いずれにしても今後君に近づいたら法的手段に出ると脅しておいた。法的手段なんてとれるわけがないんだけどね」

「ありがとうございます。助かりました」

まさか探偵に見張られているとは想像もしていなかった。彼がいてくれなかったら何も気づかなかったことだろう。お見合いなんてもううんざりだ。

夜の新宿は賑わっている。油断すると彼と離れてしまいそうだ。駅が近づくにつれて通行人の数は増え始めた。

「繭美ちゃん」隣を歩く智明が言った。前を見たままでこちらを見ようとしない。「実は大学の頃に君のことを好きだった。で、この前君と再会して、あの頃の気持ちに火がついたんだ。どうかな、繭美ちゃん。俺と真剣に付き合ってくれないか？」

意表を突く告白に繭美は思わず立ち止まっていた。驚きが大きいが、嬉しいという思いも少なからず含まれている。何と答えたらいいだろうか。迷っていると智明が通りの方に目を向けて言った。

「今すぐ答えなくていい。ゆっくり考えてくれればいいから。今日はタクシーで送るよ」

その気遣いが有り難い。彼の好意は嬉しかった。できればイエスと伝えたい気持ちもあるが、それをすぐに伝えるのは愛に飢えているように思われそうで恥ずかしい。

智明が空車のタクシーに向かって手を上げていた。その姿を後ろから見ながら、繭美は久し振りに充足感を味わった。

※

智明が帰ってきたのは午後十時三十分のことだった。家の前に車が停まった音が聞こえたので、由香里は窓の外を見た。一台のタクシーが停まっている。夕方連絡があり、同級生と飲みにいってくると智明は言っていた。もう少し遅くなると思っていたが、意外に早く帰ってきたようだ。

「ただいま」

玄関のドアが開き、智明の声が聞こえた。「おかえりなさい」と由香里は夫を出迎える。リビングに入ってきた智明はそのまま冷蔵庫に向かい、中から缶ビールをとり出した。ソファに座りながら智明が言った。

「早かっただろ。マツモトが早く帰るって言い出してさ。明日出張で朝が早いらしい」

「そうなんだ」

「あまり食ってなくて腹が減ってるんだ。お茶漬け以外に何かないかな？」

「カップ麺ならすぐに作れるけど」

「いいね。頼むよ」

一応離れにもキッチンはついており、湯を沸かすことくらいはできた。智明がテレビを点け、ニュース番組を見始めた。沸騰した湯をカップ麺に注ぎ、割り箸とともに智明のもとに持っていく。「サンキュ」とそれを受けとり、智明は腕時計に目を落とした。

「実はね」意を決して由香里は智明に言う。「今日、お義母さんから言われたの。明日、日本橋にある水天宮っていう神社にお参りに行くんだって。もちろん私も一緒にね。智明さん、水天宮って知ってる？」

「聞いたことあるな。たしか安産祈願の神社じゃなかったかな」

「そうなの。あと、子授けとかね。お義母さん、早く孫の顔が見たいみたい」

智明は黙ったまま腕時計を見て、カップ麺の蓋を剝がした。割り箸を割って麺を啜《すす》る。三口ほど食べてから智明が言った。

「俺かお前、どっちかに問題があるんだと思う」

どちらかが妊娠できない体質ということだろう。結婚したばかりの頃は避妊具を使っていたが、何度か忘れたこともあった。それでも結局子供を授かることはなかった。どちらかに問題があるというのはうなずける話だった。

智明が続けて言う。

「でもこればかりは仕方ないと思うんだよ。タイミングみたいなものもあると思うしさ。無理に子供を作る必要もないって俺は考えてる。由香里はどう思ってる？　心の底から子供が欲しいと思ってるか？」

　子供を欲しいとずっと思っていた。しかしそれが義母のためなのか、それとも自分のためなのか、正直わからなくなっているのが本音だった。少なくとも私は義母の孫を産むために存在しているわけではない。

「わからない。別にすぐに欲しいとは思っていないかも」

「だろ？　だったらそれでいいじゃないか。今のままで俺は十分だけどな」

　今のまま。掃除や洗濯に追われ、酔って帰ってきた夫のためにカップ麺を作る。そういう生活がこれからも続くということか。それはそれでどこか虚しいように思われた。

「そのうち母さんには俺から話しておくよ」

「じゃあお参りは？　明日のお参りはどうすればいいの？」

「行ってこいよ。どうせ暇なんだろ。母さんが旨いものをご馳走してくれるんじゃないか」

　世田谷さくらぎ記念病院に勤務していた頃、由香里は病院の近くのアパートに住んでいた。やがて智明と付き合い始め、彼が由香里の部屋に通ってくるようになった。近くの定食屋で食事をして、そのまま部屋に来るのがいつもの流れで、部屋に入ると智明はすぐに体を求めてきた。一晩に二度、三度は当たり前だった。

　過去に付き合った男性と比較しても、智明の性欲は強い方だと思う。ところが今年に入って彼は一回も妻を抱こうとしない。義母からの提案を話したのも、それがきっかけとなって真剣に子作りを――要は智明が抱いてくれるのではないかという淡い期待があった。しかし彼は興味を示した様子もなく、逆に子供の必要性を感じないとまで言い始めたのだ。

智明は今年で三十五歳になる。まだ性欲が減退するような年齢ではない。ほかに相手がいるのではないか。世田谷さくらぎ記念病院には若いナースがそれこそ掃いて捨てるほどいる。

「お、始まったな」

智明がリモコンを手にとり、テレビの音量を上げた。スポーツコーナーが始まったのだ。

「ご馳走様。なあ、ビールもう一本持ってきてくれないか？」

智明がカップ麺の容器をテーブルの上に置く。麺だけは食べたようだが、スープが三分の一ほど残されていた。それを持ってキッチンに向かい、冷蔵庫から缶ビールを出して再びリビングに戻る。缶ビールをテーブルの上に置くと、智明はテレビを見たまま「サンキュ」と言った。

世間から見ればいい暮らしを送っていると思う。都内屈指の高級住宅街に住み、夫は医者だ。十日に一度は出前の特上寿司を食べ、スーパーに行っても特に値段を気にすることなく好きなものを籠に放り込む。しかしだ。そんな生活が最近は息苦しく感じつつある。

帰りたい。そう思った。どこに帰ればいいのかわからないが、とにかく帰りたい。ここではないどこかに自分の本当の居場所があるのではないか。

「打ってくれよ。ここで打たないでどこで打つっていうんだよ」

背後で智明の声が聞こえた。巨人の試合経過を放送しているらしい。由香里はカップ麺の残ったスープを三角コーナーに流し捨てた。

※

「……足が折れてるのに、今から会議に出るって言うんだぜ。会社の重要な会議らしいんだけどさ、俺としたらそれを許すわけにはいかないだろ」

目の前に座る神野智明が話している。目黒にあるレストランだ。交通事故で運ばれてきた患者が治療を拒否し、会社に戻ると言い出した話を彼は面白おかしく語っていた。

「それでどうなったんですか？　その人、会議に出たんですか？」

「そういうわけにはいかないよ。駆けつけた奥さんに説得されて泣く泣く諦めたんだ。いろんな人がいるよ、まったく」

今日は水曜日だ。前回会ってから三日たっている。今日は繭美から食事に誘った。ある決意を胸に智明と会うことにしたのだった。

「こちらをお下げしてよろしいでしょうか？」

店員がやってきたので、空いた食器を下げてもらった。あとは食後のコーヒーが出るだけだ。

繭美はナプキンで口の端を拭いてから言った。

「先輩、前回のお話ですけど」

「ああ、それか」急に落ち着きをなくしたかのように智明がグラスを手にした。「別に急ぐことはないよ。俺はこうして君と食事をするだけでも楽しいわけだしね」

いや、時間は惜しい。私はもう三十四歳なのだ。無駄な時間を過ごしている暇などない。姿勢を正して繭美は言った。

「よろしくお願いします、先輩」

男性と付き合うのは三年振りだ。三年前に別れた恋人は友人の紹介で知り合った銀行員だった。

頭もよく、容姿も申し分なかったのだが、好みが合わない部分があった。最初のうちは気にならなかったが、付き合っていくうちに徐々にわかってきたのだ。たとえば昼食に何を食べようと相談すると、決まって意見が分かれた。映画でも観ようかという話になっても、必ず映画館の前でどちらが観たい映画を優先するかと話し合う羽目になった。そういう些細な言い争いが積み重なり、最終的には別れることになったのだ。お互い付き合っているときから価値観の相違には気づいていたので、すんなりと別れることができたのが幸いだった。

「嬉しいよ、藺美ちゃん。本当に嬉しい」

「すっかりおばさんになってしまいましたけど」

「藺美ちゃんは全然若いよ」

「先輩こそ若いですよ。私の周りの同世代の人たちに比べても若く見えます」

コーヒーが運ばれてきた。三年前に別れた恋人は紅茶派で、コーヒー派の藺美とはそこからして違った。智明は美味しそうにコーヒーを飲んでいる。たったそれだけのことでも藺美には満足だった。

「でも世の中の男は何やってんだろうな。君みたいな子が今まで独身だったなんて」

「同じ台詞を言わせてください。世の中の女性は何やってるんでしょうね。先輩みたいな素敵な男性を放っておくなんて」

最近はお見合いで男性と出会うことが多かった。お見合いの席とは相手がどんな男なのか、それを数時間のうちに見抜かなくてはならない、いわば戦いの場でもある。しかし智明は違う。お互いの若い頃を知っているというだけで、これほど肩の力が抜けるのだと藺美は内心驚いていた。

　それに智明の性格もある。どこか子供っぽいところがあり、あまり細かいことを気にしないその性格は、おそらく育ちのよさに起因するものだろう。こういう男性は繭美の周囲にはあまりいない。

「俺の場合、仕事が忙しいってのもあるんだけどね。若い頃は夜勤もあって大変だったんだ。今でも月に一、二度は夜勤の当番が回ってくるけどね」

　医師というのは大変な職業だと思う。人の命を預かる仕事なのだ。場合によっては――いや、結婚するとなったら今の仕事を続けるのは難しいだろう。家庭に入って彼のために尽くすのが一番だ。

　いや、ちょっと待て。繭美は心の中で小さく笑う。まだ結婚すると決まったわけじゃない。交際することが決まっただけなのだから。

「繭美ちゃん、出身どこだっけ？　たしか東京じゃなかったような……」

「静岡です。藤枝ってところです」

「兄弟っているの？」

「兄がいます。三つ年上で、今は藤枝市内にある発動機メーカーで働いてます。小学生の子供が二人いるんです。昔は可愛くてしょっちゅう顔を見に帰省していたんですけどね」

　二人の甥っ子は可愛かったが、小学校に入学したあたりから生意気になり、今では正月やお盆に顔を合わせるだけだ。まあ可愛いことに変わりはないのだが。

「先輩は？　ご兄弟っていらっしゃるんでしたっけ？」

「俺はいない。一人っ子だ。今でも実家に住んでるよ」

互いの家庭環境や好きな食べ物、生活のリズムなどについて話をした。やはり同じ大学の卒業生という共通項もあり、話題には事欠かなかった。コーヒーをそれぞれ一杯ずつお代わりし、それを飲み終えたあたりで店員がラストオーダーを訊きにきたので店を出ることになった。

「今日はご馳走様でした。美味しかったです」

「タクシーで送っていくよ」

「いいです。電車で帰りますから」

ここは目黒なので藺美の自宅マンションがある恵比寿まで山手線でひと駅だ。歩いても帰れる距離だった。

「じゃあ私はここで……」

不意に右手を摑まれた。そのまま智明の胸の中に抱き寄せられる。耳元で彼の声が聞こえた。

「好きだった。本当に好きだったんだ」

「せ、先輩、人が見てます。恥ずかしいですって……」

さらに力を込められ、強く抱き締められる。私はもう子供ではない。今夜、この男と寝るんだなと藺美は実感していた。

深夜一時、藺美は恵比寿の自宅マンションにいた。隣には智明の姿がある。お互い何も身にまとっていない。一枚のタオルケットを分け合うようにかけている。

「今、何時になる?」

耳元で彼の声が聞こえた。すっかりリラックスした声だ。こんな無防備な彼の姿をこれほど間近で見る日が来るとは想像もしていなかった。世田谷の病院で彼に再会したときのことを思い出す。絶対に出会いたくない相手に出会ってしまった。そんな風に思ったものだったが、まさか彼と交際することになろうとは人生とは何が起こるかわからないものだ。

「一時よ」

繭美がそう答えると、智明は「ごめん」と言いながら繭美の首の下にあった自分の手を引き抜いた。それから体を起こしてベッドに座り、床に散乱している自分の衣服を次々と拾い上げた。シャツも靴下も裏返しになってしまっているようで、それらを一枚一枚直している。

「帰るの？」

「うん、そうしようかと」

「泊まっていけばいいのに」

「俺もそう思ったんだけどね」智明が立ち上がり、トランクスに足を通した。野球部だっただけのことはあり、筋肉質な体だ。しかし本人は運動不足を嘆いていて、腹のあたりの贅肉を気にしているらしい。「明日も仕事だし、今日は帰ることにする。また近いうちに会いにくるから」

彼は衣服を次々と身につけていく。最後にシャツをズボンの中に入れ、ベルトを締めた。繭美もベッドから下り、タオルケットを体に巻きつけて立ち上がる。

「下まで送るわ」

「いいって。服を着るのが面倒だろ」

彼が口づけしてきた。さっきまでベッドの上でしていたキスとは違う軽めのものだ。

「朝は早いの？　診察って九時くらいからじゃなかったっけ」

「診察開始は九時からだけど、それまでに入院患者の診察を終わらせないといけないからね。それにうちは親父も母親も朝が早くてね。六時半には朝飯なんだ」

「そうなんだ。大変だね」

桜木の実家で暮らしているという。いまだに実の両親と同居するという感覚が繭美には理解できない。大学入学を機に上京して以来、十六年近く一人暮らしをしている。

「じゃあ行くよ」

そう言って智明は玄関に向かって歩いていくので、繭美は彼の背中を追った。革靴を履き、もう一度軽いキスをしてから智明がドアを開けた。

「おやすみ、繭美ちゃん」

「おやすみなさい」

サンダルを履いてドアの中から首だけ出して彼が去っていくのを見送った。階段室に入っていく姿を見届けてから、繭美は部屋の中に戻った。床に散乱している自分の衣服を拾い上げ、上着などはハンガーにかけ、下着類は洗濯機の中に放り込む。

一人きりになり、ようやく新しい恋人ができたんだという実感が湧いてきた。普段は一人で暮らす部屋のそこかしこに智明の残り香が漂っているような気がした。

相手の条件といい、出会ったタイミングといい、まさに運命の相手かもしれない。向こうは一歳年上の三十五歳。結婚を考えない年齢ではないはずだ。それにこの年――三十四歳の女性と付き合うにはそれ相応の覚悟があると考えていい。

ただし結婚に関して具体的な話を切り出すのは得策ではないだろう。まだ付き合い始めたばかりなのだ。長い道のりの第一歩を踏み出しただけに過ぎないのだが、その一歩の重みを繭美は実感していた。これまで付き合ってきた男たちとは違う、確かな手応えを感じていた。

シャワーを浴びよう。そう思って立ち上がったとき、ローテーブルの下にネクタイが落ちているのを発見した。智明が忘れていったものだろう。臙脂《えんじ》色のネクタイをとり上げ、それを椅子の背もたれにかけた。

何となく嬉しい。彼の所有物が私の部屋にあるという事実が自尊心を満たしてくれるようだった。繭美は体に巻いていたタオルケットをベッドの上に放り投げてから、シャワールームに向かって歩き出した。

※

「智明、遅いわねえ。何やってるのかしら」

義母の素子が味噌汁をお椀によそいながら言う。由香里はお茶を淹れていた。時刻は午前六時三十分、神野家の朝食の時間だった。

神野家では平日は必ずこの時間に家族四人が揃って朝食を食べる。朝食を作るのは素子であり、ご飯と味噌汁、それから焼き魚や玉子焼きといったシンプルな和食だ。最初のうちは手伝っていたのだが、朝食だけは素子が自分でこだわって作っているのがわかったので、今ではあまり手を出さないようにしている。十五分くらい前に来て、配膳などを手伝う程度だ。

「昨日、あいつは遅かったようだな。ちょうど俺がトイレに起きたとき、外でタクシーが停まるのが見えた。二時くらいだったんじゃないか」

すでに食卓に座っている義父の和雄が言った。和雄の言う通り、昨夜智明が帰ってきたのは日付が変わってからのことだった。タクシーが停まる音で目を覚まし、寝室から出て離れの玄関で彼を出迎えた。「おかえり」と言うと彼は面目なさそうに「すまない。起こしちゃったかな」と謝った。飲み会で帰りが遅くなることは多いが、ここまで遅くなるのは珍しいことだった。

「先に食べましょう。そのうち起きてくるでしょ」

素子がそう言って椅子に座ったので、由香里もそれに従った。テレビではＮＨＫのニュースが流れており、それを見ながら三人で朝食を食べ始める。どこかの高速道路で発生した交通事故のニュースをアナウンサーが読み上げていた。

「おはよう」

そう言いながら智明が母屋のダイニングに入ってきたのは、三人が朝食を食べ終えようとしている頃だった。すでに智明は出勤する服装に着替えている。智明も和雄も必ずスーツを着て出勤する。

「智明、昨夜は随分帰りが遅かったようだな」

和雄に言われ、智明が箸をとりながら答える。

「野球部の同期が結婚することになって、その前祝いでついね。あ、いただきます」

智明が朝食を食べ始めた。和雄はお茶を飲みながら新聞を読んでいる。毎朝七時三十分に大学病院の送迎車が和雄を迎えにくる。智明は同じくらいの時間に自転車で出勤していくが、昨夜はタクシーで帰ってきたので、今日は徒歩で行くことになるだろう。世田谷さくらぎ記念病院はここから歩いて二十分程度だ。雨の日は由香里が車で送っていくこともある。由香里は一応訊いてみた。

「智明さん、送っていこうか？」

「大丈夫だよ。天気もいいし歩いていくよ」

由香里は立ち上がり、テーブルの上の空いた食器類を片づけた。今日はゴミ出しの日だ。ゴミ出しは由香里の仕事と決まっているので、サンダルを履いてゴミを出しにいく。戻ってくると智明も食事を終えていて、素子が洗い物をしているのが見えた。

「すみません、お義母さん。私やりますから」

「いいのよ。もう終わるし」

リビングに智明の姿はない。ソファに座って和雄が新聞を読んでいる。普段なら智明もリビングでテレビを見たりしているのだが、すでに洗面所で身支度を整えているようだった。

「由香里さん、今日のお昼はどうしましょうかね」

素子の言葉に由香里は冷蔵庫に残っているものを思い浮かべた。

「そうですね。鶏肉が残っているので、親子丼なら作れますけど」

「いいわね、そうしましょう」

由香里は冷蔵庫の中を見て、鶏肉が入っていることを確認した。冷蔵庫の横にはカレンダーが吊るされていて、来週の土曜日のところが赤い丸で囲まれていた。子授け祈願を意味する丸だ。

三日前の月曜日、日本橋の水天宮に行った。平日だというのに結構な賑わいで、安産祈願の神社だけあり妊婦の姿が多く目立った。お賽銭をあげてから神社の境内を歩き回り、それから日本橋のデパートのレストランで食事をして戻ってきた。戌の日というのは十二日に一度巡ってくるので、素子はよほどのことがない限り、今後はお参りを続けるつもりらしい。

しばらくは子供を作る気はないと智明は先日話していて、それを義母にも伝えると言っていた。早く言ってくれればいいのだが、果たしてそれを聞いたときの素子の反応も気になるところだった。

「行ってくるよ」

洗面所から出てきた智明がリビングを横切っていく。時刻は午前七時十五分、徒歩で行くためいつもより早く出るつもりらしい。玄関で智明を見送った。

「今日は普通に帰ってくるの？」

「多分ね。少し残業になるかも」

「行ってらっしゃい」

智明が玄関から出ていった。そのままリビングに戻ろうとした由香里だったが、気になることがあってサンダルを履いて外に出た。すでに智明の姿は見えない。由香里は離れに向かって玄関から中に入る。

二階に向かう。二階には二部屋あり、片方は寝室で、もう片方は物置きとして使っている。二人の着替えなどもすべてここに入っていた。由香里は智明が使っているタンスを開けた。パイプにワイシャツが吊るされていて、一番右端にネクタイがかけてある。十種類ほどあるだろうか。

由香里はネクタイの柄を確認する。

やはりない。臙脂色のネクタイが見当たらなかった。昨日智明がつけていったはずのネクタイだ。

実は昨夜、遅くに帰ってきた智明を玄関で出迎えたとき、彼がネクタイをしていないことに気がついた。最近の智明は気に入ったネクタイを三種類ほど使い回していることを由香里は知っていて、臙脂色のネクタイはそのうちの一本だった。

遅くまで飲んでいて、途中で息苦しくなって外してしまったのだろう。そのときはそう思っていたが、やはり気になって確認したのだ。今日は紫色のネクタイをしていた。酔って飲み屋に忘れてしまったのだろうか。それともほかに理由があるのだろうか。

由香里はタンスを閉めて部屋をあとにした。

※

繭美はタクシーに乗っていた。世田谷さくらぎ記念病院に向かっている途中だ。実は今日、広報トウハツの今月号が搬入され、刷り上がったばかりのものをインタビューで世話になったトウハツ野球部の園田選手に届けることになり、その帰りに智明の職場を訪ねてみようと思ったのだ。普段はこんなことはしないが、仕事の途中に立ち寄ったという言い訳もできる。智明と付き合い始め、思った以上に舞い上がっている自分がいた。

「お姉さん、着いたよ」

「ありがとうございます。おいくらですか？」

料金を払ってタクシーから降りた。ハンドバッグの中には昨夜智明が忘れていった臙脂色のネクタイが入っている。ネクタイを返すのを口実に彼に会いたいだけだった。

午後三時、診察が始まっている時間帯のせいか、病院内は混んでいる。廊下を歩き、整形外科に向かった。整形外科の前のベンチにはすでに二十人以上が順番待ちで並んでいた。中で診察しているのは智明だろう。やはり仕事中に来てしまったのは失敗だったかもしれない。

数人のナースが通りかかったが、忙しそうだったので声をかけることができなかった。仕方なく繭美はロビーまで引き返し、総合受付と呼ばれる窓口に向かった。そこでは二人の女性が患者の応対に追われている。数人並んでいたので、繭美は一番後ろに並んで自分の番を待った。五分ほどして繭美の番が回ってくる。

「こんにちは。本日はどうされましたか？」

二十代の女性だった。紺色の制服に身を包んでいる。

「整形外科の先生、神野智明先生に用があるのですが」

「どんなご用件でしょうか？」

「忘れ物を届けにきました」

「奥様ですね。少々お待ちください」

そう言って受付の女性は内線電話に手を伸ばした。繭美は呆気にとられて受付の女性を見た。この子は今、私のことを智明の妻だと誤認した。これはどういうことだろうか。

「……総合受付です。神野先生はいらっしゃいますか。……ええ、お客様がお見えになっています。奥様です。なんでも忘れ物をお届けに来られたとか。……そうですか。わかりました。そのようにお伝えいたします」

受付の女性は受話器を置いてから言った。

「奥様、申し訳ございません。神野先生は診察中で手が離せないとのことです。もしあれでしたらこちらでお預かりすることも可能ですが、いかがでしょうか」

一瞬だけ考えてから繭美は答えた。

「それなら結構です。急いでいるわけではないので」

受付の女性が怪訝そうな顔をした。わざわざ病院まで届けにきておいて、急いでいないというのも変な話だ。怪しまれては困るので繭美は踵《きびす》を返して歩き出した。足早にロビーを横切って病院から出る。

病院の前には三台のタクシーが停まっていたので、そのうちの一台に乗り込んだ。上大崎までと告げてから、繭美は大きく息を吐いた。

さきほどのやりとりを思い出す。忘れ物を届けにきた。繭美がそう告げただけで、受付の女性は『奥様ですね』と断定した。これはつまり、智明が既婚者であることを意味しているのだろうか。

いや、そんなはずはない。彼の口から結婚しているという話は聞いていない。やはりあの受付の女性が勝手に勘違いしたのだろう。あんなに広い病院なのだから、どの医師が結婚しているかなどという細かいことまで憶えていないはずだ。忘れ物を届けにきた女性イコール奥さんに違いないと短絡的に考えただけ。きっとそうに違いない。

ようやく気持ちも落ち着いてきたが、胸の中に広がった疑惑は完全に消えたわけではなかった。

「おっ、事故みたいだね。参ったな」

運転手がそうつぶやくのが聞こえた。前に目を向けると渋滞が始まっているようだった。前から走ってきた救急車が繭美が乗るタクシーのすぐ真横を通って遠ざかっていく。救急車の走っていく方向からして、怪我人の搬送先は世田谷さくらぎ記念病院である可能性も高い。となると診察するのは智明だろうか。

「お客さん、ちょっと遠回りになるけど、迂回していいかな」

「お願いします」

昨夜から付き合い始めたばかりだというのに、もう私は彼に対して疑惑の目を向けてしまっている。この疑惑をどうにかして払拭する方法はないのだろうか。

繭美を乗せたタクシーは一方通行の細い路地に入っていった。


「ごめん、遅れちゃって。帰り際に上司に捕まっちゃった」

亀山優子は五分遅れでやってきた。いつも彼女と食事をする品川の洋食屋だ。繭美は笑顔で彼女を出迎えた。

「いいよ。私も今来たばかりだから。いつものでいいよね?」

「うん、任せる」

繭美は店員を呼び、いつも注文するハンバーグステーキのセットを頼んだ。ハンドバッグを空いている座席に置きながら優子が言う。

「繭美、何かあった？　元気なさそうだけど」

「私？　そうかな。特に何もないけどね」

何もないわけがない。本来であれば付き合い始めたばかりで、鼻唄でも歌いたいほど調子に乗っている時期だろう。しかし心の底から喜ぶことはできなかった。

世田谷さくらぎ記念病院に行ったのは昨日のことだ。あれ以来、智明が既婚者ではないかという不安が胸の奥にこびりついてしまっている。

「優子こそ何かあった？　いつもと違うんだけど」

彼女は割と地味な服装を選ぶ傾向があり、黒とかグレー系の服を着ていることが多いのだが、今日は濃い青のスカートに白いブラウスを着ていた。服装のせいかもしれないが、顔つきも明るく見える。

「いや、私はいつもと変わらないわよ」

「よく言うわよ。全然違うじゃない。何があったの？」

「この前会ったとき、岡山に行ったたって話したじゃない」

優子が話し出す。旅行中、岡山城の前で一人の男性旅行客と出会い、岡山城をバックにして互いに写真を撮り合ったという。彼は東京在住のサラリーマンで、そのときは連絡先を交換して別れただけだった。帰京後、何度か食事をして、正式に付き合い始めたとのことだった。

「それはおめでとう。よかったね、優子」

「ありがとう。でも付き合い始めたばかりだから」

「サラリーマンって、具体的に何している人？」

「食品関係のメーカー。年齢は二つ上かな」

注文したハンバーグステーキのセットが運ばれてきても、二人の話は続いた。もっぱら話すのは優子で、繭美は聞き役に回ることになった。でもおかしなものだ。二人で同じ時期に新しい恋人ができたのだから。

「で、そっちは何があったのよ」

ハンバーグを切り分けながら優子が訊いてくる。繭美はとぼけてみせる。

「えっ？　何の話？」

「誤魔化さないで。私たちどれだけ付き合ってると思ってるのよ。あんたに何かあったことぐらいお見通しなんだから」

それもそうだ。月に二回は必ず会って食事をする親友なのだ。微妙な変化に気づいても不思議はない。

当然、優子もチアリーディング部の同期だったので智明のことを知っている。しかし実名を出すのは憚《はばか》られた。名前は言わずに話すことにした。

「実はね、私も付き合い始めたの。つい先日のことなんだけど……」

彼が部屋に忘れていったネクタイを返しに職場に行ったところ、受付の女性に『奥様』と勘違いされたこと。もしかして彼は既婚者であることを隠しているのではないか。繭美の話を聞いて優子は確認するように訊いてきた。

「結婚してるかどうか、はっきり彼に聞いたことはないの？」

「はっきりとは聞いてない。指輪もしてなかったし、彼は独身だとばかり思ってた。結婚してたら付き合ってくれなんて言わないでしょ、普通」

「それはそうだけど、指輪してないから独身って決めつけるのは早計だったわね。それに別居中って可能性もあるし。やっぱり直接問い質《ただ》してみるしかないんじゃない？」

それができれば苦労しない。できないから困っているのだ。実は結婚しているんじゃないですか。そう訊いたときに返ってくる答えを聞くのが怖い。それに口ではどうとでも言える。

繭美が思っていたことを口にすると、優子がナイフとフォークを置きながら言った。彼女は料理をほとんど食べ終えている。

「確かにそうだね。追及しても本当のことを言うとは限らないわね。ねえ、繭美。もしその人が既婚者だったら別れるんだよね」

「うん、まあね」

当然別れるつもりだ。しかし未練があるのも事実だった。智明は結婚相手として申し分なかったし、結婚というチケットとしてはかなり上等な部類に入る。なかなか諦めることはできないが、向こうがすでに結婚しているなら諦めるよりほかにない。私が欲しいのは恋人ではなく、あくまでも生涯の伴侶なのだから。

「共通の知人とかいないの？　いたらその人にこっそり訊いてみるっていい手かもね」

優子に言われ、繭美はハンバーグを切るナイフを止めた。悪くない手だ。心当たりもある。どうにかしてその人に接触できないものだろうか。

皿の上のハンバーグはまだ半分ほど残っていた。

※

今日は日曜日だったが、神野家には由香里以外は誰もいなかった。智明と義父の和雄は朝から医薬品メーカーのゴルフコンペに参加しており、義母の素子は演劇鑑賞に出かけていた。午後二時、由香里も家から出た。向かった先は玉名翠の自宅だった。

「いらっしゃい」

翠が出迎えてくれる。いつものようにリビングに案内され、そこでコーヒーをご馳走になった。テーブルの上に積み重ねられた参考書は見慣れた光景になりつつある。

「で、何の用かな？」

「えっ？　特に用事があるわけじゃありません。日曜なのに家には誰もいないし、お茶でもしたいなと思っただけです」

「嘘だね。話があるって顔に書いてあるよ」

バレてしまったか。実は木曜日の一件について誰かに話したくて仕方がなかったのだ。智明が臙脂色のネクタイを忘れて帰宅したことだ。あんなに遅く帰ってきたのはここ最近ではあまりない。それを話すと翠は小さく笑って言った。

「単純に忘れただけとは考えられないかな。飲み会だったんでしょ。外してそのまま忘れてしまったとか」

「今までそんなこと一度もありませんでした。普通に考えて飲んでてネクタイ外そうとか考えますかね。コントとかではよく見ますけど」

「ドリフターズね。昔よく見たよ。酔って頭にネクタイ巻いてるんだよね。あんなのは普通じゃ有り得ないか」

実は毎日それとなく智明のタンスを確認しているのだが、いまだに臙脂色のネクタイは戻ってきていない。

「ネクタイを外す。つまりワイシャツを脱いだって由香里さんは考えているんでしょ」

「かもしれない。そう思ってるだけです」

ただ脱いだだけではない。そこには一緒に女性もいたのではないか。つまり智明は浮気しているのではないかと由香里は疑っているのだ。

智明との間に今年に入って性交渉はない。その理由として考えられるのが、彼がほかの女性とそういう関係にあるということだ。妻ではなく、別の女性で性欲を満たしているのだ。

「それしか考えられないわよ」翠がどこか自信ありげに言う。「だって智君はルックスも悪くないし、頭もいい。しかも医者だ。三拍子も四拍子も揃ってる。声をかければついてくる女もわんさかいるだろうし」

「ですよね」

予想していたので落胆はなかった。それに先日、彼に子供を作る意思がないことを知った。いったい自分の結婚生活とは何なのか。由香里は根本的な部分について疑問を持ち始めていた。

「智君と結婚した決め手は何？」

「それは……プロポーズされたからです」

プロポーズされたのは交際を始めて一年がたった頃だった。相手はエリート医師だし、一介のナースに過ぎない自分には身分不相応だと思い、そういう思いをそれとなく伝えたところ、彼は笑って言った。関係ないって、そんなの。俺は君と結婚したい。それだけだ。

「由香里さんにとって結婚って何なの？」

「結婚、ですか……」

翠に訊かれて言葉に詰まる。結婚とは何か。実は結婚の理想像は頭に浮かんでいるのだが、自分が何一つ実現できていないことに改めて気づかされる。由香里にとっての結婚とは、好きな人と一緒になり、その人の子供を産んで、その子を育てることだった。

残念ながら由香里には子供がいない。さらに夫が浮気しているのであれば、自分の結婚生活は完全に破綻しているのではないだろうか。

「私、アメリカに友達が住んでるんだけど」翠が急に話し出す。「その子、旦那が映画のプロデューサーだったの。その旦那が女優の卵と浮気していてね、裁判沙汰にまで発展した。詳しい金額はわからないけど、日本円で二千万円くらいは手に入れたんじゃないかな」

「そ、その話と私がどういう……」

「もし智君が本当に浮気してるなら、あんたは有利な条件で離婚できるかもしれないんだよ。旦那が普通のサラリーマンだったらたいした慰謝料は見込めないだろうね。でも智君は医者だし、年収だってそこそこの金額のはず。となるとかなりの慰謝料を期待できるんじゃないかな」

「私は離婚なんて考えてませんから」

「本当にそうかな？」

翠の言葉が胸に突き刺さる。本当にそうなのか。本当に私はこのまま智明との結婚生活を続けたいのだろうか。

掃除と洗濯、それから買い物と料理が日課だ。昼間は大抵義母と一緒に過ごす生活だった。たまの休みも智明は外出することが多く、夫婦揃ってどこかに出かけることなどほとんどない。最近では十二日に一度の割合で日本橋の水天宮にお参りするという慣習も加わった。智明とは性交渉がないというのに子を授かる祈願なんて馬鹿げている。

「私からは、今のあんたは神野家のお手伝いにしか見えない。嫁という名のお手伝いだよ。彼は姑と仲良くやってくれるお手伝いさんが欲しかったんじゃないかな」

お手伝い。その呼び名が自分にぴったりのような気がした。由香里さん、今日はお風呂掃除をよろしくね。由香里さん、今日の煮物は少し味が濃かったわよ。由香里、このワイシャツの染み、どうにかしてくれないか。

由香里は翠を見た。少しだけ翠のことが嫌いになった。なぜこの人はこんなに意地悪なことを言うのだろうか。しかし由香里の胸中を見透かしたように彼女が言う。

「そんなに怖い顔しないで。私は自分の意見を率直に言ってるだけなんだから。肝心なのは決定的な証拠を見つけることだよ。智君が浮気しているって完璧な証拠をね」

「どうやって見つけるんですか？」

「興信所あたりに頼むのがいいんじゃないかな。プロに任せるのが一番だよ」

智明が浮気をしている決定的な証拠を摑みたいと思う反面、それを知ってしまうのが怖いという気持ちもあった。本当に彼が浮気をしていたとして、果たして私に何ができるというのだろうか。

由香里はそう頭を巡らせながら、すっかり冷めてしまったコーヒーを口にした。

※

「まさか日村さんが本社の広報課にいたなんて知らなかったよ。もっとも俺は営業所を転々としているから本社には縁がないんだけど」

藺美は神奈川県平塚市内にあるトウハツの平塚営業所にいた。国道沿いにある営業所はガラス張りになっていて、トウハツの新車が数台展示されている。周囲にも他社の営業所があり、まるで競争のようにそれぞれのロゴマークを掲げている。

「私も驚きました。まさか小野《おの》さんがトウハツで働いていたなんて」

「でも嬉しいよ。広報トウハツのインタビューだよね。あれに載るなんて最高だ。嫁や娘に自慢できるよ」

男の名前は小野光弘《みつひろ》といい、ここ平塚営業所に勤める営業マンだ。広報トウハツの次号のインタビュー記事を彼にしようと思ったのには訳がある。智明の言っていたことを思い出したからだ。

あれは野球場で打球が頭部を掠め、世田谷さくらぎ記念病院に搬送された日のことだった。治療を終えて薬局で順番を待っていると智明がやってきて、そこで話をした。そのとき彼はこう言っていた。オノって憶えてるかな。俺の同期でショート守ってた男なんだけど、そいつがトウハツにいたはずだ。

　オノという名前の社員がトウハツにいて、その男は智明と同じ聖花大野球部のＯＢということなのだ。智明の同期ならば何か知っているのではないか。そう思って社員名簿を調べたのだ。オノという名字の社員は無数にいたが、三十五歳という条件に合致するのは彼だけだった。向こうは藹美のことを憶えていてくれたようだが、こちらは生憎《あいにく》彼に関する記憶がない。

「ではインタビューを始めますね。ええと、小野さんは入社後に野球部に入られて、翌年退部されているようですが、そのあたりの経緯について教えてください」

「わかりました」咳払いをしてから小野が続ける。「野球推薦のような形で入社したんですが、すぐに足の腱を痛めましてね、野球をやめざるを得なくなりました。退社も考えたんですが、せっかく入った会社だし、第二の人生ではないですけど、今度は営業マンとしてやり直そうと決意したんです」

「最初は大変だったんじゃないですか？」

「そうですね。実は当時、すでに今の女房と付き合っていたんです。彼女と結婚したいがために猛烈に働きました」

　インタビューは続いた。思った以上に面白い話が聞けて、いい記事になりそうだという実感があった。トウハツ自動車という会社が地方にある営業所の社員たちに支えられていることを伝えることができそうだ。

「……ありがとうございました。取材は終わりです。お陰様でいい記事になりそうですよ」

「本当に俺なんかでいいんですかね」

「まったく問題ありませんよ。だって小野さん、平塚営業所躍進の立役者じゃないですか」

それは本当の話だった。営業マンになってからの彼の成績は目覚ましく、この平塚営業所は神奈川県内でもトップ3の売り上げを誇る。彼の活躍によるところが大きいと聞いている。

「ちなみにもう一人は誰なのかな？　いつも二人分のインタビューが掲載されるよね」

「もう一人は副社長です」

「随分見劣りするなあ、それは」

そう言って小野が笑う。人の好《よ》さそうな笑顔を見て、繭美はわずかに罪悪感を覚えた。それを振り払って繭美は本題に移ることにした。

「今日は聖花大の同窓生とお話ができて大変光栄でした。今でも小野さんは大学時代のご友人と仲がよろしいんですか？」

「うん、まあね」さして不審がることもなく小野は答える。「今でも暮れには必ず同期で忘年会を開いてる。俺は平塚だからなかなか足を運べないけど、都内に住んでる連中は結構頻繁に飲んでるんじゃないかな。チアはどうなの？　今でも交流あるの？」

「それなりにありますね。でも女子の場合、結婚しちゃうとなかなか時間が合わなくなったりしますから。あ、思い出したんですけど、実は広報トウハツの今月号の取材で野球部にお世話になって……」

取材中に飛んできた打球が頭を掠め、最寄りの病院に運ばれた顛末を小野に説明した。

「……それで私を治療してくれた先生が神野さんだったんです。私、びっくりしちゃって」

「神野か。あいつたしか自宅近くの病院で働いてるんだよな。家は桜木だろ。羨ましい限りだよ」

　ここだ。繭美は覚悟を決める。手に持っていたボールペンをぎゅっと握り締めてから用意していた台詞を口にする。

「神野さん、結婚されているんですよね」

「うん、してるよ。もう七、八年になるんじゃないかな」

　一瞬、頭の中が真っ白になった。ある程度予想していたとはいえ、思っていた以上にショックだった。神野智明は既婚者だった。私は完全に騙されたのだ。

　動揺を悟られぬよう、平静を装いながら小野に訊く。

「お相手の方、どんな女性なんですか？」

「こう言っちゃ悪いけど、割と地味な感じの子だよ。ナースだったはずだ。神野はもっと綺麗でいいところのお嬢さんと結婚すると思ってたから、正直意外だったね。子供はまだいないはずだ。あまり神野とは釣り合いがとれないっていうか……あ、言い過ぎかな」

　騙した智明への怒りもあったが、それ以上に自分が情けなかった。どうして智明の本性を見抜けなかったのか。それが悔しくて仕方がなかった。新しい恋人ができて一瞬でも夢を見てしまった自分が腹立たしい。

「小野さん、お客様がお見えになっています」

　一人の女性社員が小野の耳元でそう囁くのが聞こえ、繭美はそれに反応して言った。

「本日はありがとうございました。掲載させていただくインタビュー記事は先に目を通していただきますので、後日こちらからご連絡させていただきます」

「了解です。楽しみにしてるよ」

小野と握手をして平塚営業所をあとにする。国道沿いに歩道を歩き始めると、不意に目頭が熱くなってきた。これほど悔しく、情けない思いになったのは久し振りだ。

手に入れるはずだった結婚というチケットが偽物だった。しかもそのチケットを手に入れるため、私は貴重な時間を犠牲にして、心を深く傷つけられた。彼にこの代償を払わせるにはどうしたらいいのだろうか。

繭美は歩道を歩きながら、ひたすら考え続けた。


夜の十時、繭美は品川区内のマンションの前で立ち止まり、エントランスの中に入った。エレベーターで六階まで上がり、六〇三号室のインターホンを押す。しばらくしてドアの向こうから「どちら様ですか」という女性の声が聞こえてきた。

「ごめん、優子。私よ、繭美」

ドアチェーンが外れる音が聞こえる。ドアが開いて亀山優子が顔を覗かせた。

「どうしたの？　こんな時間に」

優子は白いスリップを着ている。やや髪が乱れていた。煙草の匂いが鼻についた。優子は煙草を吸わない。繭美は下を見て、そこに男性用の革靴が置いてあるのを見て事情を察した。

「ごめん、優子。ちょっと近くまで来たから寄ってみただけ。悪かったわ」

「先に連絡してくれたらよかったのに。今ね、彼が来ているのよ」

旅行先で出会ったという新しい恋人だろう。ずっと親友だと思っていた優子がちょっと遠くに行ってしまったような気がした。チアリーディング部でも最後の独身組だ。彼女だけは私の同志だとずっと思っていた。

「私、帰るね」

「ごめんね、繭美。急に来るなんて何かあったんでしょ。また今度ちゃんと時間作ってゆっくり話そう」

「ううん、何でもない。本当に近くまで来ただけだから。じゃあね」

そう言って繭美は踵を返し、再びエレベーターに乗って一階まで降りた。エントランスから出て歩き始める。行く当てはない。優子にすべてを話し、助言を欲しかったのだが、欲しいのは助言ではなく同情の言葉だと自分でもわかっていた。しかしどれだけ同情の言葉をかけてもらっても、事態が劇的に変化するわけでもないことは自分でもわかっている。彼は既婚者であり、私は騙された馬鹿な女なのだ。

目の前にバス停が見えた。二台のベンチが並んでいて、繭美はそのうちの一台に腰を下ろした。隣のベンチにはカップルらしき若い男女が座っていて、何やら楽しそうに話している。

どうしてこうなってしまったのか。それを今さら考えても仕方がないことは承知している。それでも考えないわけにいかなかった。どうして最初に彼の本性を見抜けなかったのだろうか。こうなってしまった以上、自分にできることは一つだけだ。潔く身を引く。それが最善の道だ。しかし悔しかった。このままでは収まりがつかない部分もある。

たとえばこのまま彼と付き合い続けるという方法もある。そしてどうにかして彼を今の奥さんと別れさせ、結婚というゴールまで辿り着くのだ。今日平塚で聞いた小野の話を思い出す。地味な女で、子供もいないという話だった。だったら何のための結婚なのか。そんな女とはすぐに別れるべきではなかろうか。

智明がどう思っているのか、その真意がわからなかった。私のことを単なる遊びと割り切っているのであれば、これ以上の進展は期待できない。その場合はとっとと彼のことなど忘れるべきだが、何かしらの爪痕——私を騙したことを後悔するような爪痕くらいは残してやりたいものだ。

藺美は膝の上に置いたハンドバッグから一冊の冊子をとり出した。薄い冊子だ。さきほど押し入れの奥から引っ張り出してきたもので、大学時代の名簿だ。載っているのは体育会系の部に所属する学生で、当然のことながら野球部の部員も名前が載っている。

ページを折り曲げてあるのですぐに神野智明の名前は見つかる。世田谷区桜木二丁目が彼の住所だ。実家に住んでいるという話だったので、彼は今もそこに住んでいるはずだ。まだ見ぬ彼の妻も一緒だろう。

どんな女だろうか。それだけは興味があった。神野智明というエリート医師の妻の座にある女とは、果たしてどんな女か。やはりこの目で見ないことには何も始まらない。

隣のベンチに座っていたカップルが立ち上がった。走ってきたバスが停車し、そのドアに女性の方が乗っていく。男性はその場で彼女に手を振って見送っている。やがてバスが走り去ると、男性はポケットに両手を突っ込み、てくてくと歩いて去っていった。

藺美はもう一度名簿に視線を落とし、神野智明の住所を見る。このまま終わらせたくない。絶対に。

※

「由香里さん、庭の植木が伸びてきたわね。造園屋さんに電話しておいて頂戴」

「わかりました」

朝の食卓。いつもと同じ光景だ。義父の和雄と夫の智明は揃ってテレビのニュースを見ながら朝食を食べている。素子が漬け物を箸でとりながら和雄に向かって言った。

「ねえ、あなた。今夜あたりすき焼きでもどうかしら？　最近してないじゃない」

神野家のご馳走といえば、栄松の特上寿司かすき焼きと相場が決まっている。すき焼きは近所の精肉店で神戸牛を買い、それを家で調理して食べるのだ。月に一度か二度の割合で食べるのだが、今月に入って食卓に上がっていない。

「今夜だったら俺は大丈夫だな」

和雄が答えると、隣の智明がテレビを見たまま言う。

「俺、多分遅くなるから無理だ。いいよ、俺抜きでやってよ」

「何言ってるのよ、智明。すき焼きは全員揃って食べるって決まってるでしょうに。仕方ないわね、じゃあお夕飯どうしようかしら。由香里さん、食べたいものある？」

「私は特に……」

智明を見た。テレビを見たまま漬け物をぽりぽり食べている。今夜は遅いらしい。仕事だろうか。もしくはいつものように大学時代の友達と飲みにいくのだろうか。それとも友達という名の愛人に会うつもりなのか。

　彼が浮気をしている決定的な証拠を見つけること。それが離婚調停を有利に進める条件だと玉名翠から助言された。しかし興信所に払う謝礼も用意できないため、自分で調べるしか方法はない。

　今夜は絶好の機会かもしれない。遅くなるとあらかじめわかっているのだ。彼が浮気相手と会う保証はないが、それでも見張っていれば何かわかるかもしれない。たとえばタクシーの運転手を買収すればどうだろうか。一万円を渡し、病院から出てきた智明を尾行してもらうのだ。何台かに声をかければ請け負ってくれるタクシーも見つかるだろう。

　だが果たして私に探偵のような真似ができるだろうか。それが一番の不安だ。そもそも夜に一人で外出したことなどこの数年で記憶がなく、その言い訳を考える方が難しそうだ。下手なことを言うと義母から根掘り葉掘り訊かれる羽目になってしまう。やはりどうにか金を工面し、興信所に依頼するのが一番いい方法かもしれない。

「智明、由香里さんから聞いてると思うけど」そう前置きしてから素子が続けた。「先週からね、日本橋の水天宮にお参りを始めたの。これから戌の日には行くことにしようと思ってるわ」

「ああ、聞いてる。俺はそこまでしなくてもいいと思うけどね」

「何言ってるのよ。ご利益《りやく》がある由緒正しい神社なんだから。一度くらいはあなたも一緒に来てはどうかしら」

　現時点で子供を作る必要性は感じていない。それが智明の考えであり、時機を見て義母たちにも話すと言っていた。今がその時機ではないかと内心思ったが、智明は曖昧にうなずいただけだった。

「まあ、そのうちね」

「そういう呑気なところはお父さんにそっくりね。ご馳走様でした。由香里さん、ゴミ出しよろしく」

「はい、お義母様」

「本当に由香里は偉いよな」

智明がそう言いながら席を立った。普段なら気にならない言葉がなぜか頭の隅に引っかかった。私は褒められるようなことをしているのか。先日翠に言われたお手伝いという単語が頭の隅にずっとこびりついている。

由香里は皿に残っていた漬け物を食べてから食器を片づけた。洗い物を終え、ゴミ袋を持ってキッチン脇にある裏口から外に出る。庭を横切って外に出た。今日も外は晴れている。すでに七月も後半になり、暑い日々が続いていた。

ゴミ袋を持って通りを歩く。出勤していく近所の会社員とすれ違い、由香里は「おはようございます」と丁寧に挨拶した。神野さんのところのお嫁さんは挨拶もできない。そんな噂が広まったら大変だ。

集積場にゴミ袋を置いた。それから通りを引き返した。角から一人の女性が出てきた。家を探しているようで、手に冊子のようなものを持っている。ベージュのタイトスカートに白いブラウス。仕事に行くOLのようだ。

女性と視線が合う。なぜか向こうは驚いたような顔をして、一瞬だけ足を止めた。知り合いだろうか。しかしその顔に見憶えはない。すれ違いざまに由香里は会釈をしたが、向こうは足早に歩き去った。

神野家の前に到着する。門の前で立ち止まり、後ろを振り向いた。さきほどの女性がこちらを見ていたようだったが、由香里の視線に気づいたのか、すぐに前を向いて歩いていった。

さきほど見た顔を目に焼きつけてから、由香里は門から中に入った。

「怖い女だね。多分敵情を偵察しに来たんじゃないの。ああ、怖い怖い」

玉名翠はそう言って大袈裟に肩をすくめた。それを見て由香里は苦笑して言う。

「翠さん、冗談言ってるんじゃありませんよ。どう思います？　本当に彼女がうちの人の浮気相手だと思いますか？」

「どうだろう。可能性は五分五分ってところじゃないかな」

今朝、ゴミ出しのときにすれ違った女性のことだ。このあたりでは見ない顔だったので気になった。桜木の住人であれば婦人会などの活動を通じて顔くらいは見たことがある。

「朝っぱらから不倫相手の家を探すってのも妙な話だけどね。保険のセールスレディとかじゃないかな」

「保険のセールスか。そうかもしれませんね」

目鼻立ちのしっかりした美人だった。芸能人とまではいかないが、少なくとも由香里の周りにはいないタイプの女性だった。

「で、どうするの？　興信所に依頼する気になった？」

「料金が気になって……。できればそうしたいと思ってはいるんですけど」

「私が貸してもいいよ。お金はたくさんある」

翠はそう言ってグラスのウィスキーを飲み干し、さらにボトルから注いだ。今は午後の二時だ。買い物の帰りにちょっとだけ寄ったのだが、翠はすでに飲んでいた。聞くと今日は仕事が休みらしい。

「ほ、本当ですか？」

「うん。あんたがそう望むならね」

両親が事故で死亡し、貯金と家、それから保険金などが入ってきて、遊んで暮らせる生活になったようだが、翠の生活は退廃的であり、同時に厭世的でもあった。大切な両親を失う代わりに一生遊べる金を手に入れた彼女。自由気ままに生きているように見えて、実はいまだに深い悲しみを抱えているのではないか。そんな気がした。

「どうしてそんなに私のことを気にかけてくれるんですか？」

もしかして幼馴染みという以上の関係が翠と智明の間にはあったのではないか。なぜかそんな気がして訊いてみたのだが、翠は笑って言った。

「単なるお節介だよ。それに智君とは小学校まで一緒だし、いろいろ気になるんだよ。それに私、ほかにすることないしね」

「塾の講師はいつまで続ける予定なんですか？」

「秋くらいかな。それが終わったらまた旅に出ようかと思ってる。ねえ、由香里さん。どうして私がいろんな国に行くか、その理由がわかる？」

翠がとろんとした目で訊いてきた。完全に酔っ払っているようだ。

「さあ……。外国に興味があるから、ですか？」

「死に場所を求めているの」

翠は一瞬だけ真顔になり、続けて言った。

「いつ死んでもいい。私、本気でそう思ってるのよ。私なんて生きてる意味がないんだから」

「あ、危ない」

翠の手からグラスが滑り落ちた。幸い割れはしなかったが、グラスは床に落ちて入っていたウイスキーが飛び散った。

「大丈夫ですか」由香里はグラスを拾い上げ、それからティッシュペーパーで床にこぼれたウィスキーを拭いた。アルコールの匂いが鼻を刺す。「このくらいにしておいた方がいいんじゃないですか」

「そうだね。飲み過ぎた」

翠が立ち上がり、ふらついた足どりで歩き出した。二階の寝室に行くつもりらしいが、転んでしまいそうなので後ろからついていくことにする。何とか階段を上り切り、突き当たりの部屋に入っていく。中央にあるダブルベッドに翠は倒れ込んだ。

完全に酔い潰れてしまったらしく、すぐに寝息が聞こえてくる。買い物の帰りであることを思い出し、慌てて帰ろうとした由香里の目に一枚の写真が飛び込んできた。

ベッドサイドに置かれた写真立てだ。大学の卒業式だろうか。袴を着た翠が写っていて、その両隣にはシックなスーツを着た男女が立っている。亡くなった両親に違いない。生きている意味はない。さきほど翠はそう言った。あれは本心だと思った。両親と死に別れたことがそれほどまでにショックだったのか。

写真の中の翠は今とは別人のように若々しく、そして美しかった。

※

「ねえ、今度の日曜日って何してる？」

繭美は隣で横になっている智明に訊いた。場所は繭美の部屋のベッドの上で、お互い何も身にまとっていない。智明は天井を見ながら答えた。

「日曜日？　たしかゴルフだったような気がするな。どうして？」

「映画でも観に行きたいなと思って」

「週末は大体ゴルフなんだ。接待でね。たしか来月までぎっしり予定が入ってると思う」

本当かどうかわからない。しかしゴルフというのは間違いなさそうに思えた。その証拠に智明はよく日に焼けていて、左の手首にはロレックスのベルトの跡がくっきりと残っている。

「ゴルフってそんなに楽しい？」

「楽しいよ。前はそうでもなかったけど、最近上達していいスコアを出せるようになってね。繭美、ゴルフやったことないんだっけ？」

智明がこの部屋に来るのは三度目だが、今日食事をしているときから呼び捨てになっていた。親近感が増したようにも思えるが、繭美の中では少し嫌だった。彼はいまだに結婚していることを明かそうともしない。

「誘われたことは何度もあるけどね」

「もしよかったら教えるよ。あ、そうだ。今度練習場に行こうぜ。クラブは俺が用意するからさ。練習して、そのあと飯に行けばいいよ」

智明が提案してくる。その無邪気な笑顔に腹が立ったので、繭美はちょっと彼を苛《いじ》めてみることとした。

「いいわね、それ。あ、そういえば優子のこと憶えてる？　私の友達の亀山優子」

「何となくね。真面目な感じの子だろ」

「その言い方だと私は不真面目みたいなんだけど」

「そんなことは言ってないだろ」

智明がそう言って頭をちょこんと叩いてきた。その恋人同士のようなやりとりに繭美は内心笑う。何も知らなければ喜んでいただろうが、生憎私は彼が既婚者であることを知っている。繭美は素知らぬ顔をして続けた。

「優子と私、最後の独身組だからしょっちゅう一緒にご飯食べてたの。優子って旅行が趣味なんだけど、どこだっけかな、岡山あたりを旅行中に出会った男と付き合い始めたのよ。こないだもご飯に誘ったら断られた。まあお互い様なんだけどね」

同じ時期に恋人ができたのは面白いタイミングだと繭美も思う。ただし優子の恋人はおそらく独身男性だろう。その点では私と優子は大きく違う。

今、この単語を出すのは大きな賭けだった。しかし彼がどういう反応を示すかによって、今後の対応が大きく変わってくるように思われた。場合によっては今日が彼と会う最後になる可能性もある。それでも繭美は言わずにはいられなかった。

「多分、優子は結婚すると思う」

結婚。この単語を聞いた智明の反応が見物だった。繭美の中で三通りの反応が想定された。一つ目は無視する。何事もなかったように別の話題に切り替える。二つ目はこれを機会に真実を話す。ごめん、実は俺……。真実を語るきっかけとするのだ。そしてそれ以外の反応が三つ目だ。

おそらく無視だろうなと繭美は思っていた。聞かなかった振りをして別の話題を出す。それが大人の対応というものだ。この状況——妻がいながら一つ年下の愛人がいるという状況をしばらく楽しみたいのであれば、わざわざ既婚者であることを打ち明けるはずがない。

案の定、智明は言葉に詰まった。五秒ほどの沈黙のあと、彼は言った。

「結婚か。繭美は結婚願望ってある？」

逆に質問されるとは想像していなかった。やや狼狽しながらも繭美は答えた。

「まあ、それなりに」

「勤務医ってさ、結構激務なんだ。休日出勤もあるし、夜勤もある。今はたくさんの症例を見て、経験を積むのが大事だと思ってる。でも俺だっていつまでも今の病院にいる気はない。もう少し経験を積んだら聖花大附属に戻るつもりだ。そうなったら状況が変わるだろうと思ってる」

言葉の真意を探る。つまり大学病院に戻るまで待ってくれという意味だろうか。となると彼は現在の妻との離婚を考えているということだろうか。それとも単に話を逸らしているだけか。

現在の妻とは昨日の朝、顔を合わせた。彼がどんな女と結婚しているのか、それを考えると居ても立ってもいられなくなり、出勤前に桜木まで足を延ばしたのだ。別に自宅を訪ねるつもりなどなく、ただ彼の自宅の場所を確認して戻ってくるつもりだった。すると智明の自宅から出てきた女性と遭遇したのだ。彼女はゴミを出しに来たようだった。

地味な女だった。服装も地味だし、化粧をしていないせいもあってか顔も地味だった。平塚営業所の小野が言っていたように、神野智明の妻にはとても見えなかった。なぜ彼はあんな女を選んだのか。今も彼に訊きたいくらいだ。

「大変なお仕事なのね。頑張って」

繭美がそう言うと彼が体を起こしながら言った。

「ありがとう。そろそろ行かないと」

「帰るの？」

「ああ。俺、いまだに両親と同居しているだろ。朝帰りすると母親がうるさいんだよ」

智明は床に散らばった衣服を拾い上げ、それらを身につけ始めた。その様子を見ながら繭美は実感する。

私はこの男のことを愛している。同時に殺したいほど憎んでもいる。既婚者であることを隠し、私を抱いた男なのだ。

しかし今、繭美の中でもう一つの思いが生まれていた。さきほどの彼の話――聖花大附属病院に戻ったら状況が変わるという話を聞き、あの女さえいなくなれば彼は私のものになるのではないか、と思い始めていた。それにあんな地味な女、そもそも智明の妻に相応《ふさわ》しくないのだから。

「じゃあな、繭美。今度はゴルフの練習場に連れていくからね」

「わかった。また連絡して」

繭美は立ち上がり、タオルケットを体に巻きつけた。彼が別れのキスをしようとしてきたので、小さく笑って彼のキスを受け入れた。

※

土曜日の水天宮は大層な人出だった。戌の日ということもあってか、参拝客が多いようだ。ちらほらと妊婦の姿も見かけるが、圧倒的に多いのは二十代から三十代の女性だ。中には夫らしき男性と来ている女性の姿もある。子を授かるようにとお祈りしているのだろう。

参拝を済ませたあと、由香里は素子と一緒に人形町を歩いた。やはり風情のある店が数多く立ち並び、買い物客で賑わっている。

「あら、美味しそうね。あれをお土産にしようかしら」

素子の足が和菓子店の前で止まった。江戸時代創業の老舗《しにせ》の和菓子店で、名物の栗饅頭が人気らしい。これから素子は上野で旧友と会う予定と聞いており、そこに持っていくお土産を買うつもりのようだ。

素子とともに店内に入る。五組ほどレジの前に並んでいる。しばらく待つと順番が回ってきて、素子が栗饅頭の詰め合わせを二箱買った。一つはこれから旧友のもとに持参するもので、もう一つは自宅用らしい。

「これ、持って帰ってね」

店を出たところで紙袋を渡された。しばらく歩いたところで再び素子が足を止めた。地下鉄の駅だった。ここから素子は日比谷線に乗るのだ。

「由香里さん、あとはよろしくね。お夕飯は要らないから」

「わかりました。楽しんできてください」

素子が階段を下りていくのを見送ってから、由香里は来た道を引き返す。桜木に帰るためには日本橋駅に戻る必要がある。

智明は今日も午後からゴルフだ。ここ最近、智明は毎週のようにゴルフに行っている。由香里自身はゴルフをやったこともないし、やりたいと思ったこともない。

時刻は午後二時を過ぎたところだ。昼はここに来る途中に食べてきた。今日は義父の和雄も学会で留守にしているので、夜まで予定がない。いったん自宅に戻ったら玉名翠を訪ねてもいいかもしれない。

実は昨日、久し振りに三重の実家に電話をした。昼間、素子が出かけて一人きりになったので、思いついて電話をかけたのだ。母が電話に出て、あれこれと一方的に話してきた。三重の実家に帰省するのは二年に一度の正月と決まっていて、今年の正月は帰らない年だったため、母と話すのは久し振りだった。

父が最近腰を痛めて現場に出られなくなったことや、二歳下の弟の子供——由香里にとって甥っ子に当たる——が可愛くて仕方ないことを母は延々と話していた。ちなみに弟は父と同じ林業の会社に経理として勤めており、五年ほど前に地元の子と結婚して二人の子宝に恵まれていた。三十分ほど話したが、母は一方的に近況を報告するだけで、娘が東京でどのように暮らしているか、そういったことを一切訊いてこなかった。三重の実家では由香里はかなり裕福なところに嫁いだということになっており――実際にそれは間違いないのだが、違う世界の住人として扱われているると帰省するたびに感じていた。通話を終えて由香里は改めて実感した。私が帰る場所は三重の実家ではない、と。

私が帰る場所はいったいどこなのだろうか。神野家のお手伝いとして一生を終えたくはない。

日本橋駅に辿り着いた。長い階段を下りてホームに立つ。あまり空調が利いておらず、ホームには熱気がこもっている。しばらく待っているとアナウンスが聞こえ、一番ホームに渋谷方面行きの電車が到着すると告げられた。

ホームでは結構な数の客が電車の到着を待っていた。向こうから近づいてくる地下鉄のライトが見える。ふと、何かを感じた。それは形容できない種類のものだった。由香里は振り返り、思わず「ひっ」と声を上げていた。自分の真後ろに女が立っていたのだ。サングラスをかけたその女は、こちらの視線に気づくと慌てた様子で立ち去っていく。

間違いない。あの女だ。ゴミ出しのときに見かけた女。おそらく彼女は、智明の――。

「待って」

その声はホームに滑り込んでくる地下鉄の轟音にかき消された。女はほかの客の間をすり抜けるように走っていく。由香里は女の姿を追って、ホームを走り出した。

第二部

彼女たちの嘘

「上原《うえはら》君、ちょっといいかな。署長室に行ってくれ。熊沢《くまざわ》君も一緒にな」

課長から声をかけられ、上原武治《たけはる》は顔を上げた。世田谷警察署の刑事課のオフィスだ。昨夜管内で強盗事件が発生し、多くの署員が捜査で出払っていた。熊沢理子《りこ》の姿を探し、上原は彼女に声をかけた。

「熊沢、ちょっといいか。俺と一緒に来てくれ。署長室だ」

窓際でコーヒーを淹れていた熊沢理子がこちらを向いて怪訝そうな顔をする。今年から刑事課に配属になった女性警察官だ。世田谷署で女性が刑事課に配属になったのは初めてのことだ。上原は立ち上がりながら理子に言う。

「俺だってどんな用件か知らん。行くぞ」

上原は廊下を歩いて署長室に向かう。どんな用件か気になった。署長に雷を落とされるようなミスをした記憶はない。斜め後ろを理子が歩いている。署長室のドアをノックした。

「上原です。失礼します」

ドアを開けて中に入る。正面に重厚なデスクがあり、そこに署長である坂口《さかぐち》が座っていた。一介の刑事である上原は署長と会話をすることはほとんどなく、朝礼で訓示を聞く程度だ。坂口署長は腰を上げ、応接セットのソファに座るよう手で示した。理子と並んでソファに座る。やはり座り心地がいい。坂口署長は上原たちの前に座り、やや前屈みになって言った。

「実はね、頼みがあるんだ」

坂口署長が本題を切り出す。年齢は五十代後半で、あと二年ほどで定年退職を迎えるという話だった。おそらくもう異動はなく、世田谷署の署長として退官の花道を飾ることになるだろう。

「桜木にゴルフ仲間が住んでる。神野というお医者さんだ。聖花大の大学病院で外科部長をされている方だ」

桜木というのは管内にある住宅地だ。都内でも有数の高級住宅街として知られていて、犯罪発生率はそれほど高くはない。たまに空き巣が入る程度であり、殺人などの凶悪犯罪とは無縁の土地柄だ。

「昨夜、神野さんから相談を受けてね。お嫁さんの行方がわからんそうだ。もう一週間くらいになるらしい。一応捜索願は出したようだが、手掛かり一つ見つからない状況のようだ」

一人の主婦が失踪したくらいでは警察は動かない。当然のことだ。坂口が続けて言う。

「神野先生には世話になってる。昨年、うちの妻が聖花大附属病院で手術を受けたんだ。手術はうまくいって今じゃ元気にしてる。上原君、ちょっと神野さんの話を聞いてやってくれないか？」

つまり家出した嫁を捜す手伝いをしろということだ。世話になった医師の頼みを無下に断るわけにもいかないのだろう。

「年末の慌ただしい中、申し訳ないが是非ともお願いしたい」

署長から直接頼まれたら断ることもできない。それにさきほど課長から声をかけられたので、この話は課長の耳にも入っていると思われた。

「了解しました。詳細を教えてください」

「実は先方には話がついてる。直接話を聞いた方がいいと思ってね。神野先生は午後はご在宅のようだから、午後一時にここに向かってくれ」

手渡された紙片には住所が記されている。桜木二丁目。桜木は丁目の番号が若いほど住人の社会的地位が高いと聞いていた。大学病院の医者で、しかも自宅は世田谷区桜木。かなり裕福な家だと考えてよさそうだ。

「話を聞くだけでよろしいですか？」

刑事相手に話をすれば先方も安心するだろう。それだけでいいのか確認したかった。

「そうだな。君に任せるよ。事件性があると判断した場合は捜査を続けてくれ。多分家出だろ。そのうちひょっこり顔を出すと思うけどな」

「わかりました。伺ってみます」

立ち上がって署長室から出た。上原は手にしていた紙片を理子に手渡した。

「十二時四十五分に車を下に回してくれ」

「わかりました」

理子は無表情で答える。化粧っ気のない顔で、髪は後ろで無造作に束ねられている。愛想のない娘だった。

「ではのちほど」

そう言って立ち去っていく理子の後ろ姿を見送ってから、上原は男子トイレに向かって歩き出した。

立派な邸宅だった。午後一時、神野家を訪ねると主人の神野和雄に出迎えられた。夫人も一緒だ。坂口署長のゴルフ仲間というだけのことはあり、和雄は日に焼けている。一方の夫人は色が白く、銀縁の眼鏡をかけた神経質な感じの女性だった。和雄に応接室へと案内され、上原は理子と並んで座った。

「署長の坂口から話は聞いております。お嫁さんがいなくなられたとか」

「そうなんですよ。まったくお恥ずかしい話ではあるんですが」和雄が話し出す。年齢は五十代後半といったあたりか。「先週の金曜、十二月二日の金曜日のことです。その日、妻が午後から出かけてまして、夕方帰ってきたら嫁の姿が見えなかったそうです。買い物でも行っているんだろう。最初はそう思って気にも留めずにいたんですが」

夜になっても連絡がとれず、家族は焦り出した。嫁の名前は神野由香里といい、三十四歳の専業主婦だ。三重県の熊野市出身で、実家の方に帰省した形跡もないらしい。今日は八日なので、姿を消して約一週間ということになる。

「由香里さんが立ち寄りそうな場所に心当たりはないですか？」

「ありません。嫁はあまり社交的な性格ではなかったので、一緒に出かける友人もいなかったみたいです。うちの妻とは頻繁に買い物に行ったり婦人会の会合に出たりしてましたが」

ちょうどそのとき夫人の素子が部屋に入ってきた。紅茶の入ったカップをテーブルの上に置く。テーブルの真ん中に置かれた籠には見慣れぬ洋菓子が入っている。あれも多分高級な菓子なのだろう。

「奥さん、由香里さんのことですが、行き先に心当たりはありませんか？」

「私もあれこれ考えてみたんですが」素子は和雄の隣に座りながら言う。「本当にないんですよね。あの子の行きそうなところって。強いていえば実家くらいですけど、あっちにも来ていないって話ですし」

普通に考えれば家出だろう。犯罪に巻き込まれた可能性もあるが、それは低いような気がしていた。さきほど署で下調べをしてきたが、ここ最近都内で身元不明の女性の遺体は見つかっていない。

「ところで息子さんはどちらに？」

「もう戻ってくると思いますわ。午後は休むって言ってたので」

素子がそう答えたとき、ちょうど玄関の方で音が聞こえた。やがて廊下を歩く足音とともに一人の男性が応接室に入ってくる。

「すみません。遅くなりました」

「智明、何してるのよ。刑事さんいらしてるわよ」

「ごめんごめん。診察が長引いちゃって」

グレーのスーツにネクタイを巻いている。こちらも父の和雄と同じくよく日に焼けている。今の話からすると彼も医者のようだ。年齢は三十代だろうが、青年っぽい若々しさが残っている。

「よろしくお願いします。世田谷署の上原です。こちらは部下の熊沢です」

「神野智明です。よろしくお願いします」

智明が頭を下げる。ハンサムな顔立ちだった。この顔で医者ならさぞかし女性にモテることだろう。少なくとも警察にはいないタイプの男だ。

「智明、お前からもちゃんと説明しろ」和雄が口を挟んできた。「由香里さんの居場所に心当たりがあったら刑事さんにお伝えするんだ」

智明がやや反論するように言った。

「心当たりなんて何もないよ。あったらとっくに捜してるって」

「写真を一枚お借りすることは可能でしょうか」

反応したのは素子だった。「お待ちになって」と立ち上がり、部屋から出ていった。上原は智明に訊いた。

「ご主人、奥様のことですが、何か変わったことはありませんでしたか。些細なことでも結構です」

「うーん、本当に思い浮かばないんですよ。由香里は三重の出身で、以前はうちの病院で働いてました。結婚を機に家庭に入り、家のことを本当によくやってくれてました。家出する理由も思いつきませんし……。刑事さん、こんなことあまり考えたくないんですけど、事故や事件に巻き込まれたっていう可能性はないんですか？」

失踪して一週間だ。親しい知人もおらず、実家にも戻っていないのであれば、悪い可能性を想像しがちになる気持ちもわからなくもない。上原は智明を安心させるために言った。

「署で調べてきたんですが、該当するような事件や事故は発生していません。ご主人と由香里さんはこちらでご両親と一緒にお住まいですか？」

「僕ら夫婦はあちらの離れに住んでます」

智明が顔を向けた先に白い洋風の離れが見える。この邸宅だけでも十分な広さだが、同じ敷地内に離れを作ってしまうとはさすがに金持ちは違う。そもそも上原の自宅のリビングは今いる応接室よりも確実に狭い。

いずれにしても現時点では事件性はなく、署長直々の頼みとあっても本腰を入れて捜査をする必要はなさそうだ。ただし署長の顔を立てる意味でも一度くらい失踪人の人間関係を洗ってみてもいいかとは思った。

「刑事さん、ありましたわ。これが一番最近の写真ですね」

一枚の写真を手渡される。どこかの観光地で撮った写真らしい。素子の隣に三十代くらいの女性が写っている。

「秋に婦人会の旅行で軽井沢へ行きましたの。そのときの写真ですわ」

桜木在住の若手医師の嫁にしては地味な感じの女性だった。もっと華やかなお嬢様タイプの嫁だろうと勝手に想像していた。

「この写真、お預かりしてもよろしいですか？」

「是非お持ちください」

上原は写真を隣にいる理子に預けた。彼女は写真を一目見て、それを手帳の間に挟んだ。

「では我々はこれで失礼します。何かわかったらご連絡します」

「よろしくお願いします、刑事さん」

玄関で三人に見送られた。砂利道を歩いて門に向かう。後ろから砂利を踏む音が聞こえ、振り返ると夫の智明が走ってくる。

「刑事さん、よろしくお願いします。僕に協力できることがあったら何でも言ってください」

そう言って智明は頭を下げた。思った以上に人懐っこい感じの男だ。医者というと気位が高い人間をついつい思い浮かべてしまうが、この神野智明という男はそういうところが一切なかった。育ちがいいからだろうか。

「わかりました。ところで午後はお出かけになるんですか？」

「午後、ですか？」

「そうです。さきほどお母さんがおっしゃっていました。午後は休まれると」

「妻が不在で、家の中が散らかり放題でしてね。片づけをしないといけません」

「奥様のお部屋のクローゼットの中を見せてもらってよろしいでしょうか？」

参考までに見ておくだけだ。こちらも心配しているんだという姿勢は見せなければならない。

「よろしいですよ。こちらです」

離れに向かって歩き出す。車庫があり、半分開いたシャッターから二台の車が並んで停まっているのが見えた。シルバーのベンツと白いポルシェだ。理子が立ち止まり、二台の車のナンバーを手帳に書きとっていた。

「どうぞお上がりください」

「失礼します」

離れという呼び名の割にきちんとした住居だ。若い夫婦二人なら十分に暮らせる間取りだった。やっぱり医者ってやつは儲かるんだな。そんな下世話な感想を抱きながら、上原は靴を脱いだ。

こんなに裕福な家に住んでいて、不満がある女などこの世にいないだろう。化粧っ気のない理子の横顔をちらりと見て、上原はそう思わずにいられなかった。

※

「多恵《たえ》ちゃん、お昼にしましょう」

女将である富田登美子《とみたとみこ》に声をかけられ、平井《ひらい》多恵は掃除機のスイッチをオフにした。食堂に行くと従業員たちがそれぞれ遅めの昼食を食べている。今日の献立はアジの干物と納豆だった。

午後二時を回っている。多恵がここ富乃屋《とみのや》で働くようになり、ほぼ一年が経過した。温泉旅館の仲居という仕事は思った以上に忙しく、気を遣う仕事だった。十二月は繁忙期で、週末は満室になるほどの忙しさだ。今日は平日なので客室の埋まり具合は八割ほどだが、これから年末年始が近づいてくると平日でも満室状態が続くという。

「多恵ちゃん、すみれの間のお客さん、どんな感じ？」

女将の登美子に訊かれた。すみれの間は多恵が担当している部屋だ。東京からの女性の一人客が滞在している。今日で一週間になるのだが、女性一人で長逗留するのは珍しいので、目を光らせるように登美子から言われていた。

「特に変化はありませんね。今は散歩に行かれてると思います」

年齢はおそらく三十代だと思う。地味な感じの女性ではあるが、着ている服などは意外に高価なものだと多恵は踏んでいる。多恵は昨年まで東京で働いていたため、そういう女性の服装には敏感だった。

「気をつけてね。何もないとは思うけど」

登美子がそう言って箸でアジの干物の小骨を脇にどける。富乃屋は静岡県伊東市にある温泉旅館だ。土地柄、伊東市は観光業に力を入れており、夏場は海水浴客で、それ以外の季節は温泉目当ての客で賑わう観光地だ。多恵の実家は山間にあり、父親はごく普通のサラリーマンだったが、両親が旅館や土産物店といった観光業に従事しているクラスメイトは多数いた。

多恵は地元の高校を卒業後、東京の短大に進学してそのまま都内の通信会社に就職した。そこで出会った二歳上のサラリーマンと結婚したのが今から五年前、多恵が二十五歳のときだ。しかし結婚生活が順調だったのは最初の一年だけだった。夫の酒癖の悪さを結婚してから初めて知った。休日なんて朝から飲むのは当たり前だし、酷いときは一日中飲んでいることもあった。酔って手をあげることもあり、遂に一年半ほど前、多恵は離婚を切り出した。最初はなかなか応じなかったが、やがて夫も離婚を了承し、多恵は生まれ故郷である伊東市に戻ってきたのだ。富乃屋には母の紹介で働き始めた。

「じゃあ多恵ちゃん、今夜もよろしくね。先生たちの忘年会が入っているからね」

今夜は伊東市内の小学校の教師たちが大広間で忘年会を開催する予定が入っていた。総勢二十人ほどの忘年会なので、かなり忙しくなるはずだ。

多恵も食事を終え、食器を片づけてから廊下に出た。午後三時になると今夜の宿泊客のチェックインが始まり、仲居はその案内役となる。

そろそろ各部屋の準備も整いつつあり、それらの最終確認をするのも仲居の仕事だった。二階の客室に行こうと階段を上っていると、後ろから声をかけられた。

「仲居さん、ちょっといいですか？」

振り返ると女性客がいた。例のすみれの間の宿泊客だ。宿帳に記載された名前は遠藤《えんどう》由香里となっているが、その名が本名かどうかはわからない。

「どうなさいました？」

「実は明日の朝に発《た》とうと思ってます」

「そうですか」何と続けたらいいのか迷った末、多恵は頭を下げた。「ご利用ありがとうございました。あと一晩ゆっくりお過ごしくださいませ」

「それで実はお願いがあるんですけど」

「どのようなことでございましょう？」

「料金を今のうちに精算してしまいたいんです。さっき銀行でお金を下ろしてきました。明日まで持っているのがちょっと怖い気がするんですよね」

気持ちはわかるような気がした。彼女は一週間滞在しているので、その宿泊費は十万円程度になる。貴重品を入れる金庫が各部屋にあるとはいえ、女性一人では心許《こころもと》ないだろう。

「ではこちらへどうぞ。ご案内します」

多恵は遠藤由香里と名乗る宿泊客を一階にあるフロントまで連れていった。そこにいる従業員に事情を説明して、明朝分までの宿泊代金の精算をお願いした。多恵は彼女がハンドバッグからルイ・ヴィトンの財布を出すのを見た。持っている財布だけで人を判断できないが、多恵が予想していた通り、結構お金持ちの女性のようだ。

女将の登美子が一人で滞在する女性客を警戒するのには理由がある。伊東市には城ヶ崎海岸という風光明媚な名所があり、観光客があとを絶たないのだが、数年に一度の割合で自殺者が出る。大抵の場合、自殺するのは若い女性だというのが女将の談だ。だから若い女性の一人客には気を配っているらしいが、明日で宿を去るのであれば気苦労も一つ減ることになる。

「ありがとうございました」

支払いを終えた遠藤由香里と名乗る女性が声をかけてきた。それに応じて多恵も頭を下げる。

「ごゆっくりお過ごしください」

部屋に戻っていく彼女を見送っていると、玄関から一組の老夫婦が入ってきた。男性の方がフロントで言う。

「ちょっと早く着いてしまったんだが、いいかな」

「よろしいですよ。ご予約のお名前は？」

今、近くにいる仲居は多恵だけだったので、彼らを部屋に案内するのは自然と自分ということになる。多恵は笑みを浮かべ、老夫婦の手続きを見守った。

富乃屋の朝は早い。仲居の多恵は六時までに出勤するのだが、料理を作る厨房の従業員はもっと早くから働いている。六時少し前、多恵が出勤すると富乃屋はちょっとした騒ぎになっていた。多恵の姿を見つけた女将の登美子が近づいてくる。

「多恵ちゃん、すみれの間のお客さん、いなくなってしまったの」

「どういうことですか？」

事情を聞いた。実は昨日の夕方、すみれの間から内線電話がフロントに入り、夕食は要らないと言われたらしい。電話を受けた従業員はそれを厨房に伝え、彼女の食事は用意しなかった。それが今朝、女将に耳に入り、彼女は不審に思ったという。

「虫の知らせっていうのかしら。何か嫌な予感がしたのよ」

昨夜は大広間で宴会があり、多恵はそっちにかかりきりになっていたのですみれの間の客のことを気にしている余裕がなかった。彼女が精算を終えたことも女将は今朝知ったらしい。

「さっきね、すみれの間に行ってみた。ノックしても反応がなくて、鍵もかかっていなかったから中を覗いてみたの。荷物は置いてあったんだけどね」

荷物があるということは、まだ戻ってくる可能性があるということだ。もう一度部屋を見ようという話になり、多恵は女将とともに二階のすみれの間に向かう。

部屋は綺麗に片づけられている。布団も敷かれていない。ずっと多恵が布団を敷いていたのだが、昨夜はそれもできなかった。夕食を断る電話があった際、布団の準備も一緒に断ってきたらしい。

窓際にボストンバッグが置いてあるのが見えた。部屋を見回しても私物といえるのはそのバッグくらいだ。あとは塵一つ落ちていないように見える。

「困ったわね。あのバッグを無断で開けるわけにいかないし」

「昨日はここに泊まらなかったんでしょうか？」

「そうかもしれないわ。しばらく様子を見るしかなさそうね」

すみれの間をあとにした。遠藤由香里という女性のことを思い出す。彼女はいったいどこに行ってしまったのだろうか。

一階に戻った。朝は朝で忙しく、一人の客に構っている暇がないのも事実だった。多恵は大広間に向かって朝食の配膳にとりかかる。食事の開始は七時からだ。客たちがぞろぞろと大広間に集まってきて、食事をとり始めた。空いた食器を下げたり、ご飯のお代わりをよそったりと仲居は忙しい。朝食が終わったら今度は宿をチェックアウトする客の対応や、客がいなくなった部屋の点検——たとえば忘れ物がないか確認したり、そういった細々《こまごま》とした仕事が待っている。

バタバタと慌ただしい時間が続いたが、午前十時過ぎになってようやく落ち着いてきた。これが週末ともなるともっと忙しい時間帯が続くこともある。

同じ仲居の女性と一緒に一階奥の部屋に向かった。ここは従業員が休憩するための部屋で、中に入ると数人の従業員がお茶を飲んでいた。窓に面した縁側では男の従業員たちが煙草を吸っている姿も見える。

「昨日、大広間の宴会、大変だったんだって」

仲間の仲居に話しかけられた。彼女は昨日は休みだったのだ。誰かから話を聞いたのだろう。

「ええ。毎年のことみたいですね」

忘年会に参加した教員の一人が酔って大騒ぎをして、挙句の果てに転んで障子を破いてしまったのだ。お陰で障子の貼り替えのために昨夜の帰りが一時間遅くなった従業員もいたらしい。

「平井さん、女将さんが探してたわよ」

部屋に入ってきた仲居の一人に言われ、多恵は部屋から出てフロントに向かった。すみれの間の女性が帰ってきたのかもしれない。そう思いながらフロントに向かったがそこに女将の登美子の姿はない。

　フロントの裏に狭い事務室があり、そこに女将の姿を見つけた。彼女は電話で何か話している。多恵の姿を見つけ、入ってくるように手招きしている。事務室の中に入ったところで登美子は受話器を置いた。

「マズいわよ、これは」

　登美子が溜め息をつく。多恵は訊いた。

「どうしたんですか？」

「今ね、旅館組合の方から電話があったの。神奈川の方から釣りに来てた人が門脇崎の北側で見つけたんですって」

「見つけたって、何をですか？」

「靴よ、靴。女性用の靴が揃えて置いてあったそうよ。誰かが飛び込んだんじゃないかって噂になって、警察から旅館組合に問い合わせが来たみたい。行方がわからない宿泊者はいないかって」

　店の電話が鳴り、登美子が受話器をとり上げた。

「はい、富乃屋でございます。……あら、理事長。……そうなんです。うちで一人、昨夜から帰ってきていないお客様がいらっしゃってね。……そうです、女性です。だから気になってしまって……」

　すみれの間に宿泊していた女性のことを思い出す。宿泊代金を精算したいと声をかけられたのは昨日のことだった。もしかして彼女は海に飛び込んでしまったのだろうか。

※

署長の命を受けて神野家に赴いた翌日、再び上原は神野家の邸宅に向かうことになった。女性刑事の熊沢理子も一緒だ。玄関で二人を出迎えたのは夫の智明だった。沈痛な面持ちをしている。昨日と同じ応接室に通された。そこにはすでに父親の神野和雄もいた。和雄の妻、素子はショックで寝込んでしまったらしい。

「最初から詳しい話を聞かせてください」

簡単な内容は耳にしていた。静岡県伊東市の海岸沿いで自殺者が残したと見られる女性用の靴が発見され、近くの旅館に宿泊していた失踪女性の名が『遠藤由香里』だったというのだ。

「私が聞いている話では」夫の智明が説明を始める。「海岸沿いで靴が発見され、まず警察に連絡が行ったそうです。それで警察が地元の組合っていうんですかね、そこに連絡して、伊東市内の旅館やホテルに連絡が行ったそうです」

女性の宿泊客で行方がわからない者がいないか。市内の旅館やホテルに照会したところ、富乃屋という老舗旅館の女将から連絡があり、宿泊客の一人が行方知れずになっているという報告を受けた。

「旅館の宿帳に書かれた名前は『遠藤由香里』でした。遠藤というのは妻の旧姓です。住所は三重県熊野市になっていて、彼女の実家の住所だったそうです」

実家に連絡が行き、不審に思った実家の家族が神野家に電話をかけてきたらしい。神野家の嫁が自殺をした可能性は高いが、予断は禁物だ。伊東の海岸で女性が自殺をした形跡があり、その女性が『遠藤由香里』という名前の旅行客かもしれない。現時点でわかっているのはそれだけだ。

「刑事さん、どうしたらいいんでしょうか？」

智明に訊かれ、上原は腕を組んだ。難しい問題だった。おそらく遠藤由香里と名乗っている女性客は神野由香里と考えて間違いないだろう。しかし海岸で発見された靴が彼女のものである保証はどこにもない。

「たとえばなんですが」上原は質問する。「その遠藤由香里という女性が残した私物を見て、奥様であることがわかりますか？」

智明は唸《うな》るような声を出して言う。

「うーん、どうでしょうか。でも財布とか見れば中に免許証の類《たぐ》いは入っていると思うんですよね」

地元の伊東署がどこまで動いてくれるかだ。しかし現時点では事件性はなく、海岸で靴が発見されただけで所轄署が捜査を始めるとは思えない。上原は智明に訊いた。

「ところでご主人、伊東という土地に心当たりはありますか？」

「いえ、まったく。刑事さん、伊東に行った方がいいですかね」

「難しいところですね」

はっきりと答えることができなかった。刑事という立場では手の出しようがないというのが本音だ。現時点では事件が起きているわけではない。

署長の判断を仰ぐべきだろう。失踪人の捜索という、本来であれば刑事が介入しない案件だ。どこまで関わっていいものか、このあたりの匙《さじ》加減が難しい。

「我々はいったん……」

署に戻って情報収集をしてみます。そう言って立ち上がろうとしたとき、廊下の方で電話の着信音が鳴り響いた。智明が部屋から出ていった。

「刑事さん、いろいろ迷惑をかけるね。署長にも礼を言っておいてくれ」

神野和雄にそう言われ、上原は小さく頭を下げる。

「仕事ですのでお気遣いなく」

しばらく室内に沈黙が流れた。隣には熊沢理子が座っている。あまり表情というものを出さない女のようで、今も無表情のまま手帳に視線を落としている。

「け、刑事さん」

足音とともに智明がやってきた。上原の顔を見て智明が言う。

「ちょ、ちょっといいですか。伊東の海で、ぎょ、漁船が……」

かなりとり乱しているようで、智明は言葉を詰まらせた。上原は立ち上がって廊下に出た。リビングの棚の上に電話機が置いてあるのが見え、繋がったままなのか受話器が外されている。上原は受話器をとり上げて耳に当てた。

「もしもし。世田谷警察署の上原と申します」

「世田谷署？　えっと、それはどういう……」

電話をかけてきたのは伊東警察署の警察官だった。上原は簡単に事情を説明した。向こうも上原の話を理解してくれたようだった。上原は相手に訊く。

「それでどういうことでしょうか？　漁船がどうのこうのという話みたいでしたが」

「そうなんですよ。今日の午前中、漁船のスクリュー部分にホトケさんが引っかかったようでね、うちに連絡がありました。かなり損傷が激しいんですが、髪の長さや衣服などから女であることはわかりました。市内にある富乃屋という旅館から姿を消している女性がいるみたいで、彼女かもしれないと思ったわけです」

なるほど、そういうことか。上原は事情を察し、重い気分になった。つまり神野由香里は自殺してしまった可能性が高まったのだ。

「できればご家族の方に遺体の確認をしていただきたいと思いまして、お電話させていただきました。ご主人にそう伝えてもらってよろしいですか？」

「わかりました。のちほど折り返しお電話いたします」

最悪の結果になってしまったな。大きく息を吐き、上原は受話器を置いた。


午後六時過ぎ、上原は静岡県伊東市にいた。神野智明に同行して遺体の確認をおこなうことになったのだ。この伊東行きは署長命令であり、出張の許可もとってある。伊東駅に降り立つと駅前にパトカーが停まっていて、二名の警察官に出迎えられた。

「ご苦労様です。遠いところをわざわざありがとうございます」

「こちらこそ。私は世田谷署の上原、こちらは熊沢です。そしてこの方が神野智明さんです」

二人の警察官の視線は理子に対して向けられている。女の捜査員というのはこのあたりでも珍しいのかもしれない。遺体は伊東警察署に運び込まれているようなので、早速そちらに向かうことになった。

五分ほどで伊東署に到着した。準備を待っている間、刑事に話を聞くことにした。神野智明はベンチに座り、落ち着かない様子で待っている。

「遠路はるばるご苦労様です。私は伊東署の脇谷《わきや》と申します」

「初めまして」

互いに自己紹介をする。脇谷という刑事は上原と同世代の四十前後、実直そうな刑事だった。顔も体も全体的に四角い男だ。上原は早速脇谷に訊く。

「海岸で靴が発見されたそうですが、間違いないですか？」

「ええ。発見したのは釣り人です。不審に思ったようで伊東署に連絡をくれて、近くの交番勤務の警察官が現地に向かいました」

女性用のパンプスが残されており、遺書らしきものはなかったという。

「遺体が漁船のスクリューに引っかかる。そういうことはよくあるんですか？」

「ないこともないですね。七、八年ほど前にも同じようなことがありました。魚と一緒に網にかかることもありますよ」

伊東市は伊豆半島の東岸に位置し、東側は相模灘に面している。その海岸線の一部は荒々しい絶壁となっていて、城ヶ崎海岸と呼ばれる観光名所もあるようだ。

「このあたりは自殺が多いんでしょうか？」

「自殺の名所ってほどではありませんよ。去年は一度もなかったですから」

「遺体は発見されない場合もあるんですよね」

「ええ。崖の下に漂着するか、今回のように漁師に発見されるか、それとも見つからないか。この三つのうちのどれかでしょうね」

遺体を引き揚げた漁船はみやま丸といい、三山《みやま》という老人が息子と二人で漁に出ていたらしい。遺体を引き揚げてしまうなど漁船にとっては不運でしかないが、お陰で遺体を回収できたのだ。

「準備ができました。こちらです」

鑑識の男性職員に声をかけられ、上原たちは廊下を奥に進んだ。霊安室の前で立ち止まる。上原は背後に立つ智明に声をかけた。

「お気持ちの整理はつきましたか？」

「大丈夫です」

顔色はあまりよくないが、口調ははっきりしていた。鑑識職員がドアを開けた。先に上原が中に入り、ドアの横に立って智明を招き入れる。

霊安室の中には線香の香りが漂っている。遺体は青いビニールシートで覆われていた。智明が遺体に向かって両手を合わせたので、上原も同じように遺体を拝む。智明がシートをめくると凄惨な遺体が見えた。上原ですら思わず顔を背けるほどの遺体だった。

遺体の損傷が崖から飛び降りたときのものなのか、それとも漁船のスクリューに巻き込まれたことによるものなのか、上原にはわからなかった。おそらくどちらも正解だろう。智明は険しい表情で遺体を見ている。上原は隣にいる伊東署の脇谷の耳元に口を近づけて小声で言った。

「彼は医者です。整形外科医だと聞いてます」

「なるほど」

脇谷がつぶやく。智明はシートを遺体にかけ、もう一度拝んだ。そういう一連の動きも医者だけあってスムーズなものだった。霊安室を出てから上原は智明に訊いた。

「神野先生、どうですか？　ご遺体は奥様のもので間違いありませんか？」

「難しいですね。あれほど損傷の激しい遺体なので僕も断言はできません。何か遺体が身につけていたものを確認できればいいんですが」

「わかりました。ご遺体の左手首に巻かれていた時計があります。こちらにどうぞ」

脇谷に案内されて廊下を引き返し、ある部屋に案内された。会議室のようなところで、簡易テーブルの上にボストンバッグが置かれている。その横には保管用のビニール袋に入ったパンプスと白い腕時計が見えた。

「海岸で発見された靴と、遺体が嵌めていた腕時計。それと旅館の部屋に置かれていたバッグです。遠藤由香里という名前で一週間宿泊していた客のものです。ちなみに遺体は花柄の白いワンピースを着ていました。おそらく上着も着ていたはずですが、海中で脱げてしまったものと思われます」

智明が前に出て、腕時計の入ったビニール袋を手にとった。しばらくして智明が言う。

「間違いないです。妻のパテック・フィリップです。結納のときにうちの両親から彼女にプレゼントしたやつです」

遺体の主は神野由香里と考えて間違いないだろう。あまり腕時計に詳しくはないが、パテック・フィリップというのが高級腕時計のメーカーであることくらいは知っている。刑事の給料では一生手が出ない代物だ。

「実はこのバッグは事前に調べさせていただきました」脇谷が前に出た。彼はいつの間にかハガキを手にしていた。「これが中に入っていました。ご覧ください」

上原は隣から覗き込んだ。一枚の絵ハガキで、上半分は海岸の写真だった。下の余白に『ごめんなさい。由香里』と書かれている。それをしばらく見てから智明が言った。その声はわずかに震えている。

「妻の字に似てると思います。断言はできませんが」

智明は近くにあったパイプ椅子に腰を下ろし、それから頭を覆うように下を向いた。必死に感情を抑えているのが伝わってくる。脇谷と目を合わせ、会議室を出た。会議室のドアを閉めた途端、中から智明の嗚咽のような声が聞こえてきた。


「刑事になったのはどうしてだ？　異動を希望したってことだよな」

「はい。一応は」

夜も遅いため今夜は伊東市内に一泊することになり、上原と理子は駅近くのビジネスホテルにチェックインした。後輩刑事に当たるので、飯を奢らないわけにもいかず、ホテル近くの居酒屋に入った。すでに午後九時を過ぎていて、客は上原たちだけだった。

「ここに来る前はどこにいた？」

「渋谷の交通課に三年、それから浅草の地域課に三年。そして世田谷の地域課に一年です」

勤続年数は七年だ。ひょっとしたらまだ二十代ということか。その割に落ち着いているように見えた。上原は単刀直入に訊く。

「お前、いくつだ？」

「今年で三十三歳になりました。いろいろあったので、警察官になったのは二十六歳のときです」

今日も理子の化粧は薄い。していないのではないかと思うほどだ。ただ彼女は男受けするタイプというか、世田谷署内の男性陣にも意外に人気があるらしい。独占欲を刺激するタイプなのかもしれない。

上原は今年で四十歳になる。三十歳で刑事課に配属され、以来刑事畑一筋だ。二十五歳のときに上司の強い勧めで見合い結婚をした。娘が一人いて、中学二年生になる。反抗期真っ只中の一人娘は父親と口を利こうともせず、同じ洗濯機で下着を洗うのさえ嫌っているらしい。妻も夫にはあまり関心がなく、彼女の興味の大半はテレビドラマに向けられているため、帰宅しても会話と言える会話はほとんどない。上原にとっての自宅とは着替えを置いてある寝床のようなものだ。

「明日はどうするんですか？」

理子に訊かれ、上原は答えた。

「せっかく出張《でば》ってきたんだ。旅館の仲居や遺体を引き揚げた漁師の話くらい聞いていくのもいいかもしれんな」

「自殺で決まりでしょうか？」

「間違いないね。事件性もないし、解剖に回されることはないだろ。あ、大将、熱燗もう一本くれる?」

カウンターの中で初老の大将が「あいよ」と言った。一人で店を切り盛りしているらしい。カウンターが五席と四人がけのテーブル席が二つあるだけだ。

「自殺の動機は何ですかね」

「さあな。いろいろあるだろ。嫁と姑とかな。あの旦那だってああ見えて結構遊び人かもしれん」

「そうなんですか?」

「ハンサムで医者で、おまけに実家が金持ち。モテないわけがない」

人は驚くような理由で簡単に命を絶つ。受験に失敗した高校生や、ギャンブルで借金を作ってしまった主婦など。本人にとっては一大事なのだろうが、はたから見れば些細な理由で自殺した者を上原は何人も知っている。

「はい、お待ち」

大将が徳利を運んできた。テーブルに徳利を置いた大将は中に戻ろうとせず、カウンターの椅子に腰を下ろした。灰皿を引き寄せて煙草に火をつけてから彼が言う。

「ちょっと耳に入っちゃったんだけど、あんたら東京から来た刑事さん?」

客はほかにいない。手酌で酒を注ぎながら上原は答えた。

「まあ、そんなところです。やっぱり旨いですね。さっき食べたブリ大根、最高でした」

お世辞ではなかった。味がよく染みたブリ大根も旨かったし、最初に食べたアジの刺身も東京で食べるものとは一味違った。やはり漁港が近いだけあって魚が新鮮なのだろう。値段も都内で食べるより多少安い。

「あれだろ。富乃屋の客が飛び降りちまったんだろ。漁船に引き揚げてもらったのがよかったのか悪かったのか」

富乃屋というのは亡くなった神野由香里が宿泊していた温泉旅館だ。ここから歩いて十分ほどのところにあると伊東署の脇谷から聞いていた。お猪口を手に上原は情報収集を試みることにした。

「富乃屋さん、ご存知ですか？」

「まあ狭い町だからね。格でいったら中くらいかな。女将が一人で切り盛りしてるよ。旦那は二、三年前にぽっくり逝っちまったからね。東京で失恋した若い女なんだろ。何も死ななくてもいいのにね」

すでに噂が勝手に独り歩きしているようだ。迂闊に何か言うとすぐに話が出回ってしまいそうだ。上原は理子に向かって言った。

「おい、何か食ったらどうだ？」

「私はもう結構です」

「そうか」上原は壁に貼られたメニューを見た。「大将、最後にお茶漬けでももらおうかな。鯛のお茶漬け、一人前ね」

「あいよ」

煙草を灰皿で揉み消してから大将はカウンターの中に戻っていく。完全に火が消えていないようで、灰皿から煙草の煙が昇っていた。理子が無表情のままコップを手に立ち上がり、灰皿の中にビールの残りを注ぎ入れた。

※

午前九時過ぎ、朝食の後片づけを終えようとした頃、平井多恵は女将の登美子に呼ばれた。話を聞くと昨日発見された遺体の関係で警察が来ているようだった。登美子に言われてすみれの間に向かう。すみれの間は例の女性客が宿泊していた部屋で、しばらく使わないでくれと警察から言われているらしい。

すみれの間で待っていたのは三人の刑事だった。四十歳くらいの男性刑事が二人と、もう一人は女性の刑事だった。男性一人が伊東署の刑事であとの二人は東京から来ている刑事のようだ。

簡単な自己紹介のあと、早速事情聴取が始まった。上原という東京の刑事が懐から一枚の写真を出し、テーブルの上に置いた。

「こちらをご覧ください。一昨日までこの部屋に泊まっていた女性ですが、こちらの方で間違いありませんか？」

どこかの観光地で撮られた写真らしい。二人の女性が並んで写っている。そのうちの一人には見憶えがあった。一昨日までこの部屋にいたあの女性だ。

「この人です。この右側の人で間違いありません」

「神野由香里さんというのが本名です。遠藤というのは旧姓です。あなたは一週間神野さんの担当をされていたようですが、何か変わった点はありませんでしたか？」

「特にありませんね」

昨日からいろいろ思い返してみたのだが、気になった点はまったく思い浮かばなかった。

「彼女は毎日をどういう風に過ごされていたのでしょうか？　わかる範囲で教えてくださると有り難いのですが」

東京の人から見れば退屈な場所と感じるかもしれない。多恵自身も東京に十年以上暮らしていたので、田舎の退屈さはよくわかる。しかし慣れてしまえばそれはそれで快適で、車に乗ってあちこち出かけられるのも便利だった。

「海のあたりを散歩しているようなことを話していました。図書館で過ごすことも多かったと聞いてます」

「なるほど。図書館ですか」

この富乃屋から市立図書館まで歩いていけない距離ではない。あれは彼女が滞在を始めて二日ほどたった頃、朝食で顔を合わせたときに図書館の場所を訊かれたのだ。

「ほかには？　何か個人的なことを話したりしませんでしたか？」

「ごめんなさい。参考になるような話はないですね」

「そうですか。また何か思い出したら伊東署まで連絡をください」

ずっと黙っていた男の刑事が名刺を出し、それをテーブルの上に置いた。名刺を受けとってから多恵はすみれの間を出た。廊下を歩いていくと仲居の一人が近づいてくる。

「多恵ちゃん、警察の人、何か言ってた？」

「特には。こっちは何も知らないしね」

彼女は中学までの同級生で、名前は青木智子《あおきともこ》という。すでに結婚して二児の母でもあるため、週末限定のパートだ。今日は土曜日なので出勤している。

「でも凄いわよね。昨日ニュースで見てびっくりしたもん」

そのニュースなら多恵も見た。全国ニュースのあとに流れる県内ニュースの最初に報じられたのだ。遺体を引き揚げた漁船と、パンプスが発見された海岸近くの映像も流れていた。

「すみれの間、どうなるんだろうね」

興味津々といった様子で青木智子が言う。多恵は首を傾げた。

「どうなるって、何が？」

「決まってるじゃない。自殺者が泊まってた部屋なのよ。縁起悪いし、気持ち悪いじゃないの」

「あの部屋で亡くなったわけじゃないからそのまま使うんじゃないの」

「そうかなあ。それにしても失恋したくらいで自殺してたら命がいくつあっても足りないわね」

「失恋じゃないわよ」

「そうなの？　私はそう聞いたんだけど」

智子は噂話好きの主婦そのものだ。時間があれば相手を見つけて町の噂話を披露している。平日は家にいるために時間に余裕があり、情報収集に余念がないようだ。

「だって彼女、既婚者だから。旧姓を使ってたって刑事さんが言ってたし」

「へえ、そうなんだ」

言ってから「しまった」と思った。この話は旅館中に、いや伊東市内を駆け巡ってしまうことは確実だ。

「多恵ちゃん、明日の夜だけど、仕事終わったら飲みにいかない？」

「ご主人とお子さんは？」

「大丈夫。カレー作るつもりだから。旦那も子供もカレー作っておきゃ文句言わないの」

月曜日は休日だ。たまには息抜きをするのもいいかもしれない。多恵は「わかった」と返事をしてから、チェックアウトが済んだ部屋を片づけるために二階への階段を上り始めた。


ドライブインたなかは伊東市の海岸線沿いにあるレストランだ。夏場は観光客で賑わうが、観光シーズンではない十二月の今は閑古鳥が鳴いている。それでも昼間は漁協の関係者が定食を食べにくるらしい。多恵は今、カウンターで青木智子と一緒にビールを飲んでいる。

店内は割と広めで、大型バスの団体客が貸し切りで入ることもあるようだ。今は店内がだだっ広く感じられ、智子が話す声が響き渡っている。

「世田谷っていいところなんでしょ。旦那は医者だって話じゃないの。まったく何があったのかしらね」

話題は一昨日発見された自殺者についてだ。やはり自殺者が出たというのは町でも噂になっているようで、実家の両親にもあれこれ訊かれた。亡くなった女性の家族構成などもいつの間にか知れ渡っている。

「でも崖から飛び降りるのだけは勘弁だわ。下の岩にぶつかればいいけど、そうじゃなかったら海に落ちて下手すりゃ助かっちゃいそうで嫌。私なら絶対に別の方法を選ぶけどな。ねえ、多恵ちゃんだったらどうする？」

「わからないわよ。死にたいなんて思ったこともないし」

「そうなの？　前の旦那と離婚したときも？」

「死のうとまで思わなかったな」

別れた夫は酒癖が悪く、酔って手をあげることもあったが、死にたいとは思わなかった。今になって思えば故郷の存在は大きかった。どんなに辛いことがあっても、伊東に帰れば何とかなると頭の隅でずっと思っていた。

「青木、いいのかよ。旦那と子供を放っておいて」

腰にエプロンを巻いた男が厨房から出てきた。この店の店員、田中健太《たなかけんた》だ。多恵たちとは同級生で、数年前から実家であるこの店を手伝っているらしい。

「主婦にも息抜きが必要なの」

「息抜きじゃなくて、憂さ晴らしだろ。これ、サービスな」

健太が瓶ビールをテーブルの上に置き、智子の隣に座った。智子が健太にコップを渡し、それにビールを注ぎながら言う。

「健ちゃん、例の事件だけどさ、死んだ女、このあたりを歩いたと思うんだよね」

自殺した神野由香里という東京在住の女性のことだ。彼女が飛び降りたとされる海岸はここから歩いて十分ほどのところにある。富乃屋から徒歩で現場に向かうのであれば、必ずドライブインたなかの前を通らなければならない。

「何？　例の事件って」

「この先の崖から女の人が飛び降りたの。その人、多恵ちゃんが担当してたお客だったの。知らないの？　町中この噂で持ち切りだよ」

「知らね。昨日は店を休んだんだ。お袋が風邪ひいてさ」

「そうなんだ。実はね……」

智子が健太に対して説明を始めた。コップ片手に健太がその説明に耳を傾けている。健太も多恵と同じ出戻りだ。実家の店を手伝う前は東京でサラリーマンをしていたらしい。ちらりと聞いた話ではあちらの暮らしを窮屈に感じるようになり、こっちに戻ってきたという話だった。

中学二年のとき、多恵は健太と一緒に体育委員を務めたことがある。運動会の準備などを一緒にやったのだが、そのときによく二人で下校した。お互いが意識しているのは明らかだった。多恵も彼のことが好きだったし、向こうもそうだったのではないかと思っていた。あの二人は付き合っているんじゃないか。そんな噂が流れたこともあり、いつしか距離を置くようになっていた。

「それっていつの話？」

健太がコップのビールを飲み干して言った。神野由香里が自殺した日のことを訊いたのだろう。智子が答えた。

「遺体が見つかったのは金曜日だったから、自殺したのは木曜日の夜じゃないかな」

「ちょっと待てよ」

そう言って健太が腕を組む。しばらくして健太が言った。

「俺、見たかも、その女」

「えっ？　嘘でしょ」

「木曜の夜だろ。憶えてるんだよ。たしか夜の九時過ぎだったと思うけど、女の客が入ってきたんだ。見たことない顔だったからよそ者だってことは間違いないね。そのお客さん、あの席に座ってさ」健太は店の一番奥——トイレのすぐ脇のテーブル席を指でさしてから続ける。「オムライスを注文したんだよ。花柄の白っぽい服にベージュのコートを着てたかな」

彼女が最後にどんな服を着ていたか、それは知らない。しかし可能性は高いと思った。木曜日の夜にこの店を訪れた見知らぬ女。彼女は神野由香里かもしれない。

「男の方はカレーライスを注文した。二人ともどうも様子がおかしくてさ」

「ちょっと待って」と智子が健太の話を遮って言う。「連れがいたの？」

「いたよ。二人で一緒に店に入ってきた」

健太が続ける。男女のカップルだったという二人の間にはあまり会話がなく、重い空気が流れていたように健太は感じたらしい。店にいたのはおよそ三十分くらいで、男が先に店を出て、女が支払いをして男を追うように店から出ていった。

「これ、ちょっと大変じゃない。健ちゃん、警察に言った方がいいかもしれないわよ。ねえ、多恵ちゃんもそう思うでしょ」

「うん、そうだね」

もし健太が見た女性が神野由香里であるならば、死の直前に同行していた男性がいたというのは貴重な目撃証言となる。その男性は何者で、彼女とどういう関係なのか。警察も興味を示すに違いない。

「どんな男だったか憶えてる？」

「男はずっと背中を向けてたから顔は憶えてないね。カウンターに酔った常連客がいて、その人の相手もしてたから」

「でも健ちゃん、絶対に警察に行くべきよ。それって警察に言わないといけないって」

「嫌だよ、警察なんて。行きたくないね」

二人のやりとりを聞きながら多恵は思い出していた。刑事たちに事情を訊かれたのは昨日のことだ。多恵は言った。

「健ちゃん、私も警察に行くべきだと思う。私ね、昨日刑事さんから名刺もらったの。よかったら私も一緒に行こうか？　明日なら私も休みだし」

別に下心があるわけではない。純粋に捜査の役に立ちたいと思っただけだ。あの女性の担当になったのは何かの縁だと感じていたし、亡くなったことを気の毒だと思っていた。

「ふーん、そういうことか。どうやら私は邪魔者ってわけね」

余計な詮索をして智子がにやりと笑う。健太が苦笑して言う。

「勝手に変な想像するなよ」

多恵はコップを持ち、ぬるくなってしまったビールを飲んだ。そして店の一番奥のテーブル席を見た。その女性客は壁を背にして座っていたという。あの遠藤由香里と名乗っていた女性客があそこに座っている場面を思い浮かべてみた。

一週間ここ伊東市に滞在し、そして崖から身を投じて亡くなった女性。彼女には帰る場所がなかったのかもしれない。

※

伊東署の刑事、脇谷から電話がかかってきたのは伊東から帰ってきた二日後、月曜日の午後二時過ぎのことだった。上原が交換から回ってきた電話に出ると、脇谷はやや興奮したように話し出した。

「上原さん、目撃証言が出ました。亡くなった神野由香里の姿を海岸沿いにあるドライブインの店員が目撃していました。上原さんからいただいた写真のコピーを見せたら間違いないと証言しましたよ」

詳しい話を聞く。今日の午前中、その店員が富乃屋の仲居とともに伊東署を訪れ、目撃情報を証言したらしい。彼が神野由香里の姿を目撃したのは先週木曜日の夜の九時過ぎのことだった。しかも男が一緒だったという新事実が浮上した。

「店員の話では、二人の間には重い空気が漂っていたようですね。上原さん、どう思います？臭いと思いませんか？」

「たしかに気になりますね」

神野由香里が自殺したことは報道されている。全国版の新聞にも小さい記事が載ったほどだ。しかし死んだ直前に一緒にいたと思われる男性はいまだに名乗り出ていない。

「不倫ってやつでしょうか。別れ話がもつれて、彼女はショックを受けて死を選んだのかもしれませんね」

　脇谷が言ったことは上原も想像していたことだった。由香里は夫の智明には内緒で何者かと不倫の関係にあり、それが原因となって家出をした。つまり智明を捨て、不倫相手を選んだのだ。しかし決死の覚悟で家を飛び出したはずが、男の方が土壇場で翻意する。有り得ない話ではないだろう。

「その店員は男の顔を憶えているんでしょうか？」

「はっきりとは憶えていないようです。その時間に常連客がいたようなので、これからそっちも当たってみようかと思ってます。おそらく一緒にいた男は彼女が死んだことを知ってるはずだ。それなのに名乗り出ようとしない。そこが気になるんですよね」

「私も同じですよ、脇谷さん。たとえば男にも家庭があって、なかなか名乗り出ることができない事情があるのかもしれません。それならば話はわかるが、そうではなかったとしたら……」

　その先は口に出すことはできなかった。彼女は本当に自殺だったのか。もしかして同行した男に突き落とされたのではないか。そう考えることも可能なのだ。しかし伊東署はすでに自殺として処理してしまっている。

「私は男の正体を探ってみます。常連客が何か憶えていればいいんですがね」

　あまり期待できそうにない口振りだった。女は壁を背にして店員の方に顔を向けていたらしいが、男性はずっと背中を向けていたという。会計をしたのも神野由香里だったらしい。

「上原さん、お忙しいとは思いますが、ここは一つご協力いただけると有り難いんですが」

　亡くなった神野由香里は世田谷在住だ。伊東署の脇谷が彼女の周辺を捜査することは難しい。そのあたりの協力を頼んできているのだ。

「もちろんですよ、脇谷さん。私も神野由香里について調べてみます」

通話を切った。現在はいくつかの事案を抱えているが、急ぎのものはなかった。

「熊沢、ちょっといいか？」

初めて刑事課に配属された女性刑事の取り扱いは難しく、今は容疑者が女性だった場合の取り調べの立ち会いくらいしか彼女の仕事はない。それ以外の時間は報告書の作成か、もしくは現場に連れていかれて交通整理の真似事をさせられているらしい。

「何でしょうか？」

理子が立ち上がって上原の近くまでやってくる。

「神野由香里の件だ。伊東署の脇谷さんから連絡があってな」

上原は脇谷から寄せられた情報を理子に話して聞かせ、それから彼女に訊いた。

「葬儀などの日程はどうなってる？」

「今夜が通夜で、明日が葬儀のようですね。通夜は午後七時から始まります」

理子は手帳に目を落とした。神野家の葬儀の日程を調べておくよう、伊東からの帰りの電車内で指示を出した。やれと命じられたことはそつなくこなすタイプらしい。

「場所は桜木地区の葬祭場のようです。どうされますか？　もし行かれるようなら私も同行いたしますが」

「そうだな。ご主人と話しておきたいことがある」

「わかりました。私も一緒に行きます」

そう言って理子は手帳を閉じ、自分の席に戻っていった。自殺ということで片づいたと思っていた案件だ。一応署長に報告しておくか。そう思って上原は立ち上がった。

午後八時過ぎ、喪服に身を包んだ弔問客が続々と葬祭場から出てきた。亡くなったのが三十代の専業主婦という割には弔問客の年齢層は高めだった。おそらく由香里の義父、神野和雄の関係者だろう。彼は聖花大附属病院の外科部長であり、その関係で多くの弔問客が集まっているのかもしれなかった。

葬祭場の隣には駐車場があり、そこに入っていく者、最寄りの駅に向かって歩いていく者の数は半々だった。出てくる弔問客がまばらになったタイミングを見計らい、上原は葬祭場の中に足を踏み入れた。理子も一緒だった。彼女は喪服に身を包んでいる。上原はもともと黒っぽいスーツを着ていたのでそのままだ。

入った正面に受付があり、その奥が会場になっていた。椅子が整然と並べられていて、中央に故人の写真があった。写真の神野由香里が笑みを浮かべている。

受付の近くでは遺族たちが弔問客と何やら語り合っている。ハンカチを目に当てている者もいた。葬祭場の係員が通りかかったので、一声かけてから焼香させてもらうことにした。会場内を前に進み、理子と並んで焼香する。両手を合わせて故人に合掌した。

「刑事さん、いらしていただいたんですね」

背後から声をかけられ、振り返ると神野智明の姿があった。左手に数珠を巻きつけている。上原は言った。

「ええ。生前の奥様は存じ上げませんが、一応ご焼香だけでもと思いまして」

「妻も喜ぶと思います。ありがとうございました」

「神野さん、お時間よろしいですか。少しお話ししたいことがあるのですが。できれば内密にした方がいいのではないかと」

上原の言葉から微妙な空気を感じとったのか、やや声を低くして智明が言った。

「ではこちらへどうぞ」

いったん会場から出て廊下を奥に進む。親族の控室や事務室が並んでいて、そのうちの一室に案内された。中には長いテーブルが並んでおり、食事をする場所のようだ。祓いの膳がふるまわれるのは明日の葬儀のあとらしく、今日は誰もいない。

「話とは何ですか？」

「実はですね」上原は単刀直入に事実を伝える。「今日、伊東署の刑事から連絡があり、生前の奥様を見かけたという証言を得たようです。現場近くのドライブインの店員です。その者の話では奥様は一人ではなく、男性の同伴者がいたとのことです。その男性が奥様の死に関与しているかもしれないと伊東署の刑事は考えているようですね」

「関与ですか。それってどういう……」

「奥様の死は本当に自殺だったのか。それを疑う必要があるのかもしれません」

智明は呆然と立っている。彼にとっては予想をはるかに超えた内容の話だったらしい。上原は続けて言った。

「一緒にいた男性が奥様を殺害した可能性があります。神野先生、失礼を承知で伺いますが、奥様との仲はいかがでしたか？」

「仲、と申しますと？」

「夫婦間の仲です。良好でしたか？」

「ま、まあ」やや困惑気味に智明は答えた。「私が普段から忙しかったもので、あまり構ってあげられなかった部分はあります」

たしかに医師というのは忙しい職業だろう。しかしほかにも理由がありそうな気がしてならなかった。この夫婦はお互いに愛人を作っていたのではないか。それが上原の下世話な想像だ。

「奥様が不倫している。そう考えたことはありませんか？」

「そんなこと……想像したこともありませんよ」

嘘を言っているようには見えない。智明がそれほど妻の行動を把握していたとは思えなかった。専業主婦の由香里は、日中は自由に使える時間もあったはずだ。

「神野先生、お医者様としての意見を聞かせてください。奥様のご遺体を解剖に回せば、他殺である物的証拠が出てくると思いますか？」

遺体は棺に入れられており、明日になれば火葬となるだろう。今が解剖に回せる最後の機会だが、それを決定する権限は上原にはなかった。まだ他殺と決まったわけではなく、事件そのものは伊東署の管轄だ。遺族である智明の手に判断を委ねる。そのくらいしか方法が思い浮かばなかった。

「どうでしょうね」智明が首を振った。「損傷が酷いですし、そういった証拠が出てくる確率は低いと思います。それにこれ以上由香里をあのままにしておくのは可哀想です」

さきほど焼香した際に見た限りだと、棺の蓋は閉じられていた。通常は化粧を施すなどして死者の顔を最後に見せたりするものだが、由香里の遺体に関しては損傷が激しくそれもできない、したくはない状態にあるのだろう。智明の言葉から解剖への拒絶の意思を感じとり、上原はうなずいた。

「わかりました。ところで神野先生、奥様が亡くなった日なんですが、午後はどのように過ごされましたか？　部屋の片づけをするとおっしゃっていたと記憶しておりますが」

神野由香里が海に身を投じたとされる日の昼、ちょうど上原は署長に命じられ桜木にある神野家を訪問していた。午前の診察を終えて戻ってきた智明とも顔を合わせている。

「部屋の片づけをしてましたよ。あとは部屋でのんびりしてました。離れに一人でいたので、それを証明してくれる人はいませんけどね」

「そうでしたか。何かわかりましたらこちらからご連絡させていただきます。本日はご愁傷様でした」

頭を下げて部屋から出た。通夜はもう終わっているが、会場内には数人の弔問客が残っており、ひそひそと話している姿も見えた。亡くなったのは若い主婦、それも死因は自殺とされているため、あらぬ噂も立っているのかもしれない。上原は廊下を歩き、足早に会場をあとにした。

翌日の午後、上原は世田谷区桜木にある世田谷さくらぎ記念病院にいた。理子は管内で発生した傷害事件の聞き込みに駆り出されているので単独行動だった。今日は神野由香里の葬儀のため、家族などへの聞き込みは難しく、病院関係者を当たってみようと思ったのだ。

「ごめんなさい。私、何も知りません。先生の奥様、自殺じゃないんですか？」

「一応事実確認しているだけです。お気になさらずに」

今、上原は智明が所属している整形外科のスタッフたちに話を聞いて回っているが、どうにも事情を聞きづらい。事件性がないため突っ込んだ質問ができないからだ。

「ありがとうございました」

上原はそう言って整形外科を出た。時刻は午後二時になろうとしていた。職場では家庭の話をすることはないようで、ほとんどのスタッフが智明の家庭について知らないというのが上原の印象だった。

今頃遺体は荼毘に付されたことだろう。自殺として処理された案件を蒸し返すのはこのくらいにしておくべきかもしれない。上原は廊下を歩いてロビーに出た。大きい病院なのでロビーも広く、早くも午後の診察開始を待つ患者たちの姿があちらこちらに見える。午後の診察は三時から始まるらしい。

正面玄関を入ったところに総合受付という場所があり、そこには二名の女性が並んで立っている。上原はそちらに向かって歩き出した。今、総合受付には患者の姿はない。警察手帳を出して身分を名乗ってから上原は二人に訊いた。

「整形外科の神野先生の奥様が亡くなったことはご存知ですよね。奥様について知ってることがあったら教えてほしいんですが」

「さあ、私は知りません」

右側にいた女性が首を捻《ひね》る。左側の女性も首を傾げている。何も知らないということか。「ありがとうございました」と礼を言って歩き出そうとすると「刑事さん」と左側に立っていた女性に呼び止められた。

「何か？」

「ええと……」

言いにくい話のようだ。右側の女性と目配せを交わしてから女性が受付から出てきた。近くにあった柱の陰に彼女を誘導する。

「何かご存知なんですか？」

「あれは半年くらい前のことだったんですけど」

総合受付に神野智明の妻と称する女性が訪れたとのことだった。忘れ物を届けにきたらしいが、智明が多忙のためその女性は立ち去った。

「それが何か？　奥様は帰ったんですよね」

「そのときはそう思っていたんですけど。実はその人、奥さんじゃなかったみたいなんです」

「えっ？　どういうことですか？」

説明を聞く。妻を名乗る女性が現れた数日後、彼女は職場の同僚数人と食事に行った。薬局の事務職員がその光景を憶えていて、その女性が妻ではないと断言した。

「奥さんじゃなくて患者さんだったんですよ。よくよく考えてみれば私が勝手に奥さんだと勘違いしただけなんですけどね。でもその人、私の勘違いを訂正しようとしなかったし」

智明に忘れ物を届けにきた謎の女性。もっと詳しい話を聞きたいと思い、その薬局の事務職員を呼び出してもらう。眼鏡をかけた素朴なタイプの女性だった。

「たしか七月くらいでした。整形外科の神野先生が薬局の前にやってきて、ベンチに座って待っていた女性の隣に座るのが見えたんです。ちょうど私、窓口で会計の当番をしてたので」

神野先生が診察中にロビーに出てくるなんて珍しいな。そう思って彼女は観察したという。二人は知り合いのような感じで言葉を交わしていたらしい。数日後、受付の女性と食事をしているときにその話題が出たのだという。

「どういう感じの方でした」

「綺麗な方でしたよ。年齢は神野先生と同じくらいです。私の勘では独身ですね。既婚者には出せない雰囲気がありました。洋服とかもブランド物だったと思いますし」

女性の観察眼というのは恐ろしい。ときに刑事に匹敵するのではないかと思うほどだ。上原は薬局の事務職員に警察手帳を見せて改めて協力を依頼する。「わかりました」と返事をして女性が薬局に戻っていった。受付の女性にも礼を述べ、上原は薬局前のベンチに座った。

「お待たせしました」

五分ほどして薬局の事務職員が戻ってくる。彼女の手には一枚の書類がある。その女性患者が薬を受けとるために記入したものらしい。日村繭美という名前で住所は渋谷区恵比寿。勤め先は大手自動車メーカーのトウハツだった。若い頃、免許をとって最初に買った車がトウハツの中古だった。

書類の名前や住所を手帳に書き写した。日村繭美。自分の下世話な想像が当たっていたかもしれないと上原は思った。神野智明の顔を思い出す。あのハンサムな医者には愛人の一人や二人いてもまったく不思議ではない。

トウハツの本社は品川区上大崎にあるビルだった。大手自動車メーカーだけありビルまるごとが本社となっていた。受付の前は待ち合わせをしているサラリーマンたちでごった返している。一人の女性が歩いてくるのが見えた。その目つきは誰かを探しているようにも見える。丈の長いスカートに黒いセーターを着ていた。彼女だなと上原は気づいた。美人だったからだ。世田谷さくらぎ記念病院の女性もそう言っていた。

「日村さん、ですね？」

そう言いながら上原は彼女に接近した。繭美が怪訝そうな顔でこちらを見た。周りの目もあるため、あまりここでは警察手帳を出したくない。上原はやや声を小さくして言った。

「世田谷警察署の上原といいます。神野智明さんのことでお話があります」

繭美の目が一瞬だけ泳いだ。しかしすぐに彼女は冷静さをとり戻して言う。

「あちらに喫茶店があります。そこに行きましょう」

さきほど受付の女性に訊いたところ、彼女は広報課という部署に勤めているらしい。マスコミなどにも対応するのかもしれない。普通の女性ならいきなり職場に刑事が訪ねてきたら動揺するものだが、すぐに喫茶店に案内するあたりに彼女の度胸のよさを感じとった。

「それで私に話というのは何でしょうか？」

本社ビル内にある喫茶店は商談をするサラリーマンたちで八割ほどの席が埋まっていた。空いていたテーブル席に案内され、注文したホットコーヒーが運ばれてきたところで上原は彼女に訊いた。

「神野智明さんをご存知ですね。世田谷さくらぎ記念病院の医師です」

「知ってます。大学の同窓生で、一学年上の先輩ですから。今年の夏だったでしょうか。取材中に怪我をして、たまたま運び込まれた病院で神野先生の診察を受けました」

なるほど。上原は納得した。そういうことだったのか。半年ほど前に世田谷さくらぎ記念病院の職員が目撃したのは二人の再会の場面だったのだ。薬が処方されたのは一回だけで、それきり通院がないことはすでにわかっている。

「神野さんの奥さんが亡くなったのはご存知ですよね？」

「ええ、一応は。伊東の方で自殺されたとか」

「そのことで彼から連絡はありましたか？」

藺美は答えなかった。しばらく彼女はテーブルの一点に視線を落として何やら考えていた。やがて顔を上げて意を決したように言う。

「刑事さん、言いたいことがあるならはっきりおっしゃってください」

気の強い女性らしい。大企業の広報部門で働いているということは、それなりに仕事ができる女性なのだろう。亡くなった神野由香里には失礼だが、彼女の方が神野智明の妻に似つかわしい外見だ。

「日村さん、確証があるわけではありませんが、私はあなたと神野先生が特別な関係にあるのではないか。そう思っているんですよ」

調べればどうにでもなるんだぞ。そういう脅しの意味合いを織り交ぜたつもりだった。功を奏したらしく、彼女が唇を噛むのが見えた。多少年はいっているが、いい女であることに違いはない。神野智明に軽い嫉妬を覚えつつも上原は続けた。

「捜査で得た情報は口外しません。実はですね、日村さん。神野先生の奥さんは自殺じゃない可能性があるんですよ」

「えっ？　新聞だと自殺だって……」

「亡くなる前ですが、現場近くで奥さんと一緒にいた男性の姿が目撃されています。その者が名乗り出ないことから、神野由香里さんの死について何か知っていると地元署の刑事は考えているようで、私はそのお手伝いをしているわけです。どうですか？　日村さん。神野先生から何かお聞きになっていませんか？」

藹美は黙っていた。その顔を見ながら上原はコーヒーに砂糖二杯と生クリームを入れ、スプーンでかき混ぜた。隣のテーブルから煙草の煙が流れてくる。商談中のサラリーマンがひっきりなしに煙草を吸っていた。上原は禁煙して一年だが、もうそれほど煙草を吸いたいとは思わない。刑事課で煙草を吸わない刑事は上原と理子だけだ。

上原がコーヒーを一口飲んだところで彼女がようやく口を開いた。

「特には聞いていません」

「最後に彼と会ったのはいつですか？」

「先月の下旬だったと思います」

「どこで彼と会いましたか？」

「私の……部屋です」

智明と不倫関係にあるのを認めたのも同然だった。上原はさらに訊く。

「神野先生の奥さん、由香里さんには特別な関係の男性がいた可能性があります。神野先生がそういったことを疑っている兆候はありましたか？」

「私の知る限りではありません。彼はあまり興味がないようでした」

神野智明は妻の由香里には興味はなかった。そういう意味だろう。目の前に座る日村繭美という女性の強烈な自信を感じた。彼に愛されているのは私だ。そう信じて疑わない目つきをしている。

「一応お訊きしますが」そう前置きして上原は彼女に訊いた。「先週の木曜日の夜、どちらにいましたか？　特にあなたのことを疑っているわけではなくて、こういう場合は必ず訊くことにしているんですよ」

日村繭美は神野智明の愛人だ。妻の由香里に対して負の感情を持っているのは間違いない。しかし現場で由香里とともに目撃されているのは男性だ。彼女は容疑者から除外されるがアリバイだけは確認しておくべきだろう。

「木曜日でしたら」彼女が手帳を開きながら答える。「会社で一日中仕事をしていました。ずっと自分の課にいたと思います」

東京から伊東まで、新幹線と在来線を乗り継げば二時間弱で行けるはずだ。

「会社が終わったあとはいかがお過ごしでしたか？」

「友人と会っていました。大学時代の友人です。彼女と一緒にゴルフの練習場に行ってました」

「へえ、ゴルフをされるんですね」

「ええ。一応練習場でプロの方にレッスンを受けてます。木曜日も友人と一緒にレッスンを受けました。午後七時から午後九時までです。その後は友人と食事をして、家に着いたのは十一時くらいだったと思います」

その時間になると電車で伊東に向かうのは難しい。念のために一緒にレッスンを受けた友人の名前を聞く。亀山優子という出版社勤務の女性だった。

「ありがとうございました。また何かありましたらご協力をお願いします」

コーヒー一杯分の小銭をテーブルの上に置いてから上原は立ち上がった。彼女も上原を見送るために立ち上がる。一礼して上原は喫茶店から出た。サラリーマンたちに交じってトウハツ本社の一階を歩く。

日村繭美。彼女が神野智明の愛人であるという色眼鏡で見ているせいかもしれないが、どこか印象に残る女性だった。

※

「悪いな、わざわざ来てもらっちゃって」

「いいのよ。女将さんの許可はもらってるから」

平井多恵が伊東警察署に向かうと、田中健太はすでに正面玄関の前で待っていた。警察から連絡があり、できれば一緒に来てほしいというのだった。

昨日も健太と一緒にここ伊東警察署に来ていた。神野由香里が自殺した日、彼女が健太の店――ドライブインたなかを訪れていたと証言すると、話を聞いていた刑事がやや興奮したように詰め寄ってきた。本当ですか？　本当に彼女で間違いないんですね。

やはり自殺した直前に男性と一緒だったというのは警察も摑んでいない新事実のようで、昨日も健太は一時間近く話を聞かれ、同時に似顔絵の作成にも協力した。似顔絵を得意とする刑事がいるらしく、彼に特徴を伝えて再現していくのだ。ただし健太はあまり男性の顔を憶えていないようだった。

神野由香里とその連れの男性が訪れたとき、ちょうど店には二名の常連客がカウンターで飲んでいて、刑事たちはその者たちにも昨日のうちに事情聴取をしたと聞いている。

「お待ちしておりました。こちらです」

制服を着た警察官に奥の会議室のような部屋に案内された。中にはスーツを着た四十歳くらいの刑事が待っていた。昨日も話しているので彼のことは知っている。脇谷という名前の刑事だった。

「ご足労いただきありがとうございます。実は似顔絵ができたので是非見ていただきたいと思いましてね」

そう言って脇谷という刑事が一枚の紙を出して机の上に置いた。健太がその紙を手にとった。脇谷が訊いてくる。

「田中さん、どうでしょうか？　神野由香里と一緒にいた男性に似てますかね」

「うーん」と健太が首を捻る。「似てるんじゃないですかね。昨日も言いましたけど俺、あまりよく見てないんですよ。でもこんな感じの男だったような気がしますけどね」

「雰囲気はよく出ている。常連客の一人はそう言ってました」

二名の常連客は神野由香里とその連れのことを憶えていた。よそ者だと一目でわかったので気になったという。うち一名はトイレに行くときに男性の顔を近くから見ていたようで、その意見が似顔絵には多くとり入れられているらしい。

「そう言われれば、似てるような気もするかな」

多恵は健太の手にした紙を覗き込む。鉛筆で男性の似顔絵が描かれている。どちらかといえば整った顔立ちをしているように見えた。

「平井さんも一枚お持ちになってください。富乃屋の従業員にも見ていただいて、何か心当たりがある方がいたら署までご一報ください」

脇谷に見送られて署をあとにする。健太と並んで駐車場を歩く。健太が乗っているのは黒いセダンだ。多恵が乗ってきた軽自動車は奥に停まっている。健太が自分の車の前で足を止め、手にした例の似顔絵を見て言った。

「テレビで公開すればいいのにな。そうすれば本人は難しくても知り合いが名乗り出るんじゃないか」

「昨日も刑事さんが言ってたけど、あの女の人は自殺ってことになってるって話だから、そういうのは難しいんじゃない」

神野由香里が謎の男性とともにドライブインたなかを訪れたことが明らかになり、多恵は少しほっとしていた。もしかしたら生きていた彼女と最後に話をしたのは自分ではないか。ずっとそんな風に思っていたのだ。何かほかにかけるべき言葉があったのではないかと気を揉んでいた。

しかし多恵の心配は杞憂に終わり、生前の彼女は謎の男性と健太の店を訪れていた。多少は肩の荷が下りたような気がするが、彼女が亡くなってしまったことは紛れもない事実だった。彼女は三十四歳と聞いている。彼女に死を決意させたものとは何だったのか。宿泊客と仲居という間柄ではあるが、亡くなる前の一週間は挨拶程度の会話は交わしていた。彼女の死は小骨のように喉の奥に引っかかっている気がした。

「じゃあね、健ちゃん。私、仕事に戻るから」

すでに午後四時を過ぎている。富乃屋に戻ったら夕食の準備が待っている。それに厨房の板前から買い物も頼まれていた。

「あ、多恵、ちょっと待って」

「何？」

「今晩って仕事終わったら何してる？　よかったら飲みにいかない？」

「智子は今日はお休みよ。智子が週末限定で働いてるのは知ってるでしょ」

そう返しながら多恵は心臓の鼓動が高まっていくのを感じていた。彼に誘われているのはわかったが、額面通りに答えるのが少し気恥ずかしかった。健太が自分の車のドアを開けながら言う。

「青木は関係ないだろ。俺はお前と飲みたいんだよ」

健太がエンジンをかけた。彼の車のカーステレオからサザンのヒット曲が流れ始める。これ以上気を持たせるのは悪いので、多恵は言った。

「わかった。でも明日も仕事だからそんなに遅くまでは無理よ」

「了解。仕事終わったらうちの店まで来てくれるか」

「うん、多分九時過ぎだと思う」

駐車場を足早に歩き、自分の車に乗り込んだ。男性と二人きりで飲むのはここ数年で記憶がない。健太が自分を意識しているのは知っていたが、いつも智子が一緒だった。彼も誘うタイミングを探していたのかもしれない。

健太の車がウィンカーを出して駐車場から出ていくのが見えた。多恵もアクセルを踏んで車を発進させた。

※

「お忙しいところ申し訳ありません。私は世田谷警察署の上原といいます」

トウハツ本社で日村繭美と対面した翌日、上原はその友人、亀山優子のもとを訪ねていた。熊沢理子には内密に別の仕事を頼んであるので、今日も上原は単独行動だ。亀山優子の勤務先は品川にある出版社だった。幼児用の教材や中高生向けの参考書などを主に手がけている出版社らしい。待ち合わせの場所は品川駅近くの喫茶店だった。

「どういったご用件でしょうか」そう言いながら亀山優子は腕時計に目を落とした。「急な会議が入ってしまったもので、七、八分程度しか時間がとれません。せっかく来ていただいたのに申し訳ありません」

亀山優子も繭美ほどではないにしろ、美人と言える部類に入る顔立ちだ。繭美より若干柔らかい印象を受ける。髪型はソバージュだった。

「では早速ですが、先週の木曜日、亀山さんは日村繭美さんとゴルフのレッスンに行きましたか？」

「ええ、行きました。刑事さん、どうしてそんなことをお尋ねになるのかしら」

「捜査上の秘密なので勘弁してください。ただしあなたや日村さんに容疑がかかっているわけではなく、ある事件の関係者全員のアリバイを確認しているわけです。ところで亀山さんは日村さんとどういうご関係で？」

「大学時代からの友人です。チアリーディング部で四年間一緒でした」

なるほど。上原は内心うなずいた。日村繭美といい、亀山優子といい、どこか華やかな雰囲気を醸し出していたが、チアリーダーと聞いて納得した。男の視線を浴びるのに慣れている感じがしたし、三十四歳にしては二人とも若く見える。

「そういうことでしたか。チアリーディング部のお仲間はほかにもいるんですか？」

「いますけど、会うのは大抵繭美だけです。私たち二人だけが独身で、ほかの子は全員結婚しているので」

独身か。しかし亀山優子の表情からは独身を恥じるような気配はなく、むしろ余裕さえ感じられた。おそらく彼女は――。

「もしかして亀山さん、ご結婚の予定があるんですか？」

「ええ」と優子は返事をした。口元には笑みがこぼれている。「まだ時期は決まっていないんですけどね。絶対最後に残るのは私だと思っていたんで、自分でも驚いてるんですよ。繭美にはちょっと申し訳ない気持ちもあります」

「その日村繭美さんですが、ゴルフはよくおやりになるんですか？」

「今年の夏くらいから始めたはずです。私もそのときに誘われて、一緒にやり始めたんです。ちょうどその頃、私は今の彼と付き合い始めて、彼もゴルフをやるので繭美の誘いに乗ることにしたんです」

「どうして彼女はゴルフを始めたんでしょうか？」

「決まってるじゃないですか、刑事さん」

そう言って優子は意味ありげな笑みを浮かべた。つまり男か。日村繭美は男の影響からゴルフを始めたのだろうか。たしかに神野智明もゴルフ焼けをしている。

「亀山さん、日村さんの恋人に会ったことがありますか？」

「残念ながらありません。あまりそういう話をしないんですよ。でもあれはいつだったかしら。たしか――」

ある日の夜、優子の自宅に何の連絡もなく日村繭美が突然訪れたことがあったらしい。しかしそのとき優子の部屋には付き合い始めたばかりの恋人がいて、繭美を部屋に上げることができなかった。

「男のことで何かあったなってすぐにわかりました。でもそのあとは様子が落ち着いて、ゴルフを始めたのもちょうどその頃だったと思います。雨降って地固まるってやつだと思いました」

喧嘩をして、仲直りをしてさらに恋が燃え上がる。彼女はそう言いたいのだろう。

「ところで刑事さん、繭美のお相手のことで話を聞きにきたんでしょう？　どんな人ですか？」

「それは……」

上原が答えに窮していると優子が小さく笑って言った。

「既婚者じゃないですか？」

「どうしてそう思うんですか？」

「そんな相談を受けたことがあるんです。新しい恋人に忘れ物を届けにいったら、会社の人に奥さんだと勘違いされたって。あの子、人一倍結婚願望が強いんですけど、どうも運がないんです」

女性とは怖い生き物だ。友達付き合いをしながらも相手の置かれた状況を冷静に観察し、まるでドラマを見るかのように楽しんでいる。最初に優子が言っていた七、八分はすでに経過していたが、彼女に時間を気にする様子はない。上原は話題を軌道修正した。

「話を前に戻しますが、ゴルフのレッスンを終えたあとはどちらに行かれました？」

「教えてくれないんですね、刑事さん」優子はそう言って肩をすくめてから言った。「ゴルフ練習場の近くにあるレストランで食事をしました。レッスンのあとは大体そこでご飯を食べることにしてるんです」

嘘を言っているようには見えない。日村繭美のアリバイは成立したと考えていい。しかし気になる存在だった。結婚願望が人一倍強いが、医師の愛人に甘んじている、大手自動車メーカー勤務の美人広報。

「刑事さん、繭美の相手、どんな人なんですか？」

「いやあ、それは……」

これではどちらが事情聴取をしているのかわかったものではない。上原は適当にはぐらかして、冷めたコーヒーを飲み干した。

「上原さんは日村繭美が怪しいって思ってるんですね」

「怪しいと思ってるわけじゃない。現に彼女のアリバイは成立してるわけだしな」

署に戻ると理子も戻っていた。理子はこの件には積極的だ。神野由香里の件は自分が担当しているという自負があるのかもしれない。誰かの手伝いではなく、彼女にとって正式に任された初めての仕事でもある。

「そっちは撮れたのか？」

「何とか。最短の仕上がりをお願いしたので三十分で届きます」

理子に内密に頼んだのは日村繭美の写真を撮ることだ。正面から頼んでも断られると思ったので、隠し撮りするしか方法はなかった。トウハツ本社で来客を装って彼女を呼び出し、現れた彼女を遠くから撮ったという。

「おい、熊沢。お茶淹れてくれないか」

「わかりました」

男性の刑事に声をかけられ、理子は窓際に置かれた棚に向かう。そこにはポットや急須などが一揃い置かれている。手慣れた様子でお茶を淹れ、湯呑みを刑事たちに配ってから理子は再び上原のもとに戻ってくる。

「これ、よかったらどうぞ」

理子が湯呑みを上原のデスクの上に置いた。「悪いな」

「ついでですから。それより伊東署から連絡はありましたか？　神野由香里が死の直前に会っていた男の正体が気になります」

由香里の不倫相手ではないか。それが上原の直感だ。そうでなければいきなり家出をするわけがない。駆け落ちでもするつもりだったのかもしれない。それを男の方が反故《ほご》にして、ショックを受けた彼女は崖から海に飛び込んだ。そんなところだろう。

「男の正体は向こうが調べるだろ。まあ進捗具合を訊いておくのもいいかもしれんな」

デスクの上のメモを引き寄せた。伊東署の直通の番号が記されている。電話をかけてみようかと思ったとき、不意にデスクの上で電話が鳴り出した。受話器を耳に当てると交換からで、来客を告げられた。伊東署の脇谷らしい。

「熊沢、俺たちの想いが通じたようだ。下に伊東署の脇谷さんが来てる。ここにお連れしてくれ」

しばらく待っていると理子が脇谷を連れて刑事課にやってきた。ベレー帽を脱ぎながら脇谷が言う。

「突然お邪魔してすみません。午前中に電話をしたんですが、お留守だったようで」

「そうでしたか。捜査で席を外してました」

「これ、つまらんものですが受けとってください」

「有り難く頂戴いたします」

菓子の入った紙袋を受けとった。応接スペースに案内する。ソファに座りながら脇谷が言った。

「東京に来るのは久し振りです。こう見えても学生時代は下北沢に住んでいたんですけど」

「何か進展があったということですね」

「ええ」脇谷がにやりと笑った。「先日お電話でも報告しましたが、ドライブインの店員に協力を依頼して、神野由香里と一緒に来店した男の似顔絵を作成したんですよ」

脇谷がバッグを開け、一枚の紙を出してテーブルの上に置いた。

「その似顔絵がこれです」

濃いめの鉛筆で描かれた似顔絵だった。二枚目といってもいい顔立ちだ。

「似ていませんか？　あの男に」

似顔絵をよく見る。先に反応したのは隣に座っている理子だった。

「神野智明、ですか？」

「そうです。最初見たときは私も気づかなかったんですが、よく見ると似ている気がしないでもない。そう考えたらどうしても確認したくなりまして、上司に無理を言って出張の許可をとったんですよ」

そっくりというわけではないが、たしかに面立ちは似通っている。似顔絵の精度もあるが、この絵のモデルが神野智明だと言われても納得できる程度のものだ。

「上原さん、神野智明のアリバイはどうなってます？」

「実は当日の昼過ぎに私と会ってます」

上原は説明した。署長に頼まれて神野家に赴いた日の午後、神野智明は自宅で片づけをするようなことを話していた。離れに住んでおり、それを立証する家族はいないとのことだった。

「智明だったら妻と会っていても何ら不思議はありませんね」上原は言った。「私は駆け落ちの線を考えていたんだが、夫が妻を迎えにきたっていうのも全然有り得るでしょうね」

「上原さんならそう言ってくれると思ってました」

「脇谷さんこそ、この似顔絵を我々に見せにきただけじゃありませんよね」

「当然です」

上原は腕時計に視線を落とした。午後四時になろうとしていた。おそらく今日も智明は病院にいるはずだ。遅くても夕方六時には午後の診察も終わるだろう。

上原の見込みは甘く、神野智明と面会できたのは午後七時過ぎのことだった。急患が入ったとの話で、案内された応接室で一時間以上も待たされた。

「すみません、お待たせしてしまったそうで」

「こちらこそ突然押しかけてすみません」

三人の刑事が並んで座っているのを見て、智明は多少面食らったようだった。それでもソファに座りながら言う。

「で、私に話というのは何でしょうか？」

「それにしても大変ですね、お医者様というのは」上原は直接本題には入らず、関係のない話で智明の様子を窺う。「昨日奥様のお葬式だったというのに、今日からもう出勤とはね。頭が下がります」

「規定で一週間の休みがいただけるようなんですが、体を動かしていた方が楽なんですよ」

「なるほど。お気持ちはわかります」

多少は痩せたような気がする。わずかに無精髭も伸びていた。妻が亡くなったといっても智明は実家暮らしなので、生活の面で苦労するようなことはないはずだ。

「実はですね」上原は身を乗り出し、膝に肘を乗せて言う。「伊東署の脇谷から興味深いお話があります。是非直接先生に聞いてほしいと思いまして、こうして訪ねてきた次第です。脇谷さん、いいですか？」

「脇谷です。先生、お忙しいところすみません。ええと手短に説明させていただきますと……」

脇谷が簡単に事情を説明してから、似顔絵をテーブルの上に広げた。

「……そういうわけでございまして、これがその似顔絵です。先生、ご覧になってください」

智明が似顔絵に視線を落とした。特に顔色を変えることなく、無表情で似顔絵に視線を落としている。脇谷が続けて言った。

「この似顔絵の人物こそ、奥様が亡くなる直前まで一緒にいた人物です。この似顔絵を見てね、誰かに似ていると思っていたんですよ。やっと気づきました。先生のお顔に似ているとね」

智明は黙っていた。その視線は似顔絵に向けられているが、何も見ていないような目つきでもあった。やがて智明が顔を上げた。

「刑事さん、信じてください。妻は自殺です。私は何もしていません」

「どういうことですか？　詳しい話を聞かせてください」

上原がそう言うと、智明はやや下を向いて話し出した。

「あの日、電話がかかってきたんです。刑事さんが帰ってしばらくした頃です。無言電話でした。それから三十分おきに何度かかかってきました。無視しようと思ったんですが、何度目かの電話のときに不意に思ったんです。もしかしたら由香里かもしれないって」

由香里なのか。そう呼びかけると彼女の消え入るような声が聞こえてきた。泣いているようだった。絶対に切るんじゃないぞ。そう言い聞かせてから、智明は少しずつ妻から話を聞き出していった。

「伊東の旅館に泊まっているとわかった途端、居ても立ってもいられなくなって、気がつくと車に乗っていました。旅館の裏の駐車場で彼女は待っていました」

夜九時前のことだった。どこか落ち着いたところで話したいと思い、来るときに海岸沿いの道で見たドライブインの看板を思い出してそこに向かった。

「離婚したい。彼女はそう言いました。理由を聞いても彼女は首を横に振るだけでした」

由香里は多くを語ろうとせず、仕方なく店から出た。旅館の前まで送り、そこで彼女を降ろしてから、智明は再び自分の車を運転して東京まで戻った。

「本当です、刑事さん。信じてください。私は何もしていません。妻を旅館の前まで送って帰ってきただけなんです」

「どうして今まで黙っていたんですか？」

「あの日の翌日、いきなり妻が死んだかもしれないと言われて、私も気が動転したんです。そうこうしているうちに伊東に向かうことになった。打ち明けている余裕もありませんでした。本当です。他意はないんですよ」

智明は真剣な顔つきで訴えかけてきた。エリート然とした医師の仮面が剝がれ、初めてこの男の人間としての顔を見たような気がした。

「上原さん、どう思います？　あの先生の話、どこまで信じていいんでしょうかね？」

東京駅の八重洲口近くにある居酒屋にいた。伊東署の脇谷がこの近くのビジネスホテルに一泊するため、送っていく途中で立ち寄ったのだ。理子は先に帰らせたので、脇谷と二人でカウンターで日本酒を飲んでいる。

「どうですかね。かなり真剣な様子は伝わってきましたけどね。彼の話をそう簡単に信じちゃいけないと思いますよ」

「私も同感です。何か胡散臭《うさんくさ》いんですよ、あの先生」

妻の由香里から電話がかかってきて、車を飛ばして会いにいったと智明は説明した。旅館まで送っただけと主張していたが、それを立証するものは一切ない。

「大筋で本当のことを言ってると思います」上原は頭の中を整理しながら言った。「奥さんから無言電話がかかってきたのもそうだし、ドライブインで離婚話をしたのもおそらく本当でしょう。しかし最後の部分ですね。旅館まで送ったという部分を信じていいのか。問題はそこです」

「旅館の従業員に話を聞きましたが、神野由香里が亡くなった当日の夜、彼女の姿は旅館内では目撃されていません。もし彼の話が本当なら、旅館の前で車から降りた彼女は、そのまま旅館には入らずに海に向かったということになる」

「旅館から現場までの距離は？」

「三キロほどです。歩いていけない距離ではありません」

彼女の立場になって考える。東京から旦那が駆けつけ、彼に離婚を切り出すが受け入れてもらえない。困り果てた彼女はとぼとぼと海に向かって歩き出した。そういうことだろうか。

「上原さん、彼女のバッグから見つかった遺書ですが、どう見ます？」

絵ハガキのことだ。『ごめんなさい』という短い言葉が書かれていた。あれが遺書だろうと思ったのだが、今になって考えるとそう断定するのは早計だった。

「彼女は単純にあの絵ハガキを旦那に送るつもりだったのかもしれませんね。それを我々が誤解してしまったのかもしれない」

「もし彼女が自殺ではなく、あの先生の手にかかって殺されていたのであれば結構厄介ですよね。すでに遺体はお骨になってしまったわけだし、彼女の遺品も遺族に返してしまっている」

脇谷がそう言って杯を呷《あお》った。自分の決断を悔やんでいるようでもある。上原は脇谷のお猪口に酒を注ぎながら言った。

「いや、自殺という判断は致し方ないと思います。私が脇谷さんの立場だったとしても同じ判断を下していたでしょう」

崖の上に女物の靴が残されており、漁船が女の遺体を引き揚げた。そして近くの旅館に偽名を名乗る女が宿泊しており、なぜか旅館の代金を精算していた。遺書らしき絵ハガキも見つかる。この状況では自殺と断定してしまうのも無理はない。

「ところで脇谷さん、こっちは面白い事実がわかりましたよ。神野智明は浮気しているようでして、その女性の正体も明らかになってます」

日村繭美という大手自動車メーカー勤務の女性について説明すると、案の定脇谷は食いついてきた。

「なるほど。あの先生に愛人がいたとなると、いろいろと見方が変わってきますね」

「そうなんですよ。妻から離婚を切り出されたと彼は証言しましたが、その逆ということも十分に考えられる」

「というと？」

「いいですか」上原はお猪口を置いて説明する。「神野智明は妻と別れて愛人である日村繭美と一緒になりたいと考えるようになった。妻にそれとなく離婚を切り出したところ、彼女はショックを受けて家を出てしまう」

「なるほどね。さすが東京の刑事さんは考えることが一味違う」

「やめてください。でも見方としては悪くないと思うんですよ」

「私もそう思います。私は明日一番で戻らないといけません。現場付近の聞き込みを続けていきたいと思います」

もし彼が本当に妻を旅館まで送っていったのであれば、最初の段階でそう証言すればよかったのだ。それをしなかったというのは後ろめたい何かがあると勘繰りたくなるのが刑事の習性というものだ。

「私は引き続きこっちで神野智明の周辺を洗ってみますよ。今後も連携して動いていきましょう。あ、脇谷さん。違う日本酒にしませんか？」

「いいですねえ。お付き合いしますよ」

店内は混み合っている。焼き鳥を焼く煙と煙草の煙で店内は白っぽい靄《もや》に覆われている。上原はメニューをとりながら店員の姿を探した。

※

「事務長、笹塚校の講師が一人、辞めたいと言っているようですが」

社員の声に樋口有志《ひぐちゆうじ》は顔を上げた。渋谷区恵比寿にある小学生向け学習塾〈有心塾〉のオフィスだった。社員は樋口のほかに三名いて、それぞれスケジュールの管理や事務用品の手配、経理などを分担しておこなっている。

「理由は？　なぜ辞めたいか聞いてる？」

「多分引き抜きじゃないですかね。給料を上げてもらおうって魂胆かもしれません。先月も同じこと言ってましたから」

「二度目か。無視できないね。場合によっては辞めてもらってもいいかもしれない。明日にでも俺が直接話してみるよ」

「お願いします、事務長」

今から八ヵ月前の四月、樋口は渋谷区内に二校の学習塾を同時開校した。場所は恵比寿と笹塚だ。両校とも順調に生徒数を増やしていて、今では両校合わせて二百名ほどの生徒を抱えている。

以前は一講師として大手予備校に勤務していたのだが、受験生や浪人生に受験対策中心に教える形態に嫌気がさし、できればもっと幼い生徒――小中学生に教えたいと望むようになった。学校の授業だけではなく、塾で補習するという考え方も一般的になりつつあり、何とか銀行から融資を受けられるところまで漕ぎ着けた。ただし銀行の融資に関しては横浜で運輸会社を経営している父の力が大きかったし、樋口自身もそれは承知していた。

「先に上がるよ。みんな、お疲れ」

樋口は席を立ち、バッグを持ってオフィスから出た。エレベーターで一階まで降り、月極駐車場に停めた日産のセダンに乗った。自宅は港区芝にあるマンションだが、樋口は逆方向に向かって車を走らせた。

玉名翠と出会ったのは今から十五、六年前、大学生のときだった。教育学部のゼミで一緒になったのが最初だったと記憶している。女子の割に活発に発言し、男子顔負けの度胸が備わった彼女に樋口は惹かれた。翠は目立つ学生だった。一年生のときに学園祭のミスコンで準ミスに選ばれたことが大きかった。しかし当の本人はそれを鼻にかけることもなく、ゼミでも男顔負けの論客だった。

想いが実ったのは四年生のときだ。彼女が年上のカメラマンと付き合っているのは知っていたが、その彼と別れたと知ってすぐ、思い切って告白したのだ。彼女はオーケーしてくれて、付き合うことになったのだ。

しかしその関係も長くは続かなかった。彼女は教員試験に合格して晴れて小学校の教師になったが、樋口はそれに失敗した。合格確実だと周囲から思われていただけにショックだった。父の説得もあり、父が経営する運輸会社で事務仕事を手伝うようになり、彼女との関係は自然消滅した。別れたあとも樋口は彼女のことを何かにつけ思い出した。それほど彼女を愛していたのだ。

再会したのは大学を卒業して八年後、三十歳になった頃だった。偶然の再会というわけではなく、樋口の方から彼女のもとに押しかける形だった。ちょうどその年、樋口は父の経営する運輸会社を退職し、都内の予備校で講師として働き始めた。同級生の伝手《つて》を頼って翠が勤務する区立の小学校を調べ、その前で待ち伏せしたのだ。気味悪がられたらどうしようという不安もあったが、彼女は思いのほか再会を喜んでくれた。会ったその日、翠は樋口が住むアパートに泊まり、再び交際が始まった。

　交際は順調だった。彼女は小学校の教師、樋口は予備校の講師として働き、あまり会う時間もなかったが、何とか時間をやりくりして彼女と会った。お互いが結婚を意識していることはわかっており、そろそろ彼女を横浜の実家に連れていこうと思っていた矢先、その事故が起きた。

　暑い夏の日だった。その日、翠の両親は山梨県富士吉田市にある霊園に向かって中央高速を車で走っていた。墓参りをするためだった。走行中、突然隣を走っていた大型トラックが接近してきて、夫妻が乗る車は大型トラックと激突した。二人は即死だった。原因は大型トラックの運転手の居眠り運転によるものだった。

　両親の死をきっかけに翠は変わった。別人になってしまったかのようでもあった。もともと偏屈というか、世の中を斜めから見るようなところがあったのだが、両親の事故を機にそういう部分がさらに表出したかのようだった。教員の仕事も辞めてしまい、外国に行くことが増えた。傷心旅行よ。彼女はそう言って笑ったが、樋口は気が気でなかった。彼女の旅行はツアーではなく、たった一人で治安が危うい発展途上国に行ったりもするものだった。自殺行為のようにも見え、実際彼女は何かを諦めてしまったようでもあった。

　当然、結婚するという話も彼女から破棄され、会う機会もめっきりと減った。彼女は一年の半分以上は海外にいて、しかも日本にいても電話に出ないため、たまに自宅を訪ねるしか彼女に会う術はない。しかも大抵が空振りに終わってしまうのだ。

　学習塾をオープンさせようと思ったのは受験対策中心の予備校のカリキュラムに疑問を覚えたというのが一番の理由だが、翠のことを考えたうえでの決断でもあった。小学生向けの学習塾であれば、彼女が授業を手伝ってくれるのではないか。そんな期待が少なからずあったのも事実だった。そして今年の六月に帰国した彼女から連絡があった際、学習塾のことを話して講師就任を依頼した。半ば強引に説得し、渋々ではあるが彼女は学習塾の教壇に立つことになったのだ。

媚びない性格に子供たちがどう反応するかという不安もあったが、小学校で教員をしていたという実績もあり、彼女は優れた講師だった。特に高学年向けの英語の授業では彼女の英語力が遺憾なく発揮され、保護者からの評判も上々だった。このままずっと講師を続けてほしい。そしてゆくゆくは彼女と……。樋口は心の中でそう思っていた。

樋口はブレーキを踏んだ。世田谷区の桜木という高級住宅街の中だ。玉名翠の実家の前だった。両親が亡くなって以降も彼女がここに一人で住んでいることを樋口は知っていた。

車から降りる。洋風の一軒家だ。翠の両親は官僚だったようで、いわゆるいいとこのお嬢さんだったらしい。真っ赤なスポーツカーが停まっている。

彼女が塾を辞めると言い出したのは先月の中旬だった。「今月一杯で辞める」と彼女は言った。辞めたいではなく、辞めるだ。言い出したら聞かない性格であるのは知っていたので、樋口は引き留める言葉を口には出さなかった。しかし内心は落ち込んでいた。今度こそ彼女と一緒になれるのではないか。そう思っていたからだ。

玄関の前に立ち、インターホンを押した。しばらく待っても反応はない。ドアを叩いて「翠、いないのか」と声をかけてみたが、やはり反応はなかった。すでに出発してしまったのか。日本を発つ時期は明確に聞いていない。

樋口は今年で三十五歳になる。周りの友人たちもほとんどが結婚している。翠とのつかず離れずの関係を続けていては駄目だと思っており、できれば彼女が日本を発つ前に話をしたいと思っていた。

彼女に結婚する意思がないのはわかっている。問題は樋口にあった。どうにかして踏ん切りをつけたいのだが、なかなか決心がつかないのだ。

結婚する気がないなら、もう終わりにしよう。そう言うだけでよかった。彼女の反応は予想できた。結婚なんてするわけないじゃない。そう言って笑うに違いない。だがそうならない可能性もわずかにあるのではないか。そう思って樋口は何度もこうして桜木の住宅街に通っている。

「あのう、ちょっといいですか？」

突然背後から声をかけられた。振り向くと一人の老婦人が立っている。老婦人が怪訝そうな顔で訊いてきた。

「すみません、どちら様ですか？」

「ええと、あの」樋口は説明する。夜に声を出してしまったために警戒されてしまったようだ。「私はこちらにお住まいの玉名翠さんの同僚です。学習塾の講師をしてます」

「そうですか。さっき声が聞こえたから不安になって窓から覗いてみたの。怪しい人じゃなさそうだったけど、一応誰か確認しておこうと思ってね」

隣人らしい。いい機会だと思って樋口は老婦人に尋ねた。

「つかぬことをお訊きしますが、玉名翠さんはこちらにいらっしゃいますね」

「どうかしら。最近は姿を見かけないわね。ほら、あの子。ふらっと海外に行くじゃない、何カ月もずっと」

　老婦人が説明する。あまり近所付き合いをしない彼女だったが、海外に渡航する際には両隣の家にだけは必ず挨拶をしていくという。そういう部分では意外に律儀なところがあるのを樋口も知っている。

「今回はどうですか？　彼女から挨拶はありましたか？」

「そういえばないわね。ということは、まだ日本にいるかもしれないわね」

　こちらの素性を知って安心したのか、老婦人は自宅へと引き返していった。樋口は上着のポケットから名刺入れを出した。一枚抜きとってからボールペンを持つ。街灯のかすかな光を頼りに『連絡をくれ』と書き、それをドアの間に挟んだ。

　彼女に会うことができればいいのだが。そんな願望を抱きながら樋口は自分の車に引き返した。

※

「そうねえ。あまり友達がいない子だったのは知ってたわ。あの子は三重からこっちに出てきた子だからその点は可哀想だなと思ってましたのよ」

　上原は理子と一緒に神野家を訪れていた。平日のため智明とその父である和雄の姿はなく、智明の母親である素子に出迎えられた。彼女に話を聞くために足を運んだのだ。

　由香里の死には事件性があるのではないか。そう考えると怪しいのは生前の彼女と行動をともにしていた夫の智明だ。もし智明が由香里を殺害したのであれば、その動機なども明らかにしなければならない。由香里は専業主婦であったため、彼女のことを一番よく知っているのは姑である素子ではないか。そう踏んだのだ。

「だからよく婦人会の会合に連れていったわ。秋のバス旅行にも参加しました。この前刑事さんにお渡しした写真あるでしょ。あれはバス旅行に行ったときの写真なんですよ」

素子は嫁の死のショックからだいぶ立ち直ったようで、さきほどから饒舌に嫁のことを話している。婦人会というのは桜木地区にある自治会のようなものらしい。桜木地区における自治会の浸透ぶりは上原も噂で聞いている。

「子供がいなくて本当によかったわ。いたら可哀想なことになったわね。片親は駄目よ」

「神野さん」と上原は口を挟んだ。放っておくとずっと話していそうな感じがする。「お嫁さんの交友関係ですが、心当たりはありませんかね。たとえば悩みごとがあったときに相談するような、そういう方はいませんでしたか？」

「由香里さん、悩みごとがあったの？」

「いえ、たとえばの話ですよ」

生前の神野由香里を知らないが、この姑と四六時中一緒にいるのはさぞかし大変だっただろうと同情した。悪い人間ではないのだが、自分のペースというのを持っている女性だ。

「そういえば玉名さんのところのお嬢さんと仲がよかったかもしれないわ」

「タマナさん？」

「三丁目にお住まいの方。ご両親を事故で亡くされて一人で住んでるの。智明の同級生なんだけど、いまだに独り身よ」

詳しい話を聞く。同じ三丁目に住む主婦と立ち話になった際、玉名翠という女性が住む家に由香里が入っていったという話を聞いたらしい。

「玉名さんの自宅？　うちの前の道を東に行って、最初の角を右に曲がるでしょ。それから……」

隣で理子が手帳にメモしていた。それからしばらく話してみたが、耳寄りな情報は得ることができなかった。礼を述べて神野家をあとにする。玉名という女性の家を訪ねることにした。理子が手帳を見ながら歩き出す。「こっちですね」

桜木の住宅街は碁盤の目のように区画整理されていて、桜の木がそこかしこに植えられている。春になればさぞ綺麗に咲き誇ることだろう。ただしこれだけ桜が多いと舞い散る花びらの清掃も面倒だろうなと余計な心配をした。

「この家です」

前を歩く理子が足を止めた。白い壁の一軒家だ。黄色い屋根がよく目立つ。赤いフェアレディZが停まっており、その埃の被り具合からしばらく乗っていないようだった。表札に『玉名翠』という文字が見えた。インターホンを押しても反応はない。

「留守ですかね？」

理子がそう言いながら家の様子を観察していた。あまり生活感のない印象の家だった。玄関のドアの隙間に白いものが挟まっているのが見え、近づいて手にとると一枚の名刺だった。そこには『学習塾〈有心塾〉事務長兼講師　樋口有志』と書かれている。裏面には『連絡をくれ』と短いメッセージが記されていた。

「どうしますか？　いったん署に戻りましょうか」

理子がそう言ってくる。まったく手がかりがない状態だ。本丸は神野智明であることは間違いない。妻が亡くなった日、彼の姿が伊東で目撃されている。本人は会って話をして旅館まで送ったと証言しているが、その話はどこか嘘っぽい。しかし彼を攻めるにはもっと大きな何かが必要だった。

生前の神野由香里が仲良くしていた玉名翠。その彼女を捜している塾の講師。まずはこの男から話を聞いてみるのがいいかもしれない。名刺が汚れていないことから、彼がここに来たのはつい最近のことだったと予想できる。

有心塾は渋谷区恵比寿にあった。看板の感じからして比較的新しい塾だと推測できた。雑居ビルのワンフロアを借りているようで、その一角にオフィスを構えていた。オフィスといっても狭く、数台のテーブルの上には書類が山のように置かれている。

「それで私に話って何でしょうか？」

樋口有志は眼鏡をかけたひょろりとした男だった。スーツを着ているがネクタイは締めていない。瞬きがやけに多く、いきなり刑事が訪ねてきて困惑している様子が伝わってくる。

時刻は午後五時を過ぎていて、すでに塾の授業は始まっている。さきほど廊下を歩いていたら授業中のクラスの内部が見えた。ほとんどの席が埋まっており、経営が順調であることが窺い知れた。

「玉名翠さんという女性をご存知ですね」

「か、彼女がどうかしたんですか？」

いきなり樋口有志が興奮気味に訊いてくる。思った以上の反応だ。上原は樋口の肩を叩いて言った。

「落ち着いてください、樋口さん。ある事件の関係で玉名さんから事情を聞きたいと思いましてね、さきほど自宅を訪ねたんですが彼女は不在でした。あなたの名刺がドアの隙間に挟まっていたので、何か知っているかと思ってここを訪ねた次第です。失礼ですが玉名さんとはどういうご関係ですか？」

「大学の同級生です。それと先月まで彼女にこの塾を手伝ってもらっていました」

「ということは玉名さんは講師を？」

「ええ。彼女は小学校の元教員なので。事情があって辞めてしまいましたが」

神野素子の話を思い出す。彼女の両親は他界したとのことだった。そのあたりに深い事情があるのかもしれない。それに彼との関係も気になった。さきほどの反応を見る限り、単なる同級生という関係以上のものがあると考えて間違いないだろう。多少意地悪な質問をすることにした。

「玉名さんとお付き合いされていましたね？」

「えっ、いや……」

「否定されなくても結構ですよ。ところで樋口さん、彼女の居場所に心当たりはありませんか？」

「それがまったく……。もしかしてもう日本にはいないかもしれません」

「どういうことでしょう？」

樋口が説明する。玉名翠なる女性は放浪癖があり、一年の半分以上を海外で過ごすらしい。樋口の塾を手伝ったのは彼女の気紛れで、半年も日本にいたのは珍しいことだという。上原は中学生になる自分の娘のことを考えた。彼女が成人して年に半分以上も海外を放浪したら、それこそ頭を抱えてしまうかもしれない。

「最後に会ったのは先月末でしたが、近々渡航するようなことを言ってました」

もし海外に渡っているのが本当なら、彼女から事情を聞くのは無理だろう。上原は念のために訊いてみた。

「神野由香里という名前を聞いたことはありますか？」

「ジンノユカリ……」

隣に座っていた理子が自分の手帳に漢字で名前を書いて樋口に見せた。樋口は首を捻って言う。

「聞いたことがないですね。すみません」

「では玉名翠さんですが、ご近所の方と親しくされていたという話を聞いたことはありますか？」

「さあ……そういうのは特には。どちらかというと面倒な人付き合いはしないタイプでした」

収穫なしか。そう諦めたときだった。樋口が何か思い出したように顔を上げた。

「あれは二ヵ月、いや三ヵ月くらい前だったかな。彼女から相談を受けたんですよ。弁護士を紹介してくれないかって」

「弁護士ですか。彼女、何かトラブルに巻き込まれていたんですか？」

「彼女のことじゃなくて、彼女の友人のことみたいでした。彼女から友人という言葉が出るのが珍しいので憶えていたんですよ。離婚訴訟に強い弁護士がいたら紹介してほしい。そう言われました」

神野由香里のことだろうな。上原は直感でわかった。由香里は夫の智明と離婚を考えていて、玉名翠に相談を持ちかけたのかもしれない。専業主婦である由香里は交友関係が狭く、玉名翠くらいしか相談する相手がいなかったのではないか。

「それで弁護士を紹介したんですか？」

「いえ、しませんでした。私にも心当たりがなかったので」

三ヵ月前ということは九月くらいだ。少なくともそのときには由香里は離婚を意識していたということになる。同時に智明の浮気にもその頃から気づいていたのだ。

「ありがとうございました。もし玉名さんと連絡がとれたら教えてください」

名刺を渡してから部屋をあとにした。狭いエレベーターで一階に降りる。理子の頭がすぐ右下にあり、かすかにリンスの匂いがした。こいつも女なんだなと上原は実感する。

「これからどうします？」

「署に戻ろう。明日の朝一番でトウハツだ」

「わかりました」

日村繭美に話を聞くしかない。上原はそう思った。ことによると空振りに終わるかもしれないが、現時点では彼女を叩くしか方法はなかった。

「刑事さん、いい加減にしてくれませんか。こう見えて私、結構忙しいんですよ」

日村繭美はやや不機嫌そうな表情でトウハツ本社のロビーに顔を出した。今日も長いスカートに白いブラウスを着ている。首にはシルバーのネックレス、耳には大きめのピアスがぶら下がっていた。女性のファッションについてはあまり詳しくないが、たとえば隣にいる熊沢理子と比べても、日村繭美の方が断然服や髪に金がかかっていることがわかる。

「すみませんね、本当に」

上原は愛想笑いを浮かべて頭を下げた。朝一番で連絡を入れてみたのだが、外出しているらしく彼女とは連絡がとれず、結局会えたのは夕方になってからだった。広報誌の取材で都内を移動していたらしい。

「それで話って何ですか？」

前回と同じ喫茶店に入った。今日も喫茶店は商談するサラリーマンたちで賑わっている。コップの水を一口飲んでから上原は言った。

「神野智明さんの奥さん、神野由香里さんのことです」

「ええと刑事さん、その話ですけど」遮るように繭美が言う。「自殺じゃないってことですか？だから刑事さんたちはこうして調べているってことですよね」

「現時点では何とも言えませんね。ところで日村さん、智明さんの奥さんが離婚を考えられていたのは知っておいでですか？」

繭美は口を閉ざした。ウェイトレスがやってきて、注文した三人分のコーヒーをテーブルの上に置いた。上原は砂糖二杯とクリームをカップに入れ、スプーンでかき混ぜてから再度訊く。

「我々の調べによりますと神野由香里さんは離婚を考えていたようです。それを智明さんは知っていたんでしょうか？」

藺美は悩んでいるようだ。愛人という立場での発言がどう影響するのか測っているのだろう。やがて藺美は観念したように言った。

「二人が離婚を考えていたのは知っていました。彼が教えてくれたので」

やはりそうだったか。上原は自分の勘が当たっていたことに満足しつつ、藺美に質問を重ねた。

「智明さんから聞いている話を教えてください」

「二ヵ月くらい前に離婚という話が二人の間で出たようです。どちらかが言い出したわけではなく、話の流れでそういうことになったと私は聞いています」

しかし由香里は離婚してもいいが条件があると言い、さらにそれ相応の慰謝料を支払ってほしいと暗に仄めかした。

「正確な金額は彼も言いませんでしたが、かなり法外な金額を要求してきたらしいです。二、三千万は要求してきたのではないでしょうか？」

支払いに応じない場合は法廷で争っても構わない。由香里はそう言ったという。昨日会った樋口が話していた内容と合致する。もし智明が支払いに応じなかった場合を想定し、由香里は知人である玉名翠を通じて離婚訴訟に強い弁護士を探していたというわけだ。

「で、彼の反応は？　彼は慰謝料を払うつもりだったんでしょうか？」

彼は医師であり、蓄えもそれなりにあるだろう。しかしそうは言っても二、三千万円という慰謝料は高額なような気がした。上原の予想通りの言葉が藺美から返ってくる。

「彼も悩んでいるようでしたね。さすがに慰謝料が高過ぎると思ったようです。いくら医者でも彼は勤務医ですから。ただ訴訟になることだけは何としても避けたいと考えていたようです」

名前に瑕《きず》がつくことを恐れたと考えていい。訴訟になれば否が応でも噂になる。しかも智明の父は聖花大附属病院の外科部長であり、父の威光にも影響が及ぶ可能性もある。そうした事情を鑑みれば、智明は何としてでも穏便に——表沙汰にならぬように円満な解決を望んだはずだ。

「ところで日村さん、もし智明さんが離婚したら、あなたは彼と結婚するつもりだったんですか？」

あまりにも不躾な質問だと思ったが、上原は思い切って口にした。繭美はコーヒーを一口飲んでから答えた。

「どうでしょうかね。あまり結婚という言葉に囚われるのもどうかと思いますが。ただ一つだけ言えることは、彼は私を誰よりも愛しているということだけです」

繭美は正面から上原を見ていた。その目つきには自信が満ち溢れている。彼に愛されているのは私。そう主張しているような目だった。繭美は伝票を手にとって立ち上がった。

「これで失礼します。まだ仕事が残っているので」

「支払いは私が……」

「経費で落ちると思うのでご心配なく」

繭美がレジで会計を済ませ、店から出ていくのを見送った。まだコーヒーも残っているのでそのまま席にいることにした。ずっと黙っていた理子が訊いてくる。

「上原さん、どう思いますか？」

「うーん、どうだろうな」上原は腕を組む。「確実に言えることは、神野智明は妻である由香里のことが邪魔で仕方がなかったってことだ。神野智明には妻を殺害する動機が十分にあったと考えていいだろう」

円満な離婚が難しい。そう悟った神野智明は妻に殺意を抱く。考えられない線ではない。しかしまだ何かが足りないというのが上原の率直な感想だった。

神野智明が妻の殺害に関与していたかもしれない。そう思わせる何かが欲しかった。それが決定的なものではなくても、任意同行さえかけてしまえば、風向きは大きく変わることだろう。

「あと一つ、何か欲しいな」

上原はカップのコーヒーを飲み干してから立ち上がった。

※

「ありがとうございました。またのお越しを」

松岡一将《まつおかかずまさ》は帽子をとって頭を下げた。車道に出て走り去っていく車を見送る。給油待ちをしている車はない。松岡は時計を見た。午後七時五十分。あと十分で閉店だ。

松岡給油店。父が営むガソリンスタンドで松岡は働いている。伊東市内の海岸沿いにあるスタンドで、年間通して客足が絶えることはない。夏場は観光客、それ以外の季節も地元の人たちが給油に訪れるし、地元のタクシー会社とも契約を結んでいる。

松岡は地元の高校を卒業後、伊東市内にある水産加工工場で働いたが、二年で退職した。理由は上司と馬が合わなかったからで、それ以来、父の経営するガソリンスタンドで働いている。

松岡は高校時代からあまり勉強ができず、いわゆる落ちこぼれだった。付き合う連中も必然的に同じ境遇の奴らとなり、高校のときからバイクを飛ばしてよく遊んだ。特定の集団――暴走族に入ることはなかったが、気の合う仲間で集まっては走り回った。海沿いには見晴らしのいい道があるし、内陸部には峠と呼ばれる山道もあり、バイクを走らせるのに最適の場所には事欠かなかった。

仲間も今ではそれぞれ職に就き、以前のように毎晩走っているわけにはいかないが、それでも週に一度は必ず集まるようにしていた。大抵が土曜日の夜と決まっていた。

一台の国産のセダンがスタンドに入ってくるのが見えた。「オーライ、オーライ」と給油機の前まで誘導した。ドアが開き、一人の男性が降りてきた。伊東警察署の刑事だった。名前は脇谷といったか。

「レギュラー満タンね。領収書は伊東警察署で頼むよ」五千円札をこちらに手渡しながら脇谷が訊いてくる。「お父さんは？」

「親父なら中っすよ」

脇谷という刑事は事務所に向かって歩いていく。事務所の中でデスクに座って雑誌を眺めている父の姿が見え、入ってきた脇谷と何やら話し始めた。今日はこれで最後の客になるだろう。冬場の営業時間は午後八時までと決まっていた。夏場は稼ぎが見込めるので午後九時まで店を開けている。

刑事の車は十五リットルほどしか給油できなかった。彼の目的は給油ではなく、父と話をすることなのだ。彼がこのスタンドを訪ねてくるのはもう五、六回目だ。

先週、伊東沖で漁船が女性の遺体を引き揚げるという事件が発生した。狭い町なので噂が駆け巡り、その日は遺体の話で持ち切りだった。亡くなったのは市内の旅館に宿泊していた東京在住の女性で、このスタンドから一キロほど離れた崖で彼女のものと思われるパンプスが発見されていた。

自殺の線が濃厚らしいが、あの脇谷という刑事だけは今も女性の目撃証言を必死になって集めているらしい。パンプスが残されていた崖は松岡もよく知っている。釣り人には穴場として知られている場所だ。その近くにある煙草の自販機は松岡もよく利用する。ここから自宅に帰るまでの通り道にあるからだ。

給油口のキャップを閉める。お釣りと領収証を用意して事務所に向かった。中に入ると二人の会話が聞こえてくる。

「このあたり、いろんな車が走るからね。そのくらいはあんただって知ってるだろ。世田谷ナンバーのポルシェと言われてもね」

「ちなみに色は白です。常連客と話をすることがあったらそれとなく訊いてほしいんですよ」

「わかった。でもあまり期待しないでくれよ」

「頼みます。あ、終わったんだな。ありがとな」

松岡の手から釣りと領収証を受けとり、脇谷は事務所から出ていった。松岡も外に出て、帽子をとって脇谷の車を見送る。

「一将、閉めるか」

そう言って父も事務所から出てきたので、店を閉めることにした。すでに片づけはあらかた終えていたので、ものの五分ほどで閉店となった。最後に外の看板の電気を消した。父が事務所の鍵を閉め、ヘルメット片手に訊いてくる。

「今日も飯は要らんのか？」

「まあね」

あまり家で夕飯を食べることはない。仕事が終わったら大抵バイクに乗る。夕飯は一人でふらりと入った食堂でラーメンを食べることが多かった。ときには熱海あたりまで行くこともある。一人の方が何かと気楽だ。

「あまり遅くなるんじゃないぞ」

そう言って父はヘルメットを被り、原付バイクに乗って走り出した。それを見送ってから松岡も自分のバイクに向かおうとした。そのときスタンドの前に一台の車が停まるのが見えた。すでにスタンドはチェーンで閉鎖してある。ちっ、閉店してるっつうの。松岡は舌打ちをして車のもとに向かった。日産のマーチだ。

運転席のドアが開き、一人の女性が降りてきた。年齢は三十代前半くらいか。いずれにしても松岡からすれば大人の女性だ。肉感的な女で、短めのスカートから覗く足がなまめかしい。

「すみません。もう終わりですか？」

上目遣いで訊かれ、松岡はどぎまぎしながら答えた。

「そうなんですよ。八時で閉店なんです」

できれば開けてやりたいのだが、父が事務所の鍵を持っているのでそれはできない。すると女が運転席のドアに手を置いて言った。

「これから東京に帰らないといけないの。どう思う？　大丈夫かな」

「失礼します」

運転席に頭を入れてガソリンメーターを確認する。目盛りのちょうど半分ほどの場所に針がある。多分大丈夫だと思うが、心配になる気持ちもわからなくはない。松岡は頭を運転席から出して言った。

「大丈夫だと思いますけど。もしなんだったら近くにほかのスタンドあるから、そこで入ればいいっすよ」

「場所はどこ？」

「この道を真っ直ぐ行くじゃないすか。次の信号を左折して……」

腕に重みを感じる。女の手が松岡の右手に添えられている。

「いいこと考えた。一緒に行ってよ。私、助手席に乗るから。ガソリン入れたらここまで戻ってくればいいじゃないの」

女は勝手に決めつけ、助手席のドアを開けて中に乗り込んだ。短いスカートから覗く足が脳裏をよぎる。気がつくと松岡は運転席に乗り込んでいた。

香水だろうか。車の中はやけにいい匂いがした。

※

最近、家では上原は一人で寝ている。二年前まで妻と同じ寝室に眠っていたが、鼾《いびき》がうるさいと追い出されたのだ。今はかつて物置として使っていた狭い部屋に布団を敷いて寝床としている。

枕元で電話が鳴っていた。時間を確認すると朝の六時半だった。寝惚けながら電話に出る。

「もしもし、上原ですが」

「朝早く申し訳ありません。伊東署の脇谷です」

「あ、おはようございます。少々お待ちください」

上原は布団から抜け出した。七時にセットしてある目覚まし時計のアラームを解除し、その近くに置いてあった湯呑みの水を飲む。徐々に頭に血が巡っていくのを感じながら再び電話に耳を当てる。

「お待たせしました。脇谷さん、こんなに早くからどういう……」

「本当に朝早く申し訳ありません。八時半まで待とうと思っていたんですが、どうにも待ち切れなくなってしまいました」

「どうされました？」

「例の件です」待ってましたと言わんばかりに脇谷は話し出す。「神野由香里が飛び降りたとされる崖から一キロほど北にガソリンスタンドがあるんです。神野智明の車は白いポルシェだということは上原さんから教えてもらっていたので、もし似たような車を見た常連客がいたら連絡するようにそこの主人にも伝えておいたんですよ」

ガソリンスタンドだけではなく付近一帯の飲食店や旅館などにも同じように情報提供を依頼していたという。すると昨日の夜遅く、反応があった。

「ガソリンスタンドの主人がうちを訪ねてきたんですよ。いや、そこの主人は中学校の先輩でしてね、近くに住んでいるんです。主人は息子を連れてきました。彼はたしか……二十三、四歳だったかな」

名前は松岡一将。ガソリンスタンドの経営者の一人息子だった。水産加工の工場を辞めてから父のスタンドを手伝うようになっていた。

「私も小さい頃から知ってるんですよ。その息子が思い出したって言うんです。先々週の木曜日、神野由香里が飛び降りたとされる夜です。あの晩、近くを通りかかった彼がね、崖の近くの路肩に停まっている白いポルシェを見たそうです」

「本当ですか？」

「間違いありません。私の前で本人がそう証言しましたから。その近くに煙草の自販機があるんですけど、そこで煙草を買ったときに気づいたと言ってます」

上原自身も一度現場には足を運んだが、自販機があったかどうか憶えていない。あるというからには自販機があるのだろう。

「どうですか？　上原さん。かなりの有力証言だと思いませんか」

「そうですね。有力な証言だと思います」

妻の由香里とドライブインで話したあと、そのまま彼女を旅館へと送っていったと神野智明は証言していた。それが完全に覆るのだ。少なくとも彼が偽証していることは間違いない。

悪くはない。かなりの有力情報だ。問題はこれをどう扱うかだ。しかしそれを判断するのは上原ではなく、事件を担当する伊東署にある。電話の向こうで脇谷が言った。

「実は昨夜のうちに係長には相談してあります。今から署に行って課長の許可をとってくるつもりです」

「許可、というと？」

「神野智明に任意同行を求めようかと。妻を殺害した嫌疑です」

勝負に出たな。上原は内心唸った。神野由香里の遺体はすでに火葬されており、死因は明確に特定されていない。司法解剖ができなかったのは痛恨の極みと言えよう。となると他殺であることを立証するには殺したとされる犯人――この場合は神野智明に自供させるしか方法はない。

「係長の内諾も得ているので、おそらく課長の許可も下りるでしょう。その後はすぐに東京に向かいます。上原さんにも同行をお願いしたいと思ってますが、いかがでしょうか」

「もちろんです。是非ご一緒させてください」

「それと世田谷署の取調室を使わせていただくことは可能でしょうか。医師ということもありますし、長時間の拘束は難しいので」

本来であれば伊東署に連行するのが筋だ。しかしそれをしてしまうと移動に時間がかかる。そのため世田谷署の取調室を使用したいということだろう。

「了解です。私も一応上司に頼んでみますが、まあ駄目とは言われないでしょう」

「ありがとうございます。昼過ぎにはそちらに到着できると思います」

「わかりました。お待ちしてます」

電話を切ってから廊下に出た。階段を下りて一階に向かう。まだ妻は起きてきていないようだ。冷蔵庫から牛乳をとり出し、コップに注いで飲み干した。

カレンダーを見る。十二月十九日。今年も残すところあと少し。年内に神野智明の口から自供を引き出すことができるのだろうか。

午後二時、上原は世田谷さくらぎ記念病院にいた。伊東署の脇谷も一緒だった。受付で面会を求めたところ、ロビーで待つようにとの伝言があった。

「お待たせしてすみません」

廊下の向こうから神野智明が小走りでやってきた。白衣を羽織っている。脇谷が智明の前に立つ。伊東署が管轄する事件なので、この場を仕切るのはあくまでも脇谷であり、上原は捜査協力をしているに過ぎない。

「神野先生、お忙しい中すみません。ここではなんですのでこちらへどうぞ」

そう言って脇谷が先導する形で病院の正面玄関から外に出た。タクシー乗り場があり、その向こうには駐車場がある。三人で人のあまりいない方に進んでいく。智明は怪訝そうな顔つきだった。

「このあたりでいいでしょう」脇谷が立ち止まって智明を見る。「神野先生、奥様の死について確認させていただきたい点があります。前回お会いしたときにも聞きましたが、先生は奥様に呼び出されてドライブインに入り、そこで離婚話を切り出された。それは間違いありませんね」

「ええ、その通りです」

病院の前にバスが到着した。ステップから降りてくるのは高齢者が多かった。午後の診察に来院したのだろう。全員が正面玄関から病院内に入っていく。

「ドライブインを出てから奥様を旅館の前まで送り、先生はそのまま東京に戻った。これも間違いありませんね」

「間違いないです。東京に戻りました」

「実はですね、神野先生。奥様のパンプスが発見された崖の近くで白いポルシェが目撃されています。目撃したのは近所のガソリンスタンドの従業員です。先生、本当に奥様を旅館まで送ったんですか？」

「送りましたよ」やや声を荒立てて智明が言う。「旅館の前まで彼女を送りました。間違いありません」

「正確な時間は憶えておいでですか？」

「多分十時くらいじゃなかったかな」

「お二人はご夫婦だったわけじゃないですか。普通だったら旅館の部屋に入るとか、先生も一泊するとか、そういう話になるんじゃないですかね」

「なりませんよ。なるわけないじゃないですか。だって妻は一週間も行方をくらませていたんですよ。それに私は次の日も診察がありましたから」

「家庭のことよりも診察を優先させるわけですね。さすがお医者様だ」

脇谷は敢えて意地の悪い言い方をして、智明の神経を逆撫でしている。そうすることによって彼がボロを出すことを期待しているのだ。たしかに智明が機嫌を損ねている様子は伝わってくるが、まだ興奮するまでには至っていない。

「単刀直入に言いましょう。我々警察は先生が奥様を殺害したのではないかと疑っています」

「馬鹿なことを……」

「本当です。先生には動機もあります」

「動機？　そんなのありっこない。意味がわかりませんよ、刑事さん」

「日村繭美という女性、ご存知ですね」

その名前を聞いた途端、智明の顔色が変わるのがはっきりとわかった。浮気相手を特定されるとは思ってもいなかったのかもしれない。脇谷は続けて言う。

「先生は日村繭美さんとお付き合いされていたようですね。彼女と一緒になるためには奥様と別れる必要がある。奥様の存在が邪魔になった。そうではありませんか」

「違います。刑事さんたちは誤解しているようですね」

「どう誤解しているんでしょうか？」

「ですから……」

智明は言葉に詰まる。どう説明しようか迷っている様子が伝わってきた。そろそろだろうか。上原は一歩前に出て言った。

「先生、それから脇谷さん。こういうのはどうでしょう？　うちの署を使ってみては。先生も誤解を解きたいでしょうし」

多少芝居がかった感じで脇谷が同調する。

「そうさせていただけると有り難いですね。伊東署までご足労いただくわけにはいきませんからね」

「下手な芝居はやめてほしいな」智明が鼻で笑って言う。「最初からそのつもりだったんでしょう？　こういうのは何て言うんでしたっけ？　逮捕ではなくて……」

「任意同行ですね」

「そう、それだ。任意ということは断ることもできるわけですね」

「もちろんです」と脇谷が答える。「逮捕状があるわけではないですからね。ただ我々は先生を疑ってます。さきほど上原さんがおっしゃったように署でゆっくり話し合ってご自分で誤解を解くのも一つの手だと思います。それにですね、先生。任意同行はあくまでも任意なので断ることもできるんですが、断る者の大抵が証拠隠滅を図ろうとするんですよ」

つまり断る者は疑わしい。そう脇谷は言っているのだ。おそらく智明はこちら側の挑発に乗る。上原たちは最初からそう考えていた。彼は医師であり、大学まで野球部だった。エリートやスポーツマンといった類いの者たちはプライドが高く、自分の力で何とかしようと考える傾向がある。

智明は腕時計に目を落としてから言った。

「午後の診察が終わり次第、世田谷警察署に行きますよ。任意ということは帰宅してもいいんですね？」

「当然です。お話が終わったら帰宅していただいて構いません。どうしましょうか？　お迎えにあがることも可能ですが」

「結構です。自分で行きますので。ではのちほど」

そう言って智明が立ち去っていった。白衣が風になびいている。彼が病院内に姿を消すのを見て、脇谷が話しかけてきた。

「第一段階はクリアですね」

「そうですね。とりあえず署に戻りましょうか」

こちら側の持ち駒は少ない。あとは取り調べが始まってどう転がっていくかだろう。いずれにしても任意同行まで持ち込めたのは大きかった。

脇谷が煙草に火をつけ、それから「一本どうぞ」と勧めてきたが、上原は首を横に振ってそれを断った。上原は煙草の代わりにガムを一枚、口に放り込んだ。

※

エレベーターのドアが閉まる直前、カップルらしき男女が乗り込んできた。日村繭美は壁に体を密着させる。あまり顔を見られたくなかった。カップルの会話が日本語ではなかったので、わずかに繭美は安堵する。観光客だろうか。二人が話しているのはおそらく中国語だ。

先に降りたのはカップルだった。十二階で二人は降り、繭美は一人きりになった。次のドアが開いたのは二十階で、繭美はエレベーターから降り立った。高級そうな赤い絨毯が敷かれている。

ここは赤坂にあるホテルだ。ニューヨークに本店があるアメリカの老舗が都内に初めて出店したホテルで、数年前に開業したときにはニュースにもなった。繭美は泊まったことはなく、中に入るのも初めてだった。彼女に――正確に言えば彼女たちに呼び出されたのだ。

廊下の一番奥の部屋だ。インターホンを押してその場で待つ。しばらくするとドアチェーンを外す音とともにドアが開いた。そこには白いシャツにジーンズという軽装の女性が立っている。

「いらっしゃい。どうぞ入って」

女――神野由香里はそう言って部屋の奥に戻っていった。セミスイートと言われる部屋で、かなりの広さだった。少なくとも繭美のマンションの部屋よりは広い。調度品も高級そうで、天井には豪華なシャンデリアがぶら下がっている。

「好きにしてください。私の部屋じゃないですけど」

自嘲気味に由香里は笑い、部屋中央にある応接セットのソファに腰を下ろした。テーブルの上にはルームサービスで頼んだ料理の数々が並んでいる。サラダやステーキ、グラタンやクラブハウスサンドウィッチなどだ。銀色のシャンパンクーラーの中には氷が入っていて、そこにはシャンパンの瓶が埋まっている。これ以上は置けないといった具合にテーブルの上は料理の皿で混み合っていた。

「シャンパン飲みます？　一番高いやつみたい」

由香里がそう訊いてきたので、繭美はうなずいた。「じゃあ飲もうかな」

由香里がグラスにシャンパンを注いだ。グラスを受けとり、繭美はシャンパンを飲んだ。正直味はわからない。ただし炭酸の泡が喉を滑り落ちていく感覚は心地よかった。

「あの子はまだ？」

「もう来てます。お風呂に入ってます。食べましょうよ。冷めちゃいそうだし」

微かに低い振動音が聞こえる。バスルームでドライヤーを使っているようだ。

「それより教えて。どうして遺体が発見されたの？　意味がわからないわ」

繭美が訊いても由香里は答えなかった。スモークサーモンのサラダを皿にとり、それをフォークで食べている。あまりフォークを使い慣れていないのか、サラダをとるのに難儀していた。

この女性――神野由香里は世間的には自殺したことになっている。伊東の旅館に一週間泊まり、その後は海岸にパンプスを残して失踪するというのが繭美が聞いていた作戦だった。旅館に残された私物から失踪したのが神野由香里だと特定され、さらに海岸に残されたパンプスから彼女が崖から飛び降りたのではないかと警察に推測させる。それがシナリオだ。

しかし予想外のことが起きた。神野由香里の遺体が発見されたのだ。地元の漁船が彼女の遺体を引き揚げたという。最初そのニュースを知ったときは耳を疑った。刑事が来たときも決められた通りに反応したが、内心は気が気でなかった。見つかった遺体は誰なのか。

とにかく事情を説明してほしい。ずっとそう思っていたが繭美から連絡することはできず、ようやく昨日になって連絡が来たというわけだ。そして今、繭美は死んだはずの女と同じ部屋にいる。

「とにかく食べましょう。この料理、全部で五万くらいはします、きっと」

由香里にそう言われ、繭美は皿をとった。フォークでグラタンをとって口に運ぶ。たしかに美味しい。一流ホテルと言われるだけのことはあり、洋食店で出されるものと一味違う。

由香里はスモークサーモンのサラダが気に入ったようで、そればかりを食べている。すでにボウルの半分近くを食べてしまっていた。ようやくサラダに飽きたのか、今度はカレーに手を伸ばした。

ずっと微かに聞こえていた振動音が鳴り止んだかと思うと、白いバスローブをまとった女性が繭美たちのいる部屋に入ってきた。素足にスリッパを履いている。その女性は繭美を見て「あ、先輩。来てたんですか」と言い、それから由香里の隣のソファに腰を下ろす。そしてナイフとフォークを手に持って彼女は言った。

「あまり時間がないんですよ。神野智明、これから出頭してくることになったので」

「出頭？　逮捕されるってこと？」

「違います。任意同行ですよ」

　女はナイフで赤身のステーキ肉を切りとり、それを口に運ぶ。しばらく咀嚼してから「やっぱり美味しいですね」と彼女は言った。口の端に付着したステーキソースを舌で舐めとり、熊沢理子は満足そうな笑みを浮かべている。

第三部

彼女たちの秘密

ロッカールームは無人だった。神野智明は自分のロッカーを開け、中のハンガーに吊るしてあったジャケットを羽織った。まったく意味がわからない。なぜ俺が警察なんかに行かなければならないのだろうか。

発端は今月の上旬、妻の由香里が姿を消したことだ。どこを捜しても由香里は見つからなかった。そして一週間後、世田谷署の刑事たちが訪ねてきた日にいきなり彼女から電話がかかってきて、彼女が宿泊しているという静岡県伊東市の旅館に向かった。彼女を車に乗せ、海岸沿いにあるドライブインで食事をした。離婚したいと切り出され、智明はその場では困惑する振りをしたが、内心はまったくとり乱してなどいなかった。そもそも智明は由香里のことをそれほど好きではない。遅かれ早かれこういう日が来るとは思っていたが、まさか妻に家出をする勇気があるとは考えていなかった。

「お疲れ様」

一人の医師がロッカールームに入ってきた。智明は同僚の医師に向かって言った。

「お疲れ」

彼は小児科の医師で、年齢も近いので仲はいい方だ。月に一度くらいは飲みにいく間柄だが、由香里があんなことになってしまって以来、どうやら遠慮しているのか彼から誘ってくることもなくなった。

「お先に」

そう言って同僚の医師はそそくさとロッカールームから出ていってしまう。そのよそよそしい態度に疑問を覚える。今日も刑事が訪ねてきたことが病院内で話題になっているはずだ。何かよからぬ噂が流れている可能性もある。

智明はロッカールームから出て、廊下を歩いた。午後六時を過ぎている。すでに正面玄関は閉ざされているため、裏の夜間専用通用口から外に出た。普段は自転車で通勤しているが、ここから世田谷署に向かうとなると結構な距離になる。タクシーを拾った方が賢明だろう。こんなことなら車で来ればよかったのにと思う。今は白いポルシェに乗っており、その前はＢＭＷに乗っていた。特に車に強いこだわりがあるわけでもなく、友人に薦められるがままに買い替えているだけだ。

いいよな、神野は。家は金持ちだし、頭もいいし、おまけに医者だろ。

よく周囲の友人から言われる台詞だ。同じようなことを何十回、何百回ともなく言われてきた。たしかに家は裕福だし、智明は医者だ。しかしそれを誇りに思ったことなど一度もなく、むしろ逆だった。親の言いなりで生きているような気がずっとしていた。目の前に敷かれたレールの上を惰性で進んでいる、そんな感覚。

神野家の長男として生まれたときから智明の人生は決まっていたと言っても過言ではない。学業では常にクラスで一番の成績をキープすることが義務づけられ、野球をやればキャプテンに任命されなければならなかった。進路も当然決まっていて、聖花大附属高校から聖花大の医学部へ――つまり父の和雄と同じ道を歩むことが決定事項だった。今は世田谷さくらぎ記念病院で勤務医として働いているが、おそらく二、三年のうちに聖花大附属病院に戻ることになるだろう。すべてが予定調和のごとく決まっていることだ。

父の言いなりになるのは嫌だったが、では自分がどうありたいか、どういう人生を歩みたいかと問われると答えは出てこなかった。だから今でも医者をやっている。医者という仕事自体はそれほど嫌いではない。

すべて父の望むように生きてきた智明だったが、たった一度だけ反抗した。それが結婚相手を選ぶときだ。本来であれば父の医者仲間の娘あたりとお見合い結婚させられていたはずで、実際に父と母は候補者選びを始めていたらしいが、智明は自分で結婚相手を選んだ。しかも田舎出身の地味な女だ。良家の娘でもなく、お嬢様大学を出ているわけでもない、ただただ平凡な女を敢えて選んでやったのだ。

せめて結婚相手くらいは自分で見つけたい。しかも父と母が望む嫁の理想像とは正反対の女を選ぶ。それが智明なりの父への反抗だった。

由香里は従順な女だった。何一つ文句を言うことなく、毎日家事をこなしているようだった。智明の本心などまったく気づいていないはずだし、それを隠し通せている自信もあった。家ではよき夫を演じる一方で、外ではほかの女性と遊んだ。最近では大学時代の一学年下の後輩、日村繭美だ。たまたま診察したのがきっかけとなり、それからすぐに関係を持った。今でもいい関係が続いているが、由香里の件があったので最近ではあまり会っていない。

通りかかったタクシーを停め、後部座席に乗り込んだ。「世田谷警察署まで」と短く告げ、智明は腕を組んで目を閉じた。

※

「タマナミドリ？　誰それ？」

藺美にはまったく聞き憶えのない名前だった。ステーキを食べながら熊沢理子が平然とした顔で答える。

「説明するのは面倒なんですけど、簡単に言っちゃうと由香里さんの近所の人です。神野智明の幼馴染みでもあります」

「その人がなぜ遺体で発見されたの？　ちょっと待って、まさか、理子ちゃん……」

考えればわかることだった。しかしそれは決して考えてはいけないと心のどこかで拒否していた。自殺を偽装したはずなのに、遺体が発見される。まさかたまたま同じタイミングで自殺者が出たなんて都合のいい話があるわけがない。

「知らない方がいいと思います」理子が事務的な口調で言う。それからコーラを飲んで続けた。

「先輩はお気になさらずに。打ち合わせ通りお願いします。絶対にうまくいきますから心配要りません」

「心配要らないって……でもだって、死んじゃった人がいるんだよ」

「結果的には神野由香里が自殺したことになってます。私たちの思惑通りじゃないですか」

熊沢理子。聖花大の一学年下の後輩で、同じチアリーディング部だった子だ。しかし彼女は一年生の秋に学校から去った。そう、学園祭の夜に神野智明から暴行を受けたのは彼女にほかならない。

あの頃の面影はまったくない。今はバスローブをまとってノーメイクだが、普段もまったくこんな感じだ。チアリーディング部に入って変貌を遂げる前——田舎から出てきたばかりの頃のあの子に戻ってしまったかのようだ。いや、年を重ねた分、今の方が酷い。わざと地味な服を選んで着ているのか、繭美と並んだら理子の方が間違いなく年上に見られるはずだ。

「由香里さんも知ってたの？　その、タマナって人のこと」

繭美がそう訊いても由香里は曖昧に笑うだけだった。それを見て繭美は確信する。由香里も知っていたと。もしかすると最初からそのつもりだったのかもしれない。

「私の勘ですけど、多分もう先輩のところに警察が来ることはありません。来たとしてもたいした質問はされないと思います。安心してください」

「そう簡単に言うけど……」

先週、二度ほど刑事が会社を訪ねてきた。世田谷署の上原という刑事だった。二度目は理子も同行していた。智明との関係は基本的には隠し、気づかれてしまったら素直に話す。最初から理子にそう言われていたので、最初に訪ねてきたときに智明と不倫の関係にあることを正直に認めた。

「ご馳走様でした。あとはお二人でどうぞ」

理子はそう言って立ち上がり、紙ナプキンで口を拭きながらバスルームの方に消えていった。

テーブルの上にはまだ料理が残っている。繭美はそれほど食欲はないが、由香里は淡々と料理を口に運んでいる。今は理子が食べ残したステーキを食べようとしているところだった。

「ねえ」繭美は声をかけずにはいられなかった。「殺したの？　そのタマナって人を殺したってこと？」

言っていて怖かった。まさか人が死ぬことになるとは想像してもいなかった。由香里は平然とした様子で答える。

「わからない。私も詳しくは知らないんです」

「わからないって……。でも漁船が遺体を引き揚げたんでしょ。どう考えたっておかしいじゃない」

「落ちたんじゃないかな」

「そんな……」

理子が姿を現した。地味なグレーのパンツスーツを着ている。田舎の役場の事務員のような恰好だ。町ですれ違っても彼女だと気づかないだろう。彼女は二人を交互に見て言った。

「こうして三人で集まるのはこれきりにした方がいいと思います。急を要することがあったら私から連絡するので。それでは」

理子はそう言って部屋から出ていった。由香里と二人、広いセミスイートに残される。いった い代金は誰が支払うの。そんな余計な心配をしていると、繭美の心の内を見透かしたように由香里が言った。

「心配しないでください。私が払うので。二、三日この部屋に泊まるつもりだから」

「一人で？」

「そう。たまには贅沢してもいいかなと思って。イブには予約が入ってるみたいだから追い出されちゃいますけどね」

今週末はクリスマスだ。しかしこの部屋に一人で泊まる神経が理解できない。一泊いくらするだろうか。十万円くらいはするはずだ。

「私一人じゃ食べ切れないから手伝ってください」

由香里がそう言ってシャンパングラスに手を伸ばす。彼女は不倫相手の妻だ。いったいどうしてこうなってしまったのか。藺美はその経緯を思い出していた。


あの頃の私はどう考えてもおかしかったと藺美自身も自覚していた。今年の夏のことだ。あれはたしか七月下旬のことだった。

当時、藺美は神野智明が独身であると嘘をついていることを突き止め、彼の自宅前で妻である女を目撃していた。そして智明も妻と別れたがっていると勝手に信じ込み、彼女さえいなくなれば智明と結婚できるかもしれない、そんな強迫観念にとりつかれていたのだった。

そしてある土曜日のことだった。午後、桜木にある智明の自宅を見張っていたところ、二人の女性が姿を現した。一人は神野由香里、もう一人は智明の母親のようだった。家族の名前は表札に書かれていたのですでに知っていた。藺美は尾行を開始した。

二人を尾行するのは容易《たやす》かった。歩く速度もそれほど速くはなかったし、警戒心もまったくなかった。二人は電車を乗り継ぎ、地下鉄の日本橋駅で降りた。そして水天宮にお参りしたのだ。

繭美も水天宮に来るのは初めてで、そこが安産や子授かりにご利益がある神社だと知った。そのとき繭美は冷や汗が出た。もしかして神野由香里は妊娠しているのか。そう思うと焦りが募った。

お参りを終えた二人は境内を出て、人形町の和菓子店に立ち寄り、それからしばらく歩いて別れた。別行動をとるようだった。繭美は迷わず由香里のあとをつけることを選択する。彼女は地下鉄の日本橋駅に入っていった。帰るのだろうか。

駅のホームで由香里は電車の到着を待っていた。その後ろに繭美は立ち、彼女の背中をずっと眺めていた。仮に、電車が入ってきたタイミングで彼女の背中を押してしまうとどうなるだろう。間違いなく死ぬはずだ。彼女がいなくなったら、私は——。

駅員のアナウンスで我に返った。自分が恐ろしいことを考えていたと知り、繭美は愕然とした。額に汗が滲んでいるのがわかった。

電車のライトが近づいてくる。そのとき思いもよらないことが起きる。彼女が振り向き、こともあろうに繭美の顔を見て小さく悲鳴を上げたのだ。

気づかれた。咄嗟《とっさ》に走り出していた。「待って」という声が背後で聞こえたが、立ち止まることはできなかった。駅の階段を上がる。もう少しで地上に出ようかというところで躓《つまず》いてしまう。左の脛《すね》に激痛が走る。階段の角にぶつけてしまったのだ。痛みをこらえて立ち上がろうとすると背後から近づいてくる足音が聞こえた。振り返ると彼女——神野由香里の姿があった。多少息は上がっているようだが、彼女はこちらを見下ろしている。

不意に大粒の涙がこぼれた。痛みなのか、それとも智明の妻にバレたからなのかわからないが、とにかく涙が溢れて仕方がなかった。目の前にハンカチを差し出される。それを受けとって顔を上げると彼女が言った。

「少し話をしませんか？　主人のことで」

向かった先は和菓子店だった。地上に出てすぐのところにある和菓子店で、店の前に赤い布が敷かれた台が置かれており、座って飲食できるようだった。そこで由香里と初めてまともに話したのだが、彼女は意外なことを言い出した。

「主人とはこれまで通りお付き合いしてもらって問題ありませんので」

そう言われても反応に困った。普通に考えれば悪いのはこちらであり、妻である彼女に非はまったくない。しかしどこか由香里の言動には自信がないというか、ぎこちなさを感じた。まるでこちらの方が有利な立場にいると錯覚してしまいそうなほどに。

「離婚しようと思ってるんですよ」

彼女が話し出した。子供ができないことをあからさまに義母から責められる日々。子供が欲しくても智明は妻を抱こうともせず、ゴルフと愛人に夢中になっている。

「私、神野家のお手伝いだって自分でもわかっちゃったんです。子供を産まない嫁は単なるお手伝いでしかないんです、あの家では」

そんな矢先、離婚すれば慰謝料をもらえると入れ知恵された。夫側に後ろめたい理由があれば有利な条件――つまり多額な慰謝料を期待できると。だから智明と愛人が破局してもらっては困るというわけだ。

「そういうわけなんです。だから主人とはこのまま付き合ってください」

返答に窮した。別れてくれと懇願されるなら話はわかる。まさかこのまま付き合ってくれとお願いされるとは想像さえしていなかった。

「お願いします」由香里は膝の上で持っていた湯呑みを脇に置き、それから腰を折るように頭を下げた。「どうかお願いします。このまま主人と付き合い続けてください」

「こ、困ります。顔を上げてください」

通りを歩く人々の視線を感じ、藺美は慌てて由香里の肩に手を置いた。それでも由香里はなかなか頭を上げてくれない。いったいどうしてこんなことになってしまったのだろう。面倒なことになったなという思いが半分、あとの半分は早くこの場をあとにして涙で乱れた目元の化粧を直したいという思いだった。

それが神野由香里との初めての会話らしい会話だった。

※

「本当ですって。何度言えばいいんですか。妻を旅館に送っていっただけです」

「嘘を言うな。あんたと同じ白いポルシェが現場で目撃されてるんだ」

「嘘なんて言っていませんよ」

上原は腕を組んで二人のやりとりを聞いていた。世田谷警察署の取調室の中だ。午後七時前に約束通り神野智明は出頭してきて、すぐさま事情聴取がスタートしたのだが、今のところめぼしい成果はほとんどない。聞き役は伊東署の脇谷に任せてある。

「じゃああれか。たまたまあんたが乗っているのと同じ色のポルシェが現場に停まっていたってことなのか」

「そういうことになりますね。少なくとも私ではありません」

　さきほどから二人の会話は平行線を辿っている。現場近くのガソリンスタンドの店員が路上に停まる白いポルシェを目撃していたらしい。ナンバーは憶えていなかったが、世田谷ナンバーであることだけは記憶していたようだ。

「別にあんたが奥さんをどうかしたとはこっちも考えてないよ。奥さんをあそこに送っていっただけなんだよね」

「何度も言ってますけど、私は海になんて行ってませんって」

「白いポルシェなんてそうそう走ってる車じゃない。ましてや世田谷ナンバーだ。ガソリンスタンドの店員が目撃してるんだよ」

「だったら調べてみてください。世田谷ナンバーの白いポルシェが何台あるかを。警察なら可能ですよね。本当に停まっていたなら、片っ端から当たっていけば見つかるはずじゃないですか」

　智明は決して認めようとしなかった。車の目撃証言があればあっさり認める、もしくはボロを出すと思っていたが、その目論見は外れてしまったようだ。脇谷も同じことを思ったのか、質問の方向性を変えた。

「ところで神野先生、あんた結構遊んでいるようだね。日村繭美だっけ？　俺は見たことないけどいい女らしいね」

　智明は答えなかった。やや険しい表情で口を閉ざしている。脇谷が続けて言った。

「まったく羨ましい限りだよ。やっぱり医者ってのはモテるんだな。でもね、先生。あんたもなかなか厳しい立場に立たされていたみたいじゃないか。あんたの火遊び、奥さんにバレてたみたいだな。結構な金額の慰謝料を奥さんは望んでいたって聞いてるぞ」

「何の話ですか？」

「奥さんから離婚話を切り出されていたんだろ。原因はあんたの浮気にあるわけだから、当然奥さんは慰謝料を受けとる権利はある。下手すりゃ訴訟に発展する可能性もあるだろう。先生だって穏便に済ませたかったはずだ」

「刑事さん、何言ってるんですか」智明が反論する。その口調から苛立ちが感じられた。「妻から離婚を切り出されていた？　そんなことありませんよ。あの晩、ドライブインで初めて妻から聞いたんですから」

「私はそうは聞いてないけどね。まああんたの気持ちもわからなくもない。お医者さんって立場もあるし、訴訟なんて絶対に避けたいだろうね。だからといって手切れ金を渡すのも癪に障る。勤務医であるあんたは世間が思うほど稼いじゃいないんだろう。となると父親から金を借りるしかないわけだが、あんたのプライドがそれを許さない」

「勝手なことを……全部憶測じゃないですか」

「奥さんが邪魔になったんだよね。離婚したい、金を寄越せと騒ぐ奥さんのことが邪魔になったんじゃないの。同じ男として気持ちはわかるよ、先生」

「だから離婚の話が出たのはあの晩が初めてなんですって」

かなり苛立っている様子が伝わってくる。脇谷の作戦だった。わざと神経を逆撫でするような物言いをして、智明がボロを出すのを期待しているのだ。苛立たせることには成功しているが、まだ智明は決定的なことを口走ったりはしていない。

「日村繭美と男女の関係にあったのは認めるんだな」

「それをここで言う必要がありますか？　それに刑事さん、妻は自殺なんですよね。違うんですか？　もし違うのであればその根拠を示してください」

痛いところを突かれた。神野由香里が殺害されたというのはあくまでも上原たちの想像に過ぎない。それでも脇谷はそれを逆手にとって反撃する。

「それはできない。なぜならもう遺体は火葬されてしまったからね。遺体を早々に引きとり、すぐさま火葬する。まるで解剖されるのを恐れていたかのようだ。先生、そうは思わないかな？」

「あれは葬祭場の都合です。私たちは向こうの提示したスケジュールに従っただけですから」

「あんたは遺体を解剖に回したくなかった。だからすぐに遺体を引きとったんだ。まあその点については私どものミスでもあるがね。遺体の夫が医者だったという偶然を疑わず、夫の意見を鵜呑みにしてしまったわけだからね」

「私は自殺と断定したわけじゃありません。妻の遺体であると認めただけです」

「そもそも奥さんと会ったことを内緒にしてたのはなぜだ？　やましい気持ちがあったからじゃないのか」

「こないだも言ったじゃないですか。言うタイミングを逸しただけですって」

二人のやりとりは続いたが、あまり実のあるものとは言い難かった。取調室には小さなマジックミラーがついている。署長の友人の子息ということもあり、刑事課の上司もそこから中の様子を窺っているはずだ。

「じゃあ先生、もう一度あの晩のことに話を戻しましょうか」

「もう何遍も話したじゃないですか」

　智明が露骨に嫌そうな顔をする。それを見て脇谷がにやりと笑った。まだ事情聴取が始まって三十分もたっていない。長い勝負になりそうだ。上原は腕を組み、壁にもたれかかって二人のやりとりに耳を傾けた。


「ありゃいい度胸してますね。結構攻めたつもりなんですが、こたえた様子がまったくありませんでしたよ」

　そう言って脇谷がコップのビールを飲み干した。それを見た理子がすっと瓶ビールを差し出して酌をする。意外に気が利く女なんだな。そんなことを思いながら上原は箸でギョーザをとり、醤油をつけてから口に運んだ。

　午後九時を過ぎていた。神野智明への事情聴取はさきほど終わったばかりだ。脇谷と理子、上原の三人で署の近くにある中華料理屋に来ていた。暖簾《のれん》をしまおうとしていた店主に頼み込んで中に入れてもらったのだ。注文したのはギョーザとビール、それからチャーハンを三人前だ。

「上原さん、どうしましょうか？　ここまで粘るとは想定外でした。いいとこのお坊ちゃんと聞いていたんで、軽く捻り上げれば吐くだろうと思っていましたよ」

「実は私もですよ。完全に見込みが外れましたね」

　日村繭美の存在と由香里が離婚を考えていたこと。そして現場で目撃されていた白いポルシェ。これらをぶつければ自供するまではいかないものの、それなりの感触を得られるのではないかと思っていた。しかし智明は一貫して事件への関与を否定した。

「チャーハンお待ちどう。時間ないから大皿で勘弁ね」

「大将、もう一本ビールもらっていいかな」

理子がレンゲを使い、それぞれの皿にチャーハンをとり分けていた。彼女はあまり酒には強くないらしく、ビール一杯だけで頬を赤くしている。理子もマジックミラーの向こうで事情聴取の様子を眺めていたらしい。

実は事情聴取を終えたあと、上原は課長に呼び出されて小言を言われた。あまり無茶な捜査はするんじゃない。そんなニュアンスだった。智明に任意同行をかけたのは伊東署であり、世田谷署ではない。しかし場所を提供している以上は気を遣えというのが課長の意見だ。神野智明の父が署長のゴルフ仲間であることは課長も知っている。

「任意同行はしばらく控えた方がよさそうですね」

チャーハンを食べながら上原がそう言うと脇谷も同調した。

「私もそう思っていました。やはり遺体を解剖に回さなかったのは痛恨の極みですね。他殺である根拠がない以上、こちらも強気になれませんから」

その通りだ。しかしあの状態で他殺を疑うのは難しかったというのが正直な感想だ。海岸に残されたパンプス、その後引き揚げられた女性の遺体。誰がどう見ても自殺と考えるだろう。

「上原さん、私は明日一番で伊東に帰ります」

「そうですか」

今日の収穫次第では明日も引き続き取り調べを続けてもよかったが、あの調子ではこれ以上の追及は無駄骨になると思われた。別の方向から攻めてみるのも手だが、果たしてどこから攻めていいのかわからないのが現状だ。

「戻ったら引き続き目撃証言を探してみます。同時に鑑識に頼んで現場周辺で遺留品の捜索をおこなおうとも考えています。まだ鑑識は一度も現場に入っていませんからね」

脇谷の執念に感心した。上原は率直にそれを口にする。

「たいした執念です。脇谷さん、頭が下がります」

「やめてください。うちは東京と違ってそうそう凶悪犯罪が起きるわけじゃありませんしね。もしほかに重大事件が起きたら当然そっちを優先しますから。ところで熊沢さんはいくつなんですか？」

急に話を振られ、理子が驚いたように顔を上げた。「えっ？　私ですか？」

「うん、そう。何歳なんですか？」

「三十三歳です」

「独身？」

「ええ、そうです」

「早く結婚した方がいいよ。お見合いでもすりゃいくらでも見つかるでしょ。上原さん、誰かいい人紹介してやった方がいいんじゃないですか」

神野由香里と日村繭美は二人とも三十四歳。理子は彼女たちの一歳下ということだ。日村繭美のような派手さとは無縁の容姿をしている。

「実は私も見合い結婚です。職場の上司に紹介されましてね。警察は多いですからね、そういうの。熊沢さんも早めに紹介してもらった方がいいんじゃないかな」

愛想がないのが気になったが、理子が女であることに変わりはなく、署内で彼女のことが気になっている男性もいると聞く。上原は横目で理子の顔を見た。彼女はアルコールで目元をほんのりと赤く染め、困惑気味に脇谷の話に相槌を打っている。

※

帰宅したのは午後九時過ぎのことだった。由香里が亡くなってからも智明は離れで一人で寝起きしていた。シャワーを浴びようと思っていたところ、インターホンが鳴った。母の素子だった。

「智明、お父さんが呼んでるわよ」

「シャワー浴びたいんだ」

「あとでいいでしょ。すぐに来なさい」

素子は冷たく言い残して去っていく。仕方ない。智明は溜め息をつき、ネクタイだけ外してあとはそのままの格好で母屋に向かった。

父の和雄はリビングのソファに座ってテレビを見ていた。智明が中に入ってくるのを見ると和雄はテレビを消した。智明が座るのを待ってから話し出す。

「世田谷署の署長からうちに電話があった。取り調べを受けたようだな」

「まあね。病院に警察が来たんだ。任意による事情聴取ってやつだよ」

「由香里さんの件だな」

「そう。由香里が殺されたって思ってるみたい。阿呆らしい話だよ」

「お前が紛らわしい真似をするからだろ」

あの晩、由香里に会いに伊東に行ったことを両親に話したのは先週のことだ。それまでは黙っていた。余計な心配もかけたくなかったし、何より父に干渉されたくなかった。

「警察は何て言ってるんだ？」

「俺の車と同じ白いポルシェが現場の近くに停まっていたらしい。俺は由香里を旅館まで送っていっただけなのにね」

あの晩、由香里とドライブインで食事をした。彼女はオムライス、智明はカレーライスを注文した。それを食べながら由香里の方から離婚を切り出したのだ。

願ったり叶ったりの展開とも言えた。両親への当てつけのつもりで結婚した女だが、正直ここ最近は後悔の念を感じていた。自分にはもっと相応しい女がいたのではないか。そう思っていた矢先、出会ったのが日村繭美だった。隣に連れて歩くには繭美ほど相応しい女はそうはいない。まさに求めていた女だった。

由香里の方から離婚を言い出してくれたのは幸いだった。しかしだからといってすぐに了解してしまっては由香里に変な疑念を抱かせてしまうことにもなりかねない。ドライブインでカレーライスを食べながら、智明は「どうしてなんだ」とか「本気なのか」という言葉を繰り返した。決して「考え直してくれ」とは言わなかった。そんなことを言って彼女が考え直してしまったら困るからだ。

まさか彼女が死んでしまうとは思ってもいなかった。あの晩のことを思い出してみるのだが、彼女を深く傷つけるような言葉を吐いた記憶が智明にはない。霊安室で見た彼女の遺体は酷いものので、正視に耐えがたいとはあのことだった。

「本当に彼女を旅館まで送っていっただけなんだな」

父に念を押され、智明は苦笑して答えた。

「そうだよ。父さんまで俺を疑ってるのかよ」

「お前がしっかりしないからだ。首根っこを押さえて由香里さんを連れて帰ってくるべきだったんだよ」

父の視線は冷たい。いまだに智明のことを子供だと思っている節がある。俺はもう立派な大人なんだぜ。たまにそう言いたいときもあるが、やはり口には出せなかった。神野家の家長は和雄であり、聖花大附属病院の外科部長という肩書きも大きい。いずれは院長も狙えると言われているらしい。一介の勤務医である智明と比べればその差は歴然としている。

「世田谷署の署長には私からも声をかけておくことにしよう。あまり強引な捜査は控えるようにとな」

繭美に会いたかった。会って彼女を抱きたい。しかし彼女のもとにも警察が行ったはずだ。気分を害していなければいいのだが。

そういえば、と智明は思い出した。刑事が変なことを言っていた。由香里が以前から離婚をしたいと望んでおり、慰謝料の支払いまで要求していたというのだ。あの話は初耳だった。由香里から離婚という言葉を聞いたのはあの晩が最初で最後だ。いったい何がどうなってそういう話になったのか、智明にはまったく心当たりがない。下世話な病院職員があることないこと吹聴しているのかもしれない。

「佐々岡《ささおか》にも一応話しておいた方がいいな。今度警察が来たら佐々岡に同席してもらってもいいかもしれない」

「そこまでしなくてもいいと思うけどね。今日の印象だと刑事たちも手詰まりって感じがしたから」

佐々岡というのは父の同級生の弁護士だ。都内で弁護士事務所を開いており、ずっと前から神野家に出入りしている。

「じゃあ俺、シャワー浴びるから」

そう言って智明は立ち上がった。リビングを出ると母の素子がキッチンから声をかけてくる。

「智明、洗濯物があったら洗濯機に入れておくのよ。ご飯もできてるから食べなさいね」

「うん。わかったよ」

父にしろ母にしろ、由香里が死んだら急に息子を子供扱いするようになった。まあ一人ではろくに家事もできないので仕方がないことなのだが。智明はサンダルをつっかけ、離れに向かって歩き出した。

※

繭美が次に神野由香里と会ったのは、日本橋駅で会ってから一ヵ月後、八月下旬の暑い日だった。彼女から職場に電話がかかってきて、渋谷にある喫茶店に呼び出されたのだ。一番奥のボックス席で彼女は待っていた。由香里は前回会ったときと同じようなスカートに白いブラウスという地味な恰好だった。

注文したアイスコーヒーが運ばれてきても由香里は口を開こうとしなかった。たまらず繭美は言った。

「何の用ですか？」

「あ、ごめんなさい。元気かなと思って」

その言葉を聞いて繭美は気が抜けた。夫の愛人を呼び出しておいて口にする言葉ではないと思った。

「本当に何も用事はないんですか？　だったら私、帰りますけど」

「ごめんなさい。あのう、主人とはどうですか？　あのあとも順調に続いていますか？」

決して順調とは言えないものの、会うことは会っている。しかし繭美の仕事が若干忙しくなってきたため、以前より会う頻度は減っていたし、最初に抱いていたような彼への強い執着心は半分ほどに減少している。ただ、由香里が彼と離婚しようと考えていることが頭の隅にあるのは疑いようのない事実だった。もし二人の離婚が成立するのであれば、智明と晴れて一緒になることができる。離婚経験者とはいえ、医師という肩書きは十分に魅力的だ。

「ええ、まあ」

交際は順調ですかと正妻に尋ねられた場合、何と答えるのが正解なのかわからない。それでも繭美は曖昧に答え、運ばれてきたアイスコーヒーをストローで飲む。斜め前のテーブル席に一人の女性が座っているのが見えた。同年齢くらいの女性で、髪を無造作に後ろで束ねて文庫本に目を落としている。

「それで」藺美は恐る恐る由香里に尋ねてみる。「あの話、どうなりました？」

「あの話？」

声をひそめて藺美は言う。「お二人が別れるって話です」

「ああ、あの話ですね。実はまだ言い出せていません。弁護士に相談しようかと思っていたんですけど、報酬っていうんですか。結構高いみたいでなかなか踏ん切りがつかないんですよね」

由香里はそう言って小さく笑う。まるで他人のことを話しているかのように自分のことを話す子だと思った。一ヵ月前に会ったときには冷静に観察している余裕はなかったが、彼女の左手首に巻かれた時計はパテック・フィリップではなかろうか。本物だったら百万円以上はするはずだ。

藺美は自分の左手首を見る。三十歳になったときに自分へのご褒美の意味で買ったカルティエの時計が巻かれていた。目の前に座る神野由香里は化粧も服装も地味なのに既婚者であり、時計はパテック・フィリップだ。少なくともこの二つの点では私は彼女に負けている。

「……買うんですか？」

考えごとをしていたせいか、由香里の発した言葉を聞き逃していた。藺美は訊き返す。

「何ですか？」

「お洋服です。かっこいいなと思って。どのあたりのお店で買うんですか？」

「いろいろですよ。代官山が多いかな」

「やっぱり違いますね。働いてる女性には憧れます」

不毛なやりとりだと思った。いったいこの子は何なのだ。世間話をするためにわざわざ私を呼び出したとしか思えなかった。アイスコーヒーを飲んでとっとと帰ろう。そう思ってグラスに手を伸ばしたとき、斜め前のテーブル席に座っていた女性客がこちらを見ていることに気づいた。さきほどまで読んでいた文庫本はいつの間にか消えている。あまりにこちらを凝視しているので気持ちが悪い。

さらに驚くことが起きる。その女性客が立ち上がったかと思うと、狭い通路を横切って繭美たちが座っているテーブル席の前までやってきたのだ。驚く繭美を尻目に由香里は平然とした顔つきで彼女に席を譲るように奥に詰める。どういうことだ。二人は知り合いなのか——。

「だ、誰ですか？」

女は澄ました顔で繭美の前に座った。それから小さな笑みを浮かべて言った。

「まだわかりませんか？　先輩、私ですよ」

声には聞き憶えがあった。かつての面影はだいぶなくなっていたが、顔のパーツの一つ一つにはどこか見憶えがあるような気がした。

「まさか、あなた……理子ちゃん？」

チアリーディング部の後輩である赤尾《あかお》理子だ。入学した年の秋、ひっそりと学校を去っていった赤尾理子。ずっと彼女は神野智明に襲われたと思っていたが、真相はそうではないと智明から聞いたのは最近のことだった。

「お久し振りです、先輩。今の名字は熊沢です。両親が離婚して名字が変わったので」

そう自己紹介してから熊沢理子は通りかかった店員を呼び止め、追加のアイスコーヒーを注文する。繭美は啞然としてその姿を眺めていることしかできなかった。

時とは残酷なものだ。時が流れれば人は変わる。理子の場合、流れた時間が彼女にとっては経過年数以上の影響を与えたように感じられた。女性ならシワや肌のたるみを化粧で隠そうとするのは当然のこと。彼女の場合、それを隠す努力を一切放棄しているように見受けられた。

「理子ちゃん、どうして、あなたが……」

頭の中を疑問が渦巻いている。赤尾理子。今から十四年前、彼女は繭美の前から姿を消した。理由は憶測の域を出ないが、神野智明に暴行されたことが原因だとずっと思っていた。しかし智明本人の口からそれを否定する言葉を聞いたのはつい先日のことだ。二人は酔っており、双方合意のうえだったと智明は弁明した。いずれにしてもその一件を機に理子が学校に来なくなったのは事実であり、彼女があの出来事にショックを受けていたことは間違いない。

「先輩、久し振りですね。相変わらずお綺麗で羨ましい限りです」

「理子ちゃん……あなた、なぜ……」

まだ頭の中が整理できていない。なぜ理子がここに――神野由香里と並んで座っているのか、その状況がわからないのだ。かつて智明に襲われて学校を去った女と、智明の現在の妻。その二人が並んで座っていることに強烈な違和感を覚えた。

「すみませんでした、先輩。あのときは何も言わずにいなくなってしまって」

十四年前の学園祭のあとだ。あのとき理子は急に女子寮を引き払っており、それを詫びているのだろうと繭美は察した。理子は店員が運んできたアイスコーヒーを受けとって、グラスの中にガムシロップとミルクを垂らしてかき混ぜながら言った。

「先輩が神野智明から何を吹き込まれたか知りませんけど、私は彼にレイプされました」理子はストローを熱心にかき混ぜ続ける。「ショックでした。怖くて警察にも行けなくて、仕方なく田舎に帰りました。学校も退学することになってしまいました。先輩にはずっと謝りたかった。あんなによくしてもらったのに何も言わずに去ってしまったので」

由香里も黙ったまま彼女の話を聞いている。彼女にとっては自分の旦那が過去に女性を暴行したという衝撃の事実のはずだが、由香里はほぼ無反応だった。すでに耳にしているということか。

「実家の沼津市に帰って、二年後に都内の別の大学に再入学したんです。そして卒業後は就職しました。今は世田谷署で働いています」

「えっ？　世田谷署。つまりそれって……」

「世田谷警察署の刑事課にいます。私、こう見えても刑事なんですよ。あの男に犯されたあと、私は考えました。考えに考えた末、私みたいな犠牲者を出さないためにはそれを取り締まる側の職業に就かなきゃいけないって考えたんです。それに警察官って公務員ですし、安定してますしね」

男に暴行され、それを機に警察官を志す。その極端な発想は理解こそできるものの、自分には到底実行できそうになかった。でもどうして由香里や私に接触してきたのか。そこが最大の疑問だった。

「世田谷署に配属の希望を出したのはもちろん神野智明のことがあったからです。彼がいまだに桜木の実家に住み、同じ地区の病院に勤務していることは知ってました。私は去年の春に世田谷署に配属されて、それとなく彼の周囲を探り始めました。理由は決まってるじゃないですか。私はまだ彼を許したわけではありませんので」

喫茶店はほぼ満席の状態で、それぞれのテーブルで客たちがお喋りを楽しんでいる。しかし繭美たちが座っている席だけ周囲にうまく馴染んでいないような妙な錯覚があった。

「私一人では限界があるので、興信所にも依頼しました。でもドジな探偵で、彼に気づかれたこともあったみたいです。多分先輩も憶えてると思いますけど」

新宿の居酒屋で智明と会ったときのことだ。カウンターにいた男を智明が怪しみ、男を問い質したことがあった。案の定男は探偵で、繭美のことを調べていたと白状したのだが、実際には理子の依頼で智明の素行調査をしていたということか。

「それにしても先輩って意外にお人好しですね。何て吹き込まれたか知りませんが、あの男の話を信じたってことなんですよね。学園祭の夜、私から誘われたとか言ってたんじゃないですか、あの男」

そう言って理子は薄く笑う。そこには侮蔑の色が見てとれた。

何も言えなかった。まさに理子の言う通りだった。私は智明を信じた。いや、信じようと努力した。それほどまでに不意に現れた年上の青年医師は魅力的な存在だった。

「でも、どうして……」繭美は目の前に座る二人の女性を交互に見ながら言う。「どうして二人は面識が？　それにどうして私に……」

智明の妻と、その愛人。そして過去に智明に襲われた女刑事。これほど奇妙な組み合わせはない。理子がアイスコーヒーを一口飲んでから答える。

「成り行きってやつですよ。先輩と由香里さんが接触するなんて私も想像してませんでした。でもこうなってしまったらその状況を利用するしかないと思うんですよね」

二週間ほど前、理子の方から由香里に接触したという。ご主人の大学の後輩。そう言って彼女に近づき、それから三回ほど二人は会って話をしたらしい。絶対に悪いようにはしないので。理子のその言葉を信じたのか、もしくは先天的に人を疑うということを知らないのか、由香里は素直に理子の言うことに従ったようだ。

でもどういうことだろうか。理子の胸中が理解できなかった。由香里を見ると、彼女はやや俯《うつむ》き気味で理子の話に耳を傾けている。

「私たち、三者三様の思惑がありますよね。由香里さんはあの男とできるだけ有利な条件で離婚したい。そして先輩はあの男と結婚して、医者の妻という地位を手に入れたい。そして私は今でもあの男のことを憎んでいる。昔は殺したいと思っていましたが、今では熱も冷めました。でも許したわけじゃありません。償わせたいと思ってます」

私たちの中心にいるのは神野智明だ。ここにいるのは彼をとり巻く三人の女というわけだ。

「何をしようか、特に考えているわけではありません。でも三人集まれば何かいい考えが浮かぶかもしれない。そう思っただけです。私たち三人全員がハッピーになる方法を見つけてみませんか？」

そう言って理子はにっこりと笑った。ああ、理子ちゃんだ。その笑顔を見て繭美はようやくかつて後輩だった赤尾理子に再会したことを実感した。

※

上原のもとに伊東署の脇谷から電話がかかってきたのは彼が伊東に戻ってから二日後、十二月二十二日の午後のことだった。年の瀬の慌ただしい時期に入っていて、世田谷署でも年末に向けて管内パトロールの強化を開始していた。

「上原さん、見つかりましたよ」

開口一番、電話の向こうで脇谷が言った。その声に喜びが滲んでいるのは明らかだった。「何が見つかったんですか」と訊き返すと、息せき切って脇谷が話し出す。

「こちらに帰ってきてから、現場周辺——パンプスが発見された箇所や白いポルシェが目撃された場所を重点的に調べていたんですよ。ローラー作戦ってわけにもいかなくて、まあそれなりに苦労したんですけどね」

伊東署も年末のパトロールを強化しているはずだ。特に地方はスピード違反などの取り締まりを署一丸となっておこなうと耳にしたことがある。そんな雰囲気の中、すでに自殺として処理された案件に対し、ここまでの熱意で捜査に臨む脇谷の姿に上原は心が打たれる思いがした。

「パンプスが残されていた付近は事件以降も何度か捜索をおこなっていたんですが、ポルシェが停まっていた周辺は今回が初めての捜索となりました」

事件当夜、停車中の白いポルシェを近くのガソリンスタンドの店員が目撃したという。煙草の自販機があり、そこに煙草を買いにきたときだったと聞いている。

「徹底的に捜索したんですが、めぼしい収穫はありませんでした。ところが昨日なんですけどね、手の空いてる若い衆に手伝ってもらって、現場付近の側溝の蓋を持ち上げてみたんですよ。私一人では絶対に無理でしたよ。私、腰が悪いんでね」

コンクリの蓋のことだろう。たしかにあれを持ち上げるのは骨の折れる作業かもしれない。

「一本のボールペンが見つかりました。驚かないでくださいよ、上原さん。そのボールペン、聖花大の創立八十周年記念のボールペンだったんです。大学に問い合わせてみたところ、去年の夏に式典をやったようで、記念事業に寄付をしてくれた卒業生に配っているという話でした」

「神野智明も寄付をしていたんですか？」

「ええ、してました。彼のお父さんもしていたようですけどね」

神野智明が現場にいたことが立証できれば、彼が嘘の供述をしていたことになる。ごくりと唾を飲み込んでから上原は訊いた。

「指紋はどうでした？」

「完全一致です。ボールペンから彼の指紋が検出されました」

先日神野智明に任意同行を求めた際、帰りがけに指紋の採取を依頼した。彼はまったく拒む様子もなく、こちらの依頼を受け入れた。そのときに採取した指紋は伊東署に送っており、その指紋と一致したということだろう。彼が現場にいた確率は格段に高まったのだ。

「それでどうされますか？　また任意同行を求めますか？」

上原は訊いた。おそらくそうするのが得策だった。任意同行を求め、新事実を突きつける。神野智明が嘘の供述をしていることは明らかなので、そこを攻めれば新証言が出てくるかもしれない。しかし上原の予想とは裏腹に、脇谷は予期せぬことを言い出した。

「逮捕状を請求してみようかと思います」

「いけますかね？」

「確率は五割と踏んでますよ、私は」

逮捕状というのは逮捕の許可証のようなもので、発付するのは裁判官だ。日本においては現行犯逮捕などの緊急の要件でない限り、逮捕には必ず逮捕状が必要となる。請求するための書類を書き、裁判官が逮捕が必要と判断した場合には逮捕状が発付される。

「今日中に請求しようと思ってます。早ければ来週の頭にも結果が出るのではないかと思いましてね」

やや性急な感は否めないが、これ以上持ち駒を増やせる望みがないのであれば、逮捕状の請求も一つの手と考えられた。離婚を望んでいた妻が崖から飛び降り、その現場に夫がいたという証拠が見つかった。しかし夫は現場に行っていないと頑なに証言している。これを裁判官がどう判断するかだ。

「これで逮捕状がとれなかったら、いったん諦めようと思ってます」電話の向こうで脇谷がサバサバした口調で言う。「なに油売ってんだと課長にも言われてましてね。もうすぐ年越しですし、私もこの件を来年まで持ち越したくありませんから」

脇谷の言っていることには上原も共感できた。綺麗さっぱりとした気分で新年を迎えたいと考えるのは一般人も刑事も同じだった。

「進展があったら連絡します。それではまた」

通話が切れた。今の話を理子にも聞かせてやろう。そう思って彼女の席に目を向けたがそこは無人だった。若いというだけの理由で彼女がパトロールに駆り出されていることは上原も知っている。

現場から指紋つきのボールペンが発見される。新証拠品出現のタイミングのよさに多少の違和感を覚えつつも、これは脇谷の努力の賜物であり、同時に神野智明という男の不運を物語っているようにも思えた。

上原は気をとり直し、作りかけの書類に目を落とした。

※

「奥様、このたびはご愁傷様でした」

「いえ、こちらこそ。大変お世話になりました」

そう言って神野素子は頭を下げる。今日は今年最後の婦人会だ。義理の娘である神野由香里が亡くなってから、今日でほぼ二週間だ。喪中なので婦人会に参加するのを見合わせようとも思ったが、婦人会から供花をもらっていたので、礼の意味も含めて参加することにしたのだ。

「本当に大変でしたわね、まだ若いのに惜しいことを」

そう言って通りかかった近所の女性が肩を落とした。彼女は息子も娘も無名の三流大学を卒業したのだが結婚は早く、孫が四人もいることが自慢だった。

「寿命だった。そう思うことにしています」

最初は家族葬のような形をとろうという話もあったのだが、夫の和雄の知り合いである医療関係者から弔問に関する問い合わせが多数あったため、通常通りの葬式を出すことにした。多くの弔問客が訪れ、由香里の急逝を悲しんでいた。

「智明君はどう？　ショックを受けてるんじゃないですか？」

「息子は仕事に打ち込んでます。それで気が紛れてくれるといいんですが」

素子を見ても声をかけてくるのは半分程度だ。残りの半分は目礼をしてくるだけだった。由香里の死が自殺であることは近所には知れ渡ってしまっていて、どこか声をかけづらい雰囲気があるのは素子にもわかった。こうなるのを承知で足を運んだのだ。こういうのは最初が肝心だと思った。一度婦人会に出なくなると、そのままずるずると足が遠のきそうな予感があった。

「それじゃお気を落とさずにね、奥様」

「ありがとうございます」

素子は離れていく女性に向かって頭を下げる。婦人会の開始まであと五、六分だ。

初めて神野由香里を見たときのことを素子は今もはっきりと憶えている。どこを探せばこんなにも地味な子が見つかるのか。智明の目は節穴なのだろうか。本気でそう思ったものだ。

幼い頃から智明の教育にはそれなりの時間と金をかけてきたつもりだった。お陰で聖花大医学部に進学できたし、立派に整形外科の医師となった。大学でも野球部に所属し、よく離れに友達を連れ込んでは朝まで麻雀をやっていたものだ。夜食でおにぎりを用意したことも一度や二度のことではない。

あんなに手塩にかけて育てた息子が選んだ娘なのだ。そう思って素子は由香里を受け入れたが、見ていてイライラするというか、さっぱり要領を得ない態度に腹が立ったものだ。こんな子に神野家の嫁が務まるのか。ことあるごとに素子は夫の和雄に相談したが、あまり家のことに頓着がない夫は笑ってとり合わなかった。そのうち慣れるさ、由香里さんだって。考えてみたまえ、三重県から一人で東京にやってきたんだぞ。

「神野の奥様、このたびはご愁傷様でした」

「あら、奥さん。本当にお世話になりました」

やや恰幅のいい女性が近づいてくる。彼女は近所の精肉店の女将だった。

「淋しくなりますわね。もう若奥さんとお話しすることもなくなるなんて」

精肉店の女将が言った。月に一度か二度、神野家ではこの精肉店で神戸牛を買って食べることがあるのだが、そのときに肉を購入するのは由香里の役目だった。だから女将も由香里と面識があるのだろう。

「神野の若奥さん、来ると必ずコロッケをその場で買って召し上がるの。こんな美味しいコロッケは食べたことがないとおっしゃっていましたわ」

「まったくお恥ずかしい。いろいろとお世話になりました」

石の上にも三年、ではないが、最近では彼女の言動にいちいち苛立つこともなくなった。むしろ出来の悪い娘ができたみたいな気分になり、ああしろこうしろとあれこれ世話を焼きたくなってきたのだった。実際、素子はことあるごとに由香里に指示を与えるのだが、彼女は文句一つ言うことなく素子の言葉に従った。

半年ほど前、素子は由香里を誘って何度か日本橋にある水天宮に足を運んだことがある。子供に恵まれないあの子のことが不憫に思えたのだ。素子自身も智明一人しか子を成さなかったこともあり、一人もできない由香里のことが可哀想で仕方がなかった。あの子は文句一つ言わずに素子の言葉に従った。少々愚鈍ではあるが、あれほど従順な嫁はそうはいないだろう。

「智明君もまだ若いし、お子さんがいなかったことが何よりですね。お医者さんですからお相手なんていくらでも見つかりますわね。奥様、また是非お店にお立ち寄りください」

そう言って精肉店の女将が去っていく。世間体もあるのであまり早く動くことはできないが、もし智明がその気なら縁談の一つや二つはすぐにでも用意する自信がある。

「……定刻になりましたので、桜木地区婦人会を開催します。今回が今年最後の婦人会ですので、すべての議題を終了後にささやかですが懇親会を予定しておりますので、皆様是非ご参加ください」

由香里が死んだことは素子自身もはっきりと認識しているのだが、彼女の名前を呼んでしまうことがたまにある。電話が鳴ると「由香里さん、電話よ」とか、喉が渇くと「由香里さん、お茶にしない？」とかうっかり口走ってしまうのだ。思った以上に嫁の死に動揺している自分に素子は気づいていたが、それを口に出してしまうと死んだあの子に笑われそうで嫌だった。

「それでは最初の議題です。年末に予定しております恒例の餅つき大会ですが……」

去年の餅つき大会はあの子と一緒に出た。その前の年もだ。嬉しそうに餅を食べるあの子の顔を思い出しながら、素子は手元の資料に目を落とした。

※

神野智明に対する逮捕状がとれた。その朗報が届いたのは月曜日の朝一番だった。伊東署の脇谷はすぐに裁判所に向かい、その足で上京してくるとの話だったので、上原は署の自席で彼の到着を待つことにした。理子は今日も年末パトロールに連れていかれたようで席に姿がない。

「いやあ上原さん、お待たせいたしました」

午前十一時三十分、脇谷が世田谷署に到着した。脇谷は覆面パトカーで来ており、運転手役として若い警察官を同行していた。後部座席に並んで座り、上原は脇谷に向かって言った。

「よくとれましたね、逮捕状」

「現場から指紋つきのボールペンが出たのが効きましたね。あれがなかったら百パーセント無理だったでしょう」

妻が飛び降りた付近に夫のボールペンが発見される。夫が妻の死に何らかの関与をしている。裁判官がそう判断しても不思議はない。

「今年ももうすぐ終わりですね」

脇谷が薄く窓を開けてから煙草に火をつけた。今日は十二月二十六日だ。官公庁は二十八日が御用納めと決まっている。世田谷署でもその日が御用納めになっているが、正月の一月三日までずっと交代勤務で出勤することが決まっているので、年末年始の連休という意識は民間ほど高くはない。

「脇谷さん、ご実家はどちらですか？」

「私は伊東市内です。実家は干物の卸売をしています。あ、そうだ。今度よかったらお送りしますよ」

「それは楽しみですね。先日伺ったときに食べましたが、こっちで食べるやつとは一味違いますね」

昨日はクリスマスだった。上原家ではサンタクロースの正体は娘が小学二年のときにバレてしまい、それ以降は彼女が欲しいものを単にプレゼントしている。中学二年生の娘は欲しいものは特にないと父親泣かせのことを言い出し、結局現金を五千円、妻経由で渡していた。何を買ったのか、それとも何も買わなかったのか、上原は知らない。

世田谷さくらぎ記念病院に到着する。覆面パトカーをロータリーに停車させたまま、上原は脇谷とともに病院内に足を踏み入れた。受付で用件を問われたので、整形外科の神野智明医師に用事があると告げた。

「ただいま診察中です。少しお待ちになってください」

「わかりました」

十五分ほど待たされてから、整形外科の診察室に向かうように受付の女性から指示を受ける。廊下を歩いて整形外科に向かう。正午を過ぎたところだが、どの科もまだ診察が続いているようだ。

「刑事さん、いい加減にしてくださいよ。診察中に何なんですか？」

診察室に入るや否や、神野智明が不機嫌そうな顔つきでそう言ってきた。カルテのようなものがデスクの上に載っている。智明の背後には二人のナースが控えていて、上原たちの登場に不安を抱いている様子だった。

「少し席を外してもらっていいですか？」

上原が声をかけると二人のナースが顔を見合わせた。「終わったら呼ぶよ」と智明に声をかけられ、二人は診察室から出ていった。

「いったい何ですか？」

カルテにペンを走らせながら智明が言う。こちらを見ようともしない。脇谷が懐から一枚の書類を出し、それを智明に見せるようにデスクの上に広げた。

「神野智明さん。あなたに逮捕状が出ています。容疑は神野由香里さんの殺害です。これからあなたを連行します」

智明のペンが止まった。困惑した顔で智明が首を捻った。

「逮捕状？　私が逮捕されるってことですか？　何かの間違いだと思うんですが」

「間違いではありませんよ」脇谷が冷静に言う。「あなたに対して逮捕状が出ています。この後、伊東署までご同行願うことになります。身辺の整理をお願いします」

「ちょっと待ってくださいよ、刑事さん。妻は自殺だったんですよね。それに私は現場にも近づいていないんだ」

「詳しい話は署に行ってから聞きましょう。準備をお願いします」

智明がこちらに視線を向けていることに気がついた。救いの手を差し伸べてくれると期待しているのかもしれない。しかし今は彼に対してしてあげられることはない。上原は首を横に振った。

「参ったな」

智明はそう言いながらネクタイを緩める。それからカルテをキャビネットの中にしまい、上原たちに向かって言った。

「一、二本、電話をかけさせてください」

「どうぞ」

「一人にしてもらえませんか？」

逃亡の危険はないだろう。そう判断して智明を診察室に一人残し、脇谷とともに外に出る。やがて診察室の中から声が聞こえてきたが、何を言っているのか聞きとることはできなかった。父親と話しているのかもしれない。

五分ほど待っていると診察室のドアが開いた。白衣を脱いだ神野智明がそこに立っている。彼が鋭い視線を向けてくる。

「刑事さん、逮捕ってことは手錠をかけられるってことでしょうか？」

「本来であればそうするところですが、今回はやめておきましょう。場所が場所ですので」

廊下を歩き、正面玄関から外に出た。覆面パトカーの前には伊東署の若い警察官が立っている。彼が後部座席のドアを開けると、神野智明は抵抗することなく中に乗り込んだ。その顔つきは冷静だった。弁護士あたりと話しただろうか。

「上原さん、いろいろとご尽力いただきありがとうございました」

脇谷が頭を下げてきたので、上原もお辞儀をした。

「いえいえ。当然のことをしただけです」

「取り調べに関しては追ってご連絡いたします。我々はこれにて失礼します」

脇谷が後部座席に乗り込むと、間もなく覆面パトカーが発進する。取り調べが始まってすぐに智明が自供する。それが一番理想的だが、そうなる可能性は低いような気がしてならなかった。

一抹の不安を覚えつつ、上原は走り去っていく伊東署の覆面パトカーを見送った。

※

世田谷区の医師、逮捕される。

日村繭美がそのニュースを目にしたのは午後七時のＮＨＫのニュースだった。帰宅してスーパーで買ってきた食材を冷蔵庫に入れていたところ、背後でテレビの音声が聞こえたのだ。慌ててニュースを見ると、やはり智明のことだった。妻殺害の容疑で伊東署に逮捕されたという。その衝撃にしばしの間、繭美は固まってしまう。任意同行くらいはあるかもしれないが、彼が逮捕されることはない。理子からそう聞かされていたからだ。

気がつくとニュースは終わっており、天気予報が始まっていた。我に返った繭美はそのままハンドバッグを持って部屋から出た。マンションから出て空車のタクシーを拾う。

「品川までお願いします」

一人でいるのは嫌だった。普段なら大学の同級生である亀山優子を頼るのだが、今回は彼女に話すわけにはいかない。そうなると思い当たる人物は一人しかいなかった。

品川駅の近くにある高層ホテルに足を踏み入れる。エレベーターで十八階まで昇り、ある部屋のインターホンを押す。しばらくして部屋のドアが開いた。バスローブ姿の神野由香里が立っている。

「来ると思ってました。入って」

前回泊まっていたセミスイートほどではないが、そこそこの広さの部屋だった。ツインベッドの片方は荷物置き場として使っているようで、上にはボストンバッグが載っている。カーテンは閉ざされており、室内はややオレンジがかった照明の光で照らされていた。

「何か頼みます？　ルームサービスでいいなら」

そう言って由香里がルームサービスのメニューをこちらに寄越してきたが、繭美はそれを無視して本題に入る。

「ニュース見た？」

「ニュースって？」

「見てないの？　あの人、逮捕されたのよ」

神野由香里。神野智明の妻だ。最初は鈍臭い子だと思っていたのだが、実は彼女は彼女でいろいろと考えている節があり、そのせいで会話にズレが生じることを繭美は最近になって知った。

「ニュースは見てないけど、夕方だったかな、理子ちゃんから連絡がありました。智明さん、逮捕されちゃったんですね」

由香里と理子はお互いに連絡先を交換しているようだが、繭美は二人の連絡先を知らない。敢えて知らないようにしている。できるだけ距離を置いておきたいという繭美なりの防衛策ではあるのだが、こうなってしまった以上は悠長なことは言っていられなかった。

「あの子に電話して。どうなってるのか、すぐに状況を知りたいの。彼が逮捕されるなんて計画と全然違うじゃない」

「出ないですよ、きっと。仕事中じゃないかな」

「そもそも最初の計画だと人が死ぬ予定じゃなかったでしょ。崖の上にパンプスだけ残して、あなたは失踪するはずだった」

だからこそ計画に乗ったのだ。自殺に見せかけて、由香里が失踪する。それが理子が立てた計画だ。しかしどこでどう間違ったのか、地元の漁船が女性の遺体を引き揚げた。その遺体は神野由香里のものであると断定されたが、本当は玉名翠という女性の遺体らしい。

「おかしいじゃないの。玉名って人はなぜ死なないといけなかったのよ」

「まあ落ち着いてくださいよ、繭美さん」

そう言って由香里が備え付けの冷蔵庫を開け、中から白ワインのハーフボトルを出した。適当なグラスがなかったらしく、それをタンブラーに注いでこちらに寄越してくる。

「よかったらどうぞ」

受けとった白ワインを半分ほど飲む。気持ちは多少落ち着いたが、頭の中の疑問がすっきり解決したわけではなかった。

大手自動車メーカーの広報。それが繭美の仕事だ。いまだに独身という負い目があるとはいえ、社会的な地位については満足している。それが最近、足元から揺らぎ始めているのを繭美は感じていた。もしかすると知らず知らずのうちに犯罪計画に関与していたかもしれないのだ。それを考え始めると怖くて仕方がない。

「教えて、由香里さん」白ワインを飲み干し、タンブラーをテーブルの上に乱暴に置いてから繭美は言った。「どういうこと？　何がどうなっているの？　あの人を懲らしめるだけの計画じゃなかったの？」

既婚者であることを隠し、私に接近してきた大学の先輩、神野智明。そんな彼を好きになってしまった自分が馬鹿だという自覚もあるが、やはり彼にも責任があり、ある程度の罰を与えてしかるべきだ。そんな思いから理子たちの計画に乗ることにした。とはいっても繭美自身が何らかの役を与えられているわけではなく、見て見ぬ振りをするといった程度だというのが繭美の認識だった。それがまさか実際に死人が出てしまい、しかも智明が逮捕されてしまうとは――。

「繭美さんも一度会ってますよ、玉名翠さんと」

「えっ？　いつ？」

「十月くらいだったかな。新宿で鰻を食べたことがあったじゃないですか。あのときに会ってます。憶えてないかな」

基本的に三人で顔を揃えたことなど滅多にない。あれはたしか十月下旬のことだった。由香里から電話がかかってきて、新宿の老舗百貨店に呼び出されたのだった。

その席は店の一番奥の通路に面した座敷席だった。三人でこうして顔を揃えるのは二度目だが、理子と由香里は定期的に顔を合わせて情報交換しているらしい。

「繭美さんと神野智明が一緒にいるところに、由香里さんが単身乗り込んでいく。そんな感じにしたいです」

饅重を食べ終えた頃だった。理子が涼しい顔で言った。その真意がわからずに繭美は訊く。

「どういうこと？　そんなことになったら修羅場になっちゃうでしょ」

「いろいろ考えてみたんですけど、裁判に持ち込むのは得策じゃないと判断しました。下手に訴訟に持ち込んで負けたら元も子もありませんからね。おそらく向こうも相当優秀な弁護士をつけてくるだろうし」

できるだけいい条件で離婚をすること。それが神野由香里の希望らしい。それを叶えるためには訴訟に持ち込むのが一番簡単だが、たしかに負ける可能性もゼロではない。

「繭美先輩の部屋がベストですけど、いきなりそこに由香里さんが入っていったら下手すれば不法侵入ですよね。だからホテルの部屋がいいかなって考えてます。二人がベッドにいるとき、由香里さんが登場するってわけです。いやあ、これって凄くありませんか。動かぬ証拠ってやつですよね」

「それはそうだけど、理子ちゃん、どうして由香里さんはその部屋に入ることができるのかしら。あとで絶対に彼から訊かれるわよ」

「そんな言い訳どうにでもなりますよ。探偵に調べてもらったっていうのがいいかもしれませんね。先輩、想像してみてくださいよ。由香里さんが部屋に入ってきたとき、彼はどんな顔をするんでしょうね」

さぞかし驚くはずだ。そして同時に困惑することだろう。由香里を裏切り、そして私を騙した代償としては粋な演出だと思うが、果たして由香里と理子はこれだけで納得できるのだろうか。

繭美はその疑問を口にする。

「二人はどうするの？　困った彼を見て溜飲を下げるだけじゃないんでしょ？」

「そこから先は由香里さんの交渉ですね。交渉というか、離婚に向けた話し合いです。決定的な現場を妻に押さえられてしまっているわけだし、かなりの条件を飲んでくれると思います。一千万円はいけると踏んでます。それとは別に月に十万円を三年間、支払ってもらおうかと」

慰謝料として一千万と一月あたり十万円を三年間受けとることを条件に離婚する。それが由香里の取り分ということだ。

「金額については交渉に応じる予定はありません。うまくいけば年内にも彼は離婚するかもしれませんね。そしたら先輩、あとは好きにしていいですよ。結婚でも何でもしちゃってください」

そう言われても実感が湧かない。以前ほど彼に対する執着心がなくなっているのも事実だ。思えば由香里と対面し、彼女が智明と離婚したがっていると聞いたときからその兆候はあった。妻が別れたがっている男と無理して結婚するのもどうかという、そんな迷いが生じたのだ。

むしろ逆だったら違っていたかもしれない。たとえば由香里に「頼むから主人と別れてくれ」と懇願されていたら、闘争心に火がついて絶対に彼と別れてたまるものかと意地になっていた可能性もある。

「理子ちゃんは？　理子ちゃんはそれでいいの？」

三人はそれぞれに智明に対する何かを胸に抱えている。由香里は彼と有利な条件で離婚したいと思っており、繭美は自分を騙した愛人を少し懲らしめてあげたいという悪戯にも似た気持ちを持っている。そして理子が彼に対して抱いている感情はもっとも深く、そして暗い。

復讐だ。彼女はかつて自分に乱暴を働いた男に復讐しようとしているのだ。

「私はいいですよ、こんな感じで。こう見えても刑事なので罪を犯すわけにはいきませんから。あ、録画くらいしておこうかと思ってます。奥さんと愛人の間で右往左往している彼の顔を。あとで何か起きたときに使えるかもしれませんしね」

そう淡々と話す理子の顔には十四年前の面影はまったく残っていない。こうやって話している姿を見ていても、彼女が本当にあの赤尾理子なのかと疑っている自分もいるほどだった。容姿だけではなく、その中身も以前とは変わっている。大学一年生だった赤尾理子はそれほど主体性がなく、こうして自分で考えた意見を人前で話すタイプの子ではなかった。

「あのう、ちょっといいですか」ずっと黙って話を聞いていた由香里が口を挟んでくる。「お茶、もう一杯だけもらおうと思ってるんですが、皆さんはどうします？」

「私ももらおうかな」

「じゃあ私も」

一番通路に近い席に座っていたのは由香里だった。由香里は引き戸を開けて座敷から顔を出し、歩いていた店員に向かって「お茶を三つください」と声をかける。すると彼女は通路に顔を出した姿勢のまま固まってしまった。何が起きたのかと不思議に思っていると、外から女性の声が聞こえてくる。

「あら、珍しいところで会うわね」

一組の男女が外の通路にいた。一人は四十歳くらいのサラリーマン風の男で、女性の方は幾何学模様の長めのワンピースを着ていた。年齢はおそらく繭美たちと同世代だと思われた。隣の座敷席で食事をしていたようだった。男の方は先を急いでいるような感じだったが、女性の方は興味津々といった顔つきで座敷の中にいる繭美たちの姿を観察している。

「由香里さんのお友達かな」

女性がそう言ったので、理子が代表して答えた。

「ええ、まあ。すみませんね、失礼します」

理子が手を伸ばして障子を閉める。この面子《メンツ》で会っていることを知り合いに見られたことは一度もなかったし、まさかそうなることを想像したことすらない。しばらく三人とも口を利くことはなかった。相手に失礼だった感は否めないが、仕方のない対応だと思われた。繭美は声を押し殺して訊いた。

「今の人、誰？」

由香里はやや困惑した表情で答える。

「近所に住んでる人です」

理子の表情が気になった。何か考え込むようにずっと下を向いている。「失礼します」という声とともに店員がやってきて、それぞれの湯呑みにお茶を注いだ。店員が立ち去るのを待ってから、理子がようやく口を開く。

「私、さっきの彼女知ってます。神野智明が大学のときに付き合っていた女ですよ」

「まさかあのときの……」

繭美はようやく思い出した。新宿の百貨店の鰻屋だ。通路から座敷を覗いていた幾何学模様のワンピースの女性。由香里の近所に住んでいて、智明が大学のときに交際していた女性だと理子は言っていた。

理子がチアリーディング部の一年生たちと渋谷のセンター街を歩いていたとき、彼女と腕を組んで歩いている神野智明の姿を目撃したことがあったらしい。理子の友人の話によると、智明の恋人は別の大学に通っていて、ミスコンの準ミスに選ばれたこともあったという。

「それが玉名翠って人。今年の夏くらいから親しくなったっていうか、たまに彼女の自宅に行って話を聞いてもらったりしてました。愚痴を言える相手が見つかって、彼女には結構いろんなことを話してたんですよね」

由香里が淡々と説明する。玉名翠は三年ほど前に両親を交通事故で失い、桜木の自宅で一人で暮らしていたという。両親の蓄えをすべて相続し、働かなくても生活には困ることなく、海外旅行に行くなど悠々自適の生活を送っていたようだ。

「まさか彼女がうちの人と付き合っていたなんて知らなかったですけどね。おかしいとは思っていました。私たち夫婦のことをやけに知りたがるというか……。今になって思うと彼女にからかわれていただけかもしれない」

「だから、殺したってこと？」

理子から計画変更を告げられたのは先月下旬のことだ。由香里の自殺を偽装すると聞いたとき、なぜそんなことをするのか繭美には理解できなかった。内容はパンプスや荷物を残して由香里が失踪するというものだった。電話で話しただけだったが、理子には確固たる自信があるようだったし、特に反対する理由もなかった。繭美の役割は特になく、刑事が来たら智明とのことを打ち明けてもいいと理子から言われていた。

「繭美さん、全然別の人に生まれ変わりたいと思ったことありませんか？」

不意に由香里に訊かれ、繭美は戸惑った。

「生まれ変わる？　まさか由香里さん、あなたたちは……」

「そう。私、これから玉名翠として生きていくんです。すでに彼女のクレジットカードは使い放題だし、家だって近々売りに出そうと思ってる。当然、今日のホテル代だって玉名翠名義のカードで支払ったわ。こういうのって全然バレないんですね」

「だから、あなた……」

やっとわかった。偽装自殺をしてしまえば当初予定していた慰謝料は手に入らなくなる。しかし玉名翠という女性に成り代わり、彼女の財産を使えるようになったのだ。

「おかしかったんですよ、玉名翠。鰻屋で見かけたあと、次に会ったときに何も訊いてこなかったんです。それが何か不安で……。普通訊いてくると思うんですよ。あれは誰だったの、とか」

どういう関係なのか。どういう人たちなのか。玉名翠にいろいろ追及されると思っていたら、彼女の反応は予想とは違ったものだった。

「あのとき彼女は隣の座敷にいたじゃないですか。私たちかなり物騒な話をしてたから、その話の一部が聞こえていたかもしれないとも思って……」

声のトーンは落としていたが、外に音が洩れていないとは断言できなかった。

「それで私、理子ちゃんに相談したんです。そしたら理子ちゃん、彼女のことを教えてほしいって真剣な顔で言い出したんです」

由香里と理子が二人で会って話しているときだった。由香里が冗談半分で「玉名翠が羨ましい。

彼女の財産を自由に使えるようになったらいいな」と言った。それを聞いた理子が急に真面目な顔になり、やがて彼女が言った。それ、いけるかもしれませんね。

幸いなことに玉名翠は人付き合いが苦手なタイプで、しかも一年の半分以上は海外で暮らしていた。彼女が急に姿を消したとしても、真剣に彼女を捜す人間はいないのではないかと思われた。消えても誰も困らない人間。それが玉名翠だった。

「それに彼女、自殺願望があったんです」

「どういうこと？」

「あの人、休みの日は昼間からお酒を飲むことがあって、酔うと自分のことを話すことが何度もありました。そのときに教えてくれたんですけど、三年前に両親が事故で死んだ直後、彼女自身も病気で倒れたんですって。子宮頸がんだったみたいです」

子宮を摘出したため、彼女は子供を産めない体になってしまったという。そのときから彼女は変わったらしい。

「両親が亡くなって独りきりになってしまったのに、新しい家族を作ることができなくなった。当時結婚を考えていた男性もいたみたいだけど、別れることになったらしいんです。今の私は生きてる意味はない。彼女はそう言ってました」

「だからって、殺しちゃうって……」

言葉が続かない。繭美にとってはほんの悪戯のつもりだった。既婚者であることを隠して接近してきた智明に対する、ほんの悪戯だ。しかし死人が出てしまっており、しかも死んだ女性の資産を無断で使っているのだ。やっていることは完全に犯罪行為だ。

理子の考えはわかった。智明から慰謝料をもらうよりも、玉名翠の資産を奪った方が稼ぎがはるかに大きいと考えたのだろう。そして同時に智明に対して妻殺害の容疑を着せる。これが理子なりの彼に対する復讐なのだ。

「理子ちゃんの取り分は？　あの子もお金が目当てなの？」

「さあ」と由香里は首を傾げた。「でも通帳持って銀行に行ったみたいだから、あの子もお金が必要なんじゃないでしょうか。いくら口座から下ろしたかは知らないですけど」

「あなたは最初から知ってたの？　理子ちゃんが玉名翠を殺害しようとしていることに」

藺美が訊くと、由香里が小さく笑って答えた。

「知らなかったです。何か企んでるなってことはわかったけど。聞いても教えてくれなかったと思う」

「でも智明さん、逮捕されちゃったんだよ。逮捕されるって結構大変なことじゃない？」

「そうですかね」無関心な様子で由香里は答える。「だってあの人は殺してないわけだし、それがわかれば釈放されるんじゃないですか。警察だって馬鹿じゃないですって」

「だといいけど……」

不安は完全に払拭されたわけではない。しかし智明は無実なのだし、おそらく近日中には釈放される。今はそれを信じるしかなかった。いったん逮捕され、無実だとわかって釈放される。医師である智明にとって強烈なダメージを与えることができ、理子の彼に対する深い恨みを垣間見たような気がした。

「藺美さん、ルームサービス頼みましょうよ。さっきも言いましたけど、このカード使い放題なんですよ」

そう言う由香里の右手には銀色のカードが握られている。玉名翠名義のカードだろう。

「私、食欲ないの」

繭美はハンドバッグを片手に立ち上がった。

※

上原が署長室に呼ばれたのは、神野智明が伊東署に連行された翌日だった。上原が中に入ると、署長の坂口が待ち受けていた。坂口が早速本題に入る。

「今朝、神野先生から電話があったよ。息子さんが逮捕されたってことで随分ご立腹だった。状況はどうなってる？」

上原はこれまでの経緯を説明した。伊東署の脇谷の依頼を受け、彼に対して捜査協力していたこと。神野智明の逮捕については伊東署の意向であること。説明を聞き終えた坂口が腕を組んで言った。

「なるほど。最終的には伊東署の管轄だから、あっちのせいにできるんだな。最初に請け負った手前、なかなか難しい部分があるんだよ」

神野由香里が失踪し、その捜索を依頼されたのがきっかけだった。由香里は遺体となって発見され、しかも妻殺害の容疑で神野智明が逮捕された。父親である神野和雄の胸中も複雑だろう。複雑というより、今は何がどうなっているのか理解できないのではなかろうか。だからゴルフ仲間である坂口署長を頼ってきたというわけだ。

「それで向こうの取り調べの状況は聞いてるのか？」

「ええ、一応は。現在のところは容疑を否認しているようですね」

実はさきほど伊東署の脇谷と電話で話した。本格的な事情聴取が始まったのは昨夜からだが、一晩明けた今日になっても神野智明は容疑を否認しているらしい。

「近くのドライブインで妻と会ったことは認めていますが、その後は妻が宿泊する旅館に彼女を送ったと証言しているようです」

「だが現場で車が目撃されているんだろ」

「ええ。あと本人のものとされるボールペンが見つかってますね。指紋も一致したようです」

「だったら決まりだな。自供するのも時間の問題だろ」

坂口が断言するように言った。伊東署の脇谷も同じようなことを言っていた。今は否認しているが、早々に口を割るのではないかと。

「あとは伊東署に任せておくしかないな。上原、情報収集だけは続けてくれ。神野先生の手前、何か訊かれたらわからないでは済まされん」

「わかりました」

「ところで熊沢君はどうだ？　しっかりやってるか？」

刑事課に女性警察官が配属されるのは初めてだ。坂口も署長として気にかけているのだろう。上原は答えた。

「ええ。彼女なりに頑張っているかと」

「いろいろ面倒を見てやってくれ。悪い男が言い寄ってきたら追い払うんだぞ」

坂口の冗談に愛想笑いを浮かべ、上原は署長室を出た。刑事課の自分の席に戻る。管内で大きな事件は起きていないが、ほとんどの刑事が出払っていた。手持ちの事件は年内に解決したいと思うのは誰しも同じで、それぞれの事件を追っているのだろう。

どこか腑に落ちない。神野由香里の事件だ。自殺に見せかけて妻を殺した。果たしてそれが真相なのだろうか。

神野智明には動機もあり、現場付近での目撃情報もある。最近になって現場での遺留品も発見された。限りなく黒に近いと思うのだが、どこか引っかかるものがあった。その引っかかりが何なのか。それがどうしてもわからないのだ。

しかしいつまでもこの事件に関わっているわけにはいかない。そもそも神野智明の身柄は伊東署にあり、すでに上原の手を離れていると言っても過言ではない。気をとり直して報告書を作ろうとした矢先、警視庁から入電があった。刑事課に緊張が走る。

現場は世田谷区役所近くの住宅街の中だった。ある邸宅に強盗が侵入し、住んでいた高齢の女性に暴行を加え、金目のものを盗んで逃亡したという。女性の命に別状はないが、詳しい怪我の程度は不明だった。

「上原、頼む」

課長にそう言われ、上原は立ち上がった。同時に立ち上がった若い刑事とともに刑事課をあとにする。気持ちを入れ替えるため、上原は自分の頬をぴしゃりと叩き、それから階段を下り始めた。

※

「だから行ってませんよ。何が何だかさっぱりわかりません」

　昼夜問わず取り調べが続いていた。神野智明は今が何時なのか、それさえもわからなかった。取調室には小さな窓があり、その向こうが明るいことから、今が昼間であることは想像がついた。

「現場であんたのボールペンが発見されてるんだよ。聖花大の卒業生しか持ってない限定品だ。あんたが落としたんだろ」

　目の前に写真が突きつけられた。もう何度も見せられた写真だ。母校である聖花大学の創立八十周年記念のボールペンらしい。寄付をした者にだけ配られた特注品のようで、そのボールペンが由香里が飛び降りた付近で見つかったという。

「そんなボールペン、使ったこともありませんよ」

「でもおかしいだろ。だったらなぜあんたの指紋がついてたんだよ」

「使ってないって言っただけで、触ってないとは言ってないでしょうに」

　あのボールペンが送られてきた記憶はあるが、その後はどうしたかまったく憶えていない。書斎のペン入れにしまったか、病院に持っていったかのどちらかだろう。

「別にあんたが奥さんを殺したとは思っちゃいない。ただ現場で何があったのか、それを知りたいだけなんだよ。ドライブインで飯食ったあと、あんたは奥さんを連れて海岸に行ったんだな」

　結局話はそこに戻ってくる。由香里を連れて海岸になど行っていない。彼女が泊まっている旅館に行き、そこで彼女を降ろして東京に引き返してきただけだ。

「私は妻を旅館に送っていっただけです」

「あんたも粘るねえ。これだけ証拠が挙がってるのに」

取調室のドアが開き、若い刑事が中に入ってきた。彼が上司の耳元で何やらささやく。しばらくして刑事が言った。

「弁護士先生が来てるらしい。十五分だけ面会の許可を出す」

別室に案内された。プラスチック製の仕切り板の向こうに紺色のスーツを着た男が座っている。弁護士の佐々岡だ。父の同級生であり、小さい頃から神野家に出入りしていた男だ。

部屋には他に誰もおらず、佐々岡と二人きりで話せるようだった。パイプ椅子に座って佐々岡と向き合った。

「智明君、体調はどうだ？」

佐々岡に訊かれ、智明は答えた。

「問題ありません。それより先生、どういうことですか。いきなり逮捕されて意味がわかりませんよ」

「最初に確認しておきたいんだが」佐々岡はそう言って身を乗り出した。「由香里さんとの間に何があったんだ？　それを包み隠さず教えてほしい」

「先生まで俺を疑っているんですか？」

佐々岡は答えなかった。智明を見る目つきには冷たさが感じられた。父とゴルフをした帰り、佐々岡はよく神野家を訪れ、みんなで出前の寿司を食べながら酒を飲んだ。そのときに見せる顔ではなく、今は完全に弁護士の顔になっている。

「俺はやってません。無実です」

「現場で君の車が目撃され、君の指紋つきのボールペンまで見つかったらしいじゃないか。どういうことだ？」

「知りませんよ、そんなの」

智明は吐き捨てた。それを聞いた佐々岡がやや軽蔑した表情で言う。

「智明君、本当のことを言いたまえ。その方が君のためになる」

「先生まで……俺を信じてくれないんですか？」

「信じる信じないという段階はとっくに通り過ぎてしまっているんだよ。現場に君がいなかったことを立証するのは難しい。となるとあとはどうやって君の罪を軽くするかにかかっている」

現場になど行っていない。由香里を最後に見たのは旅館の前で彼女を降ろしたときだ。それがどこをどう間違えたのか知らないが、俺は由香里が飛び降りた現場にいたことになっている。いったいどういうことなのだろうか。

「こう言っては不謹慎だが、幸いなことに由香里さんは亡くなっている。あの夜、何が起きたのか。それを説明できるのは君だけなんだよ、智明君」

「何が起きたのかって、それは……」

由香里が勝手に飛び降りた。それだけだ。原因は智明の浮気にあるのかもしれない。ドライインで話したとき、彼女は離婚したいと一方的に言うだけで、その理由は話そうとしなかった。あまり勘が鋭い女ではなかったが、彼女は智明の浮気に気づいていたはずだ。

「由香里さんはヒステリーを起こし、離婚してくれないと飛び降りると言い始めた」まるで見ていたかのように佐々岡が話し出す。「君は懸命に説得に当たったが、彼女は耳を貸さなかった。そして靴を脱ぎ、本当に飛び降りると言って喚《わめ》いた。そして彼女は足を滑らせてしまう。君は手を差し伸べたが一瞬だけ遅かった。彼女は崖から落ちてしまったんだ」

馬鹿な……。俺はあの場にいなかったんだ。真実はそうでも、佐々岡が話す光景がまるで本当にあった出来事のように思えてきて、崖の上でとり乱す由香里の表情までも、脳裏に鮮明に浮かぶのが不思議だった。

「実は昨日熊野に行ってきた。そう、由香里さんのご実家だよ。うまく話がまとまりそうだ。由香里さんのご両親がこの件で君を訴えることはないと考えてくれ」

おそらく父の差し金だろう。由香里の実家にいくらかの現金を支払い、ことを荒立てぬようにと口止めしたのだ。もし由香里の実家があれこれと騒ぎ出せば事態はさらに厄介なことになる。

「不慮の事故。この線で進めたい。まずは崖の上で何が起きたのか。きちんと考えるんだ。由香里さんが何と言ったのか。彼女が落ちたときの状況と、そのとき君はどこにいたのか。刑事たちに突っ込まれても答えることができるようにするんだ。一晩くらい時間をかけてもいいかもしれない」

俺は現場にいた。そして由香里と口論になり、彼女が足を滑らせて転落した。そういうシナリオを頭に思い描けと佐々岡は言っているのだった。

「あとは逃げた理由だ。どうして警察に通報せずにその場をあとにしたのか。その点もしっかり考えた方がいい。いいかい、智明君。これが君を救える最善の道だと理解してくれ」

智明は大きく息を吸い込み、そして吐いた。助かるためには嘘をつくのもやむを得ないことなのか。

※

「上原さん、被疑者を確保しました。今から署に連行します」

無線で連絡を受け、上原はうなずいた。

「ご苦労。最後まで気を抜くなよ」

世田谷区役所近くに住む高齢女性が襲われた事件は、発生の翌日に被疑者を確保することができた。犯人は今年の夏に出所したばかりの前科者で、空き巣を専門とする五十代の男だった。留守を狙ったが廊下で住人に出くわし、突き飛ばして慌てて逃げ出したというのが上原たちの読みだった。女性は打撲等の軽傷で済んでいた。

窓の外に工具箱が置き忘れられており、その点からも犯人の失態が読みとれた。工具箱から採取された指紋を前歴者リストと照合すると一発で犯人の名前が判明した。

たった一日でのスピード解決となったわけだが、実は当初はまったく違う犯人像を上原たちは思い描いていた。事件発生直後、現場から立ち去っていく二人組の若者を近所の酒屋の主人が目撃しており、上原たちもその二人組が事件に関与している可能性が高いとし、その行方を追っていたのだ。

指紋から別の被疑者が判明したのだが、その二人組の正体は今もわかっていない。単に急いでいたのだろうというのが上原たちの推測だった。いずれにしても事件は解決したのだから一件落着だ。

「上原さん、出前とりますけど、どうですか？」

「おう、ありがとな」

若い刑事から蕎麦屋のメニューを受けとった。それを眺めながら上原は考えていた。例の伊東の事件だ。

あの事件で風向きが変わったのは、近くに住むガソリンスタンド店員の目撃証言からだ。事件当夜、現場付近で白いポルシェを目撃したと警察に証言したのがきっかけだ。あれを機にして神野智明への疑惑が一気に深まったといっていい。

昨日の強盗事件のようなこともある。目撃情報というのは有力な証拠になり得るが、あまり信用し過ぎるのもよくないと痛感させられた。伊東の事件もそうだ。ガソリンスタンド店員の証言が気になった。果たして信用していいものだろうか。

「俺、出前やめとくわ」

そう言って上原は蕎麦屋のメニューを若い刑事に返してから立ち上がった。そのまま課長席に向かう。

「課長、ちょっといいですか？」

「何だ？」

書類に目を落としていた課長が老眼鏡をとって顔を上げる。上原は言った。

「今から伊東に行かせてください」

「例の事件か？」

「ええ。気になることがあるんです」

今日は十二月二十八日。御用納めの日でもある。しかし是非とも今日中に伊東に向かいたかった。こういうのは後回しにしたくはない。

「いいだろう」課長がうなずいた。「署長には話しておこう。一応あちらの課長にも俺から連絡しておいた方がよさそうだな」

「お願いします」

自分の席に戻り、椅子の背もたれにかけておいたコートを羽織る。時刻は午前十一時三十分を回っていた。急げば三時くらいに向こうに到着することができるだろう。


「実は今朝になって神野が供述を翻しましてね」

伊東署に到着すると、脇谷が弱ったような顔で現れた。上原を見て状況を話し始める。

「現場にいたと言い始めたんです。それだけじゃありません。妻は足を滑らせて転落したと言っているんですよ」

ドライブインを出たあと、妻と二人で海岸沿いを散歩することになったのだが、急に妻が態度を変え、離婚してくれないと飛び降りるとヒステリックに言い始めた。何とか宥《なだ》めようとしたが、彼女の態度は硬化するばかりで、しまいにはパンプスまで脱いでしまう始末だった。そして何かの拍子に足を滑らせ、彼女は転落してしまった。

「なぜすぐに警察に通報しなかったんでしょうか？」

上原が訊くと、脇谷が首を振りながら答える。

「父親のことを考えたそうです。父親に顔向けできないと。彼の父親は大学病院の外科部長でしたよね。息子の失態はそのまま親の失態になるようで、そういうしがらみのようなものを感じて、そのまま逃げ去ってしまったと話しています」

要するに世間体を気にしたということだろう。医師一家というエリート家族の中で純粋培養されたのが神野智明という男だ。見かけはスポーツマンタイプの男ではあるが、ああ見えて気が弱い部分があるということか。

「上原さんはなぜこちらにいらっしゃったんですか？」

「気になることがありましてね。考え出したらどうしても自分で確かめたくなりまして」

上原は説明した。ガソリンスタンドの店員の目撃情報がやけにタイミングがよく、その信憑性を疑ってみてもいいのではないか。上原の話を聞き、脇谷は大きくうなずいた。

「なるほど。言われてみればその通りですね。少々お待ちください」そう言って脇谷がメモ用紙に住所とガソリンスタンドの店名を書く。「これをタクシーの運転手に見せれば大丈夫です。できれば一緒に行きたいのですが、この時期ですので署員の多くが出払っているんですよ」

「構いません。ちなみに神野の処遇はどうなりますか？」

「そこなんですよ」脇谷が顔を曇らせる。「このままでは書類送検は難しいので、いったん釈放することになりそうです。これから上司と相談して決めたいと思ってます」

おそらく弁護士の入れ知恵ではないか。それが脇谷の推測だった。昨日智明の担当弁護士が署を訪れ、十五分ほど二人きりで話をしたという。そして今日になって智明が事故だと主張した。

脇谷の推測はおそらく当たっているだろう。

「私はガソリンスタンドに行ってみます」

そう言って上原は伊東署を出た。タクシーに乗って脇谷から渡されたメモを運転手に見せると、十分ほどでガソリンスタンドに到着した。海沿いの道路で、結構広い二車線の道だった。

ガソリンスタンドに客はいなかった。出迎えたのは上原より年上の男で、聞くと彼がこの店の経営者のようだった。例の目撃証言は彼の息子から寄せられたものらしい。

「ちょっと待っててね。今、お使いに行かせてるから」

しばらく待っていると軽トラックが走ってきて、そのままスタンドに入ってくるのが見えた。トラックの運転席から一人の若者が降りてくる。若者は上原に不審そうな視線を送ってきた。

「おい、一将。東京から刑事さんが来てるぞ。お前の話が聞きたいらしい。さあさあ刑事さん、あの事務所を使ってください」

松岡一将というのが息子の名前であることは主人から聞いていた。松岡という青年はあまり愛想のない男のようで、会釈一つもせずに事務所の中に入っていく。上原は彼を追って事務所に足を踏み入れる。

「話って何ですか？　手短にお願いしますよ。仕事中なんで」

そう言って松岡がパイプ椅子に座り、煙草に火をつけた。ジュースの自動販売機が並んでいて、タイヤなどカー用品のパンフレットも置かれている。生意気そうな男だな。そんなことを思いながら上原は質問した。

「今月の上旬にこの先の海岸で女の飛び降り自殺があったよね。あんた、そのときに白いポルシェを目撃しているようだけど、間違いないね」

「何度も刑事に説明したよ」松岡は煙草の煙を吐き出した。「わざわざこっちから足を運んでやったんだぜ。感謝状くらいくれてもいいと思うけどね」

「あんた、本当に白いポルシェを見たんだな」

「見たよ。何度も言わせるなよ」

あまり躾のなっていない青年のようだ。上原は松岡に向かって言った。

「自殺かと思われていたが、ここにきて別の可能性が浮上した。殺しかもしれないんだ。殺しだったらどうなると思う？ 裁判になるんだよ、裁判に。当然、お前も証言台に立つことになる。俺が言ってる意味、わかるな？」

「な、何だよ。わからねえよ」

松岡の顔色が変わる。喉仏が大きく膨らみ、彼が唾を飲み込んだのがわかった。上原は続けた。

「裁判で証言台に立つってことは、そこで話すことに嘘があってはいけないんだよ。もし偽証していることがバレたら偽証罪に問われることになる。お前、本当にあの晩、白いポルシェを目撃したんだな」

「み、見たよ。何度言えばわかるんだよ」

「じゃあそう裁判でも証言できるんだな」

「するよ。そのときが来たらな」

松岡の額に汗が滲んでいるのが見えた。事務所の中は決して暑くはない。小さな電気ストーブが置かれているだけで、むしろ寒いくらいだった。

松岡の目が外に向けられていた。事務所はガラス張りになっていて、給油機の前に車が並んでいるのが見えた。このままでは仕事に支障が出ると思われた。

「出直すよ。この近くに旅館はあるか？」

「通りの向かい側にある。見えるだろ」

たしかに旅館らしき建物が見えた。上原はそちらに目を向けて言った。

「今晩はあそこに泊まることにしよう。さっき俺が言ったこと、よく考えてくれ。話があるんだったら旅館で待ってる。今ならまだ間に合うぞ」

上原は事務所から出た。あとから出てきた松岡が上原を追い越し、帽子を被りながら給油待ちの車に向かって走り出した。海から吹いてくる風が冷たい。たまには温泉に入ってのんびりするのも悪くはない。上原はコートの襟を立てて歩き出した。

※

世田谷さくらぎ記念病院に到着したのは午後八時過ぎのことだった。神野智明は薄暗い廊下を歩き、二階にある医師の事務室に向かった。若手医師の智明には個室の執務室は用意されておらず、ここを数人の若手医師と共有で使っていた。事務室の電気は点いていたが、中には誰もいなかった。智明は自分の席に座り、買ってきた缶コーヒーを一口飲んだ。

丸二日間、警察に勾留されていた。その間、病院にも迷惑をかけてしまった。父の和雄が病院長にも話してくれているはずだが、時間を見て直接謝罪するのが筋というものだろう。

釈放されたのは午後四時のことだった。何の前触れもなく、いきなり釈放だと告げられたのだ。やはり弁護士の佐々岡に言われた通り、事故だと主張したのがよかったのかもしれない。伊東から電車を乗り継ぎ、東京まで帰ってきた。実家に帰る前にここに立ち寄ったのは残してきた患者のことが気になったからにほかならない。

世田谷さくらぎ記念病院は明日から年末年始の休みに入るため、外来診療は正月明けまで休みとなる。しかし入院患者もいるし、指定病院のため救急搬送されてくることもある。智明もほぼ一日置きの間隔で当直医となっていた。

白衣を着て、事務室から出た。三階の入院病棟に向かう。ナースステーションでは夜勤のスタッフが働いていた。入ってきた智明の姿を見て、彼女たちの誰もが驚くような顔を浮かべた。

「お疲れ様」智明は笑みを浮かべてスタッフに声をかけた。「いろいろと心配をかけてすまなかったね。俺がいない間、何か変わったことはなかったかな」

一番年長のスタッフが前に出て報告した。

「三〇七号室のキノウチさんですが、昨日退院されました。予定通りです。あとは特に変わったことはありませんね」

「ありがとう」

礼を言いつつ、智明は患者の状態を記してある当番日誌をパラパラとめくる。どこか不自然な沈黙に包まれていた。普段は智明が入ってきたくらいでは彼女たちはお喋りをやめたりしない。やはり警察に逮捕されてしまったのが影響しているのかもしれなかった。

「あとはよろしく」

そう言い残して智明はナースステーションを出る。廊下をしばらく歩くとナースステーションから話し声が聞こえてきた。その声を聞き、智明は胸に痛みを感じる。

妻殺害の容疑で逮捕された医師。そのレッテルは一生つきまとうことになるだろう。こうして釈放されたとはいえ、警察の捜査が終わると決まったわけではない。

二階の事務室に戻ると、さきほどはいなかった同僚の医師がいた。自分の席でパンを食べている。智明の顔を見て、その医師は軽く会釈をしてきた。その顔には複雑なものが入り交じっている。何と声をかけたらいいか迷っているような表情だ。

白衣を脱いで、事務室から出る。この居心地の悪さはいつまで続くのだろうと智明は考える。こうなってしまったからには、二度と元に戻らないような気さえした。気を遣われるのは嫌だし、そういう空気に気づかないほど鈍感ではない。

小学生の頃から野球をやっており、チームではいつもキャプテンだった。周囲の空気を読み、孤立している子がいないか、調子を落としている子がいないか、そういう気配を察知するのが得意だった。だからこそキャプテンを任されていた。それがまさかこの年になり、自分が周囲から浮いた存在になるとは思ってもいなかった。

「お疲れ様でした」

夜間専用の通用口を通り抜けると、小窓の中から初老の警備員がにこやかな笑みを向けてくる。彼は何も知らないようだった。それが有り難い。

この時間になると病院前にはタクシーも停まっていない。歩いても帰れない距離ではないので、智明は自宅に向かって歩き出した。

父に頼めば聖花大附属病院に勤務することは可能だ。あちらで一からやり直すのも手だと思うが、父の言いなりになっているようで気に食わない。だからといってほかの病院を探すのも億劫だった。

それにしても不可解だった。あの夜、智明は間違いなく由香里を旅館の前で降ろし、そのまま帰宅した。海岸沿いに車を停めてなどいないが、現場近くで世田谷ナンバーの白いポルシェが目撃されていたらしい。さらには聖花大ＯＢしか持っていないボールペン——こちらは智明の指紋つきのものが現場で発見されたという。何者かが由香里殺害の罪を着せようとしているのではないか。事情聴取のときからそう感じていたが、では誰の仕業かと考えると、思い当たる人物に心当たりはなかった。

背後で足音が聞こえる。カツカツという甲高い音からして女性のヒールの音だと察した。振り返ると一人の女性が歩いている。その姿には見憶えがある。智明は立ち止まった。

「何の用ですか？　こんなところで」

世田谷署の女刑事だ。名前は記憶にない。上原という男の刑事といつも一緒にいる刑事だ。

「上原さんも一緒なんですか？　見ての通り釈放になりました。もう放っておいて……」

女刑事が前に出て、智明の眼前まで近づいてくる。思わず身を引いていた。

「な、何ですか、いったい」

「本当に憶えてないんですね」

女刑事はそう言って笑った。その顔に見憶えはなかったが、脳の奥の方でわずかな反応があった。えっ？　俺はこの子を知っているのか。

「女は化けますよ。いい方に化けることもあれば、その逆もあるんです」

背筋が凍る。智明の脳裏に思い浮かんだのは、十年以上前に一度だけ関係を結んだ、二歳下の女性だった。いや、関係を結んだというより、半ば強引に関係を持ったのだ。智明にとって記憶の底に押し沈めた、消してしまいたい過去だ。

「ま、まさか君は――」

「先輩、ようやく気づいてくれましたね」

そう言って女刑事は腕を絡ませてくる。かすかに香水の匂いがする。智明は虚ろな目で彼女を見ていることしかできなかった。

※

「……本当です。頼まれたんですよ。信じてくださいよ、刑事さん」

松岡一将がそう言って唾を飛ばしている。場所は旅館の大広間だ。その片隅に上原はいた。伊東署の脇谷も一緒だ。

松岡が働くガソリンスタンド前の旅館は部屋が空いていた。いくら待っても松岡が訪ねてくることはなく、仕方ないので伊東署の脇谷を旅館に呼び寄せた。二人で酒を飲み始めたところ、松岡一将が姿を現したというわけだ。

「どんな女だった？　特徴を教えてくれ」

「特徴って言われても……多分東京から来た人です。年齢は三十代だと思います」

先々週のことだったらしい。松岡が店から帰ろうとしたら、一台の車が店の前に停まった。給油に訪れたようだが、生憎スタンドは閉店しており、鍵を持った父も帰宅したあとだった。近くのガソリンスタンドを紹介したところ、そこまで連れていってくれとお願いされ、松岡はその車に乗り込んだ。車が走り出してしばらくして、「実は……」と女が切り出したというのだった。

「よくそんな頼みを受け入れたな。偽証することに罪の意識はなかったのか？」

「まあ、多少は。でも金をもらったし」

「いくらだ？」

「五万円」

白いポルシェの目撃証言は嘘だった。突然判明した新事実に上原は戸惑いを隠せなかった。それに女が一人、関与しているらしい。彼女の目的は神野智明に妻殺害の罪を着せることだ。彼女の正体と、その動機にまったく見当がつかなかった。脇谷も同様らしく、ビールの入ったコップを片手に首を捻っている。

「そうだ」思い出したことがあり、上原はバッグを引き寄せた。中からノートを出し、そこに挟んであった写真を出す。以前、隠し撮りした日村繭美の写真だ。それを松岡の前に置いた。「その女だが、この写真の子じゃないのか？」

写真を一目見て松岡は答えた。

「違いますね」

「もっとよく見ろ。本当に違うのか？」

「だから違いますって。もっとむっちりしてたっていうか。こんなすらっとした人じゃなかったです」

謎の女について話を聞いたが、あまり参考になるような特徴などを聞き出すことはできなかった。また話を聞かせてもらうことがあるかもしれない。そう言い含めてから松岡を解放する。彼が広間から出ていくと、脇谷が煙草に火をつけながら言った。

「上原さん、まったくですよ。何がどうなってるのか、さっぱりわかりません」

「おかしな雲行きになってきましたね」

神野智明が妻を殺害した可能性を示唆していたのは、現場付近での白いポルシェの目撃情報と、その近くで発見された聖花大学の限定ボールペンだ。そのうちの一つが崩れたのだ。

「やはり神野由香里は自殺だったのかもしれませんね」上原は徳利を脇谷に差し出しながら言った。「しかしそれを他殺として――しかも神野智明に罪をなすりつけようとしている者がいるってことです」

「あのボールペンも、まさか……」

「その可能性は高いでしょう。何者かが故意にあの場所に置いて、そのまま立ち去ったということです」

どのようにしてボールペンを入手したか。それは不明だ。神野智明の指紋が検出されているので、発見されたボールペンは神野智明の所持品であると考えて間違いない。脇谷も事情聴取の際に聞いたようだが、智明自身はあのボールペンを使用した記憶がないという。

「女が気になりますね」脇谷がお猪口の酒を飲んでから言う。「松岡を買収した女です。彼女の正体が鍵になる気がします。偽の証言を作り出した張本人ですから」

「松岡を追い込んでも何も喋らないかと思います」

「上原さんもお気づきになられましたか？」

「ええ、薄々は」

五万円を受けとったと彼は言ったが、実はもっと違う取引があったのではないかと上原は想像していた。男と女であるからには、考えられることは一つだけだ。しかし松岡は決してそれを口外しようとはしないだろう。

「しばらくは静観するしかなさそうですね」

脇谷がそう言って溜め息をつく。彼の言う通りだった。偽の目撃証言を作り出した女の正体に興味はあるが、神野由香里が単なる自殺かもしれない可能性が浮上した今、これ以上踏み込んで捜査をするのは時間の無駄とも言えた。

「上原さん、年末年始のご予定は？」

脇谷が話題を変えてきた。上原は箸で刺身をとって答える。

「特に予定はありません。箱根駅伝を見ながら酒でも飲みますよ」

「いいですねえ。女房の実家が旅館を経営してるので、年末年始は手伝いをさせられます。あ、そうだ。一度いらっしゃってくださいよ」

「それは是非」

「料理もまあまあですよ。女房の弟が漁師をやってまして、そいつから安く魚を仕入れることができるんです」

決して後味のいい終わり方ではないが、そろそろ幕引きしてもいい頃合いだろう。上原はそんなことを思いながら、脇谷の話に相槌を打った。

※

東京駅は帰省客でごった返していた。今年もあと二日を残すのみとなった。日村繭美は八重洲口から出て少し歩いたところにある喫茶店にいた。この店に入るまで何軒も回る羽目になっていた。どこも満席で入れなかったのだ。

繭美の前には神野由香里が座っていた。空いている席には彼女が持ってきたボストンバッグが置かれている。今朝、彼女はホテルをチェックアウトしたらしい。

東京駅で会いたい。そう言って呼び出され、繭美はこうして喫茶店で神野由香里と向かい合っている。

「で、どこに行くか決まったの？」

繭美が訊くと、由香里は曖昧に首を振った。

「決まってません。少し田舎がいいかなと思ってます」

「東北、とか？」

「寒いのはあまり好きじゃないんですよね」

東京を離れるつもりらしい。幸い由香里は玉名翠名義のカードを持っていて、それを使い放題なので金には困ることはない。玉名翠というのは由香里の身代わりとして伊東の海で死んだ女性だが、こうして喫茶店で呑気にコーヒーを飲んでいると、そんなことは現実には起きていないような錯覚もあった。いつの間にか私の感覚も麻痺しているのかもしれない。

「これ、美味しい」

由香里がそう言って自分のケーキを見ている。由香里はモンブランを、繭美はチョコレートケーキを注文した。

「一口食べます？」

由香里がそう言ってモンブランの皿を差し出してきた。繭美も自分の皿を彼女の方に押しやって言う。

「食べる。こっちも食べて」

モンブランは濃厚で美味しかった。それにしても、と繭美は心の中で笑う。どうして私はこの女と喫茶店でケーキを分け合っているのだろうか。彼女は智明の妻。本来なら敵対関係にあるべき女なのに。

無言のままケーキを食べ続ける。電車や高速バスを待つ人が多いようで、店内にいる客の多くが椅子の上に大きなバッグを置いていた。隣のテーブル席には親子連れが座っていて、小学生くらいの子供がオムライスを食べていた。

「あの店のオムライス、美味しかったな」

小学生が食べるオムライスを見て、由香里がぽつりと言った。

「最後に智明さんと行ったお店で食べたオムライス、美味しかった。普段家じゃ作らなかったし、外で注文できなかったので。オムライスなんて頼んだらお義母さんに笑われちゃうから」

「何があったの？　あの玉名翠って人が亡くなった日」

「最初に私が呼び出したのは玉名翠の方。伊東の旅館に泊まってるから来ないって言ったら、彼女すぐに伊東までやってきました」

玉名翠が伊東に到着したのは夕方だったという。駅で彼女を出迎え、近くに停めた車まで案内した。理子が用意した車だった。彼女を助手席に乗せ、由香里自身は運転席に乗る。すると後部座席に隠れていた理子が手を伸ばし、白い布のようなもので玉名翠の口を塞いだ。しばらく抵抗していたが、やがて彼女は動かなくなった。睡眠薬のようなものを嗅がされたのか。

「私は車を降りて、いったん旅館に戻って身支度を整えました。今度は智明さんがやってくるのを待ってました」

智明が伊東に到着したのは午後九時くらいで、由香里は彼と一緒に海岸沿いのドライブインに入ったらしい。なぜ姿を消したんだと彼に問い詰められたが、由香里はそれに答えずに離婚したいと彼に言った。

「しばらく話して、彼に旅館の前まで送ってもらいました。彼は離婚については曖昧なことを言うだけで、彼も私との関係を終わりにしたがっているって薄々気づいちゃったんですよね。彼のポルシェが去ってから、すぐに理子ちゃんの車が走ってきて、それに乗って東京に帰ってきました。もちろん玉名翠の姿はありませんでした」

つまり由香里は何も知らないというわけだ。ただし結果だけ見れば理子が何をしたのか明白だ。玉名翠を海まで運び、由香里から借りた服や腕時計を着用させ、暗くなったのを見計らって彼女を突き落としたのだ。そして由香里から借りていたパンプスをその場に置き、立ち去った。

本当にあの子がそんなことを……。今でも繭美は信じることができなかった。

「あれ？　繭美さんって実家どこでしたっけ？」

「藤枝」

「藤枝って何県ですか？」

「静岡よ。どうして？」

「どこに行こうかと思って」

繭美は年内に帰省するつもりはなかった。二十代のうちは年末年始の休みはずっと故郷の藤枝市で過ごしていたが、三十歳を過ぎたあたりから帰省するのが億劫になった。それでも両親は娘の帰りを待ち侘びているようなので、ここ数年は正月二日くらいに顔を出す程度に帰郷することにしている。

「智明さんと結婚するんですか？」

いきなり由香里にそう訊かれたが、自分でも驚くほどに心が乱れることはなく、逆に訊き返していた。

「多分しないと思う。ねえ、結婚ってそんなにいいの？」

「人それぞれだと思います」

「あなたの場合は？　結婚してよかった？」

「よかったんじゃないかな。結局駄目になっちゃいましたけど」

結婚というチケットを手に入れても、それが無駄になってしまう不幸な女もいる。神野由香里という女もそのうちの一人だ。しかし彼女に比べたら私はスタートラインにさえ立てていない。かつては結婚している女を羨ましいと思ったものだが、最近になってそういう気持ちがなくなりつつある。結婚だけが正義ではない。そう思うようになったのだ。神野由香里と会ったのがきっかけだった。結婚して旦那の実家に縛りつけられていた彼女を見て、結婚というのはそれほど女を幸せにしないのではないかと疑問を持つようになったのだ。

「そっちは？　実家どこだっけ？」

「三重。熊野ってところです」

「帰らないの？」

「帰れるわけがないですよ。私、死んでるんですから」

そう言って由香里は笑った。彼女は続けて言う。

「本当は誰にも言わずにこっそり東京を離れようと思ってました。でもそれじゃ淋しいと思って、誰かに見送ってほしいなって思った。それで頭に浮かんだのはあなただった。変ですよね。夫の愛人しか思い浮かばなかったんだから」

たしかに奇妙な縁だ。こうして彼女と――しかも年末の忙しい時期に喫茶店にいるということにいまいち現実感が湧かなかった。

「ずっとどこかに帰りたいと思ってた」由香里が窓の外に目を向けて言う。「三重の田舎じゃなくて、本当に帰る場所っていうのかな、そういうのがどこかにあるんだとずっと思ってた。違う自分に生まれ変われば、そういう場所が見つかるんじゃないかって思ったけど、いざこうして新しい自分になってみると、なぜか桜木の家のことばかり頭に浮かぶんです。お義母さんにいろいろ言われてたあの家のことがね。何か凄い変な気分」

繭美自身、帰るとしたら藤枝の実家しか思いつかないが、東京を離れて実家に帰ろうと思ったことは一度もない。帰る場所を探していた、この神野由香里という女性は私が思っている以上に淋しい子なのかもしれない。

「何か面白いですね」しみじみした口調で由香里が言う。「私たち、二人とも神野智明の女だったわけでしょ。翠さんも若い頃に彼と付き合っていたみたいだし。私たちが言うのも変だけど、あの男のどこがよかったんだろう？」

「うーん、どこだろうね。子供っぽいところかな」

「あ、それよくわかります。悪気とかないんですよね。だから憎めない」

「育ちがいいってのもあると思う」

話していて不思議だった。神野智明の妻と愛人が、彼の美点を話しているのだから。

「そろそろ行こっかな」

由香里がそう言ってボストンバッグを手に持った。「私、払うから」と伝票をとったのだが、「私が呼んだんだからいいですよ」と伝票を奪いとられてしまう。レジで由香里が金を払うのを待ち、二人で店から出た。

「ここで結構です。あとは適当に行くので」

そう言って由香里が横断歩道に向かって歩き出す。何と声をかければいいのかわからなかった。お元気で。落ち着いたら連絡頂戴。また会おうね。どんな言葉も彼女にかけるものとして相応しくないように思えた。

二度と彼女と会うことはないかもしれない。そんな風に思いながら、繭美は横断歩道を渡っていく神野由香里の背中を見送った。

※

「ほら、ぐうたらしてる暇があったら掃除を手伝ってよ。二階の窓を拭いてくれると助かるんだけど」

大晦日、家で寝ていると妻に掃除を強要され、上原は渋々布団から抜け出した。かといって大掃除を手伝う気にもなれず、上原はいつものようにスーツを着て家から出た。気づくと電車に乗って署に向かっていた。年末年始の休みというのは溜まった書類仕事を片づけるにはうってつけの時間だ。休みは長いし、誰にも気兼ねすることなく仕事に打ち込めるのだ。同じことを考えたのか、署に行くと当直でもない刑事の姿がちらほらと見えた。

当直の刑事が応接セットのソファに座り、テレビを観ていた。レンタルショップで借りてきたのか、洋画が流れている。上原は映画はほとんど観ない。

「面白いのか？」

インスタントコーヒーを作りながら訊くと、ソファに座る若い刑事が顔を上げた。

「面白いっすよ。できれば恋人と映画館で観たいんですけどね。きゃーとか言って抱きつかれたりして」

「勝手にやってろ」

砂糖とミルクを入れてコーヒーをかき回す。テレビの画面では主人公らしき若い白人の女が倉庫のような場所に閉じ込められていた。木製バットを手にしている。倉庫の外には気味の悪い連中が集まっていた。重い足どりだった。

「病気か何かか？」

「上原さん、知らないんですか。ゾンビですよ、ゾンビ。嚙まれたらゾンビになるんです。殺しても死なないんですよ」

「そいつは怖いな」

窓から侵入してくるゾンビに対し、主人公の女は何度もバットで殴打するのだが、それでもゾンビは動きを止めることはない。女のゾンビもいるようで、割れた窓ガラスの間から手を伸ばしていた。それを見ていて上原は不意に気がついた。

女のゾンビ。死なない女。死んでいない女。

自席に戻る。椅子に座りながら上原は自分に言い聞かせる。落ち着け。落ち着いて考えろ。本当に死んだ女は神野由香里だったのか。女のゾンビを見ていて、不意に得た着想だった。

遺体が発見された経緯を思い出す。最初は地元の漁船のスクリューに引っかかり、引き揚げられた遺体が伊東署に搬送されたのだ。遺体の損傷は激しかったが、到着した夫である神野智明により遺体は神野由香里のものであると断定された。しかし――。

神野智明が遺体を妻であると断定した根拠。それは遺体がつけていたとされる腕時計だ。パテック・フィリップという高級時計で、それを見せられた智明は遺体を妻だと認めたのだ。根拠はそれだけだ。

遺体の損傷が激しく、外見的特徴から遺体が妻だと智明が判断したわけではない。しかし智明は医師であり、彼がそう言うのだから間違いないだろうという先入観があったのは否めない。もし彼がいなければ、遺体は解剖に回されていた可能性もある。

上原は顔が火照っているのを感じた。本当にあの遺体は神野由香里のものだったのか。その判断に間違いはなかったのか。いくつもの疑問が頭を駆け巡る。思わず口走っていた。

「まさか、本当に――」

遺体は神野由香里ではない。そんなことは想像したこともなかった。伊東市内の温泉旅館に彼女が宿泊しているのを複数の従業員が目撃しているし、彼女の私物が旅館の部屋から発見されている。また、ドライブインの従業員も食事をとる神野夫妻の姿を目撃していた。

しかしそれらは神野由香里があの晩伊東にいたということを示すだけで、彼女が崖から飛び降りたことを証明しているわけではない。だが、彼女でないとすれば、あの遺体は何者なのか。わかっているのは髪の長い女だということだ。霊安室で一瞬だけ見た遺体は髪の長い女のものだった。

もしも、仮にあの遺体が神野由香里のものではなかったとする。ならばあの遺体は何者か。神野由香里はどこで何をしているのかという疑問も残るが、まずはあの遺体の正体を探るのが先決だろう。神野由香里と何らかの繋がりがある人物と考えた方が自然かもしれない。

知らず知らずのうちに立ち上がり、自分が窓際まで来ていることに上原は気づいた。夢中で考えているときに歩き回る癖が上原にはある。頭の隅の方で何かが引っかかっていた。その正体がわからないのがもどかしい。俺は何が気になっているのだろうか。

『最後に会ったのは先月末でしたが、近々渡航するようなことを言ってました』

あれは今月半ばのことだ。神野由香里の周辺を調べていて、彼女が生前――亡くなっていたとすればの話だが、懇意にしていた女性がいるとわかり、その自宅を訪ねたことがあった。不在だったが玄関のドアの隙間に挟まっている名刺を見つけ、それを頼りにして恵比寿にある学習塾を訪ねた。

たしか名刺をもらったはずだ。引き出しから名刺入れを出し、中身をデスクの上に無造作に広げる。あった。名前は樋口有志、〈有心塾〉という学習塾の経営者だ。名刺の裏に走り書きのメモがあり、『玉名翠』という名前が書いてあった。神野由香里の近所に住んでいたという女性だ。

大晦日なので休業している可能性は高い。そう思ったが一応電話をかけてみると、幸いなことに繋がった。すぐに樋口を電話口に呼び出してもらう。

「お電話代わりました。樋口です」

「世田谷署の上原と申します。先日、玉名翠さんの件でお伺いした者です」

「ああ、あのときの」

向こうは憶えてくれていたようだ。上原は早速本題に入る。

「玉名さんですが、その後はどうでしょうかね。何か連絡はありましたか？」

「特には」電話の向こうで樋口は答えた。「向こうから連絡を寄越すタイプではありませんしね。下手すると半年くらいは音信不通で、突然帰ってきたりするんです。そういうことは過去に何度もありましたから」

「彼女は――玉名さんは今回どちらの国に行かれているんでしょうか？　行き先はご存知ですか？」

「知りません。最後に会ったのは先月末ですが、行き先についての話は出ませんでした」

彼女だろうか。玉名翠という女が、あの遺体の主なのか。本当に海外旅行に行っている可能性も残されているが、上原はざわざわとした予感のようなものを覚えていた。

「彼女の写真はありますかね？　あればお借りしたいんですが」

「写真はありますけど、刑事さん、いったい彼女はどうしたんでしょうか」

電話の向こうで樋口が疑問を口にする。今の段階で下手に答えることはできない。返答に窮したが、何とか写真を借りる口約束をとりつけてから受話器を置いた。

玉名翠。名刺の裏に書かれたその名前を、上原はずっと見つめていた。


「あけましておめでとうございます」

上原は新年の挨拶をしてから、相手が一応喪中であることに気がついた。しかし相手の男、神野智明はこちらの失言に気づいた様子はなく、新年早々訪ねてきた刑事に対して不審な目を向けてくる。

「いったい何の用ですか？」

「すみません。元日から失礼してしまいまして」

桜木にある智明の自宅だ。やはり喪中ということもあってか、どこかひっそりとした雰囲気がある。智明に案内された離れの中にも正月っぽい匂いを感じさせるものは何一つない。

「まあ座ってください。お茶も出せませんけどね」

「失礼します」

ソファに座る。昨日も連絡をしたのだが、当直ということで面会を断られていた。智明が足を組みながら皮肉を言う。

「刑事さんも大変ですね。元日から仕事とは」

「本当に申し訳ない。どうしても確認したいことがありましてね」

「まだ私を疑っているんですか。先日伊東署の刑事さんから連絡をもらいましたが、私のポルシェが目撃されてたって話、どうやら出鱈目だったみたいじゃないですか。いい加減にしてくださいよ」

堰を切ったように智明が不満を漏らした。まあ彼の気持ちは理解できなくもない。犯人扱いされて二日間も警察に勾留されたのだ。職場への影響も大きいことだろう。

「まったくもって申し訳ございません」上原は頭を下げてから話題を変える。「実はですね、神野先生。伊東署の捜査員から聞いたんですが、先生は奥様の死を事故だと証言されたようですね。本当ですか？」

「どういうことですか？　私の話を疑っているんですか？」

「ええ。急に証言が変わったのは弁護士の入れ知恵だと思っております」

智明は何も言わずにこちらを見ている。彼の偽証を暴くのが今日の目的ではないので、上原は先を急ぐ。

「そのあたりのことについては言及しません。実は今日、先生に改めてお聞きしたいのは遺体についてです。先生、あの遺体は本当に奥様のものだったのでしょうか？」

質問の意図が伝わらなかったようで、智明はやや戸惑った表情を浮かべている。上原はさらに説明した。

「私も見ましたが、遺体の損傷は激しかったですよね。ぱっと見ただけでは誰だかわからないほどの損傷でした。本当にあの遺体が奥様のものだったのか。私はそこに疑問を抱いたんですよ」

「妻だった、はずですが……」

「先生があの遺体を奥様だと断定したのは、遺体がつけていた時計を見たことが大きいように感じました。ほかにもいくつか状況証拠がありましたよね。たとえば近くの旅館に奥様が旧姓を使って宿泊していたとか、現場に残されたパンプスとか。さらに先生は前の晩に奥様と会っていたので、奥様が伊東に滞在していることを知っていた。そういったものから総合的に判断されて、先生はあの遺体を奥様だと断定されたんです。そこに医学的な観点は一切含まれていない」

「た、たしかにそうですが……」

そう言ったきり智明は黙りこくってしまう。彼なりに当時の状況を思い出し、遺体を検分したときのことを振り返っているのだろう。あのときの状況は先入観に満ちたものだったと上原も思っている。最初から神野由香里の遺体が見つかったという前提のもと、伊東に赴いていたような気がしてならない。

「妻じゃないとしたら」智明がようやく口を開いた。「妻じゃないなら、あの遺体は誰だったと言うんですか？」

上原は懐から一枚の写真を出した。昨日、樋口有志から借りたものだ。去年の一時期、玉名翠は樋口が経営する学習塾の講師をしていたことがあり、そのときに講師紹介用に撮った写真だ。

「この女性に見憶えはありますか？」

写真を見て、智明はうなずいた。

「し、知ってます。玉名翠さんです。すぐ近くに住んでる同級生です」

「奥様はこの玉名翠さんと懇意にされていたようです。ご存知でしたか？」

「いえ……知りませんでした。妻が、彼女と……」

本当に知らなかったらしい。神野由香里は専業主婦で、夫の智明は勤務医だ。日中妻がどのように過ごしていたかなど、彼には興味すらなかったのかもしれない。仕事も忙しかったはずだし、彼には日村繭美という別の女もいたのだから。

「玉名翠は海外旅行に行くと周囲に話し、そのまま行方がわかっていません。いろいろと調べてみようと思っているんですが、正月休みで思うようにいかないんですよ。まずは先生のお耳に入れておこうと思いましてね」

「ちょっと待ってください、刑事さん。あの遺体が妻のものでないなら、妻はどこかで生きているってことですよね」

「そうなりますね」

神野由香里はどこかで生きている。それを立証するためには玉名翠の安否確認が必要だった。玉名翠が本当に海外旅行に行っているなら、この話は単なる夢物語で終わる。しかしそうでないなら、まさに神野由香里がどこかで生存している可能性も高まるのだ。

「また何かわかったら連絡します。正月早々お邪魔しました」

上原は立ち上がる。智明も玄関先まで見送りにきたが、その表情は晴れなかった。死んだはずの妻が生きているかもしれない。思わぬ話に困惑しているのは明らかだった。上原は「それではまた」と言い、神野家をあとにした。

※

一月三日の夜、神野智明は世田谷さくらぎ記念病院での昼間の当直勤務を終えたあと、タクシーに乗って恵比寿に向かった。日村繭美に会うつもりだった。最後に彼女に会ったのは十一月だ。もうかれこれ一ヵ月以上、彼女と顔を合わせていない。

日村繭美を最初に見かけたのは今から十五年ほど前、智明が大学二年生の頃だった。繭美はチアリーディング部の新入生で、春におこなわれた野球部との飲み会の席で初めて彼女を見た。一目見た瞬間、その存在に惹きつけられた。体つきはすらりとしていて髪が長く、どこか知性的な顔立ちが気に入った。野球部の部員たちと麻雀をしていると、○○学部の誰が可愛いとか、○○部のあの子が美人だとか、必ずそういった話になるのだが、日村繭美のことがあまり話題にならないのが不思議だった。どこか男を近づけない感じがあるのだろうと智明は思っていた。

しかし智明の方から声をかけることはなかった。当時、智明は別に付き合っている女性がいた。幼馴染みの玉名翠だ。

中学進学で進路が分かれたため、彼女とはたまに駅で顔を合わせる程度の関係だったが、大学一年生の秋、友人に誘われた飲み会で玉名翠と再会した。彼女は格段に綺麗になっていて、聞くと大学のミスコンで準ミスに選ばれたばかりという。昔から翠は頭がよく、ともすれば子供らしくない一面があったが、飲み会で再会した彼女は話し易い子だった。また会うことを約束し、その年のクリスマスから付き合い始めた。付き合ってみてわかったことだが、やはり本質的な部分は昔と変わっていなかった。プライドが高く、男を下に見ているきらいがあったが、智明には気にならなかった。準ミスと付き合っている。それだけで鼻が高かった。

付き合い始めて一年と半年くらいが過ぎた頃、突然、翠から別れを切り出された。話を聞くと彼女に好きな人ができたという。準ミスに選ばれてから雑誌などの仕事をするようになり、それが縁で知り合ったカメラマンが相手の男で、すでに一緒に暮らしていると言われて二重の意味でショックを受けた。たしかに以前より会う頻度は減っていたが、彼女が別の男と同棲していることに気づかない自分が情けなかった。

女性の方から別れを切り出されるのは初めてだったので、しばらく智明は塞ぎ込んだ。とはいっても大学の授業もあるし、野球部の練習もあり、そう長くは塞ぎ込んでいるわけにもいかず、気をとり直して通常の生活に戻った。

ある日のことだった。空き時間に図書館で勉強をしていると、たまたま日村繭美の姿を見かけた。彼女は高いところにある本をとろうと苦労していて、智明はすぐに駆けつけて彼女の目当ての本をとってあげた。聞いたこともないイギリスの作家の本だった。

「ありがとうございます」

そう言って頭を下げる彼女の笑みに、一瞬にして智明は心を鷲摑みにされた。次に付き合うのは彼女しかいない。本気でそう思った。

しかし野球の秋季リーグと医学部の論文執筆が重なり、なかなか彼女に近づくことはできないまま、十一月の学園祭を迎えた。野球部はたこ焼きの屋台を出し、そこで智明は終日たこ焼きを焼きながら、日村繭美の姿を探した。

チアリーディング部の部員たちは全員が聖花大のスクールカラーである青にピンクのストライプの入ったジャンパーを着ており、歩いているだけでよく目立った。そして学園祭二日目の昼、ようやく日村繭美の姿を発見した。が、その姿を見て智明は言葉を失った。

見たこともない長身の男と一緒だった。しかも二人は腕を組んでおり、男女の仲にあるのは明らかだった。固まっている智明に気づいたのか、隣にいた同級生の男が智明の視線の先に目を向けて言う。

「日村繭美だろ。澄ました顔してやることやってんだよな、あの女も」

頭に血が上ったが、通りかかった客に声をかけられて我に返る。日村繭美が男と腕を組んで通り過ぎていくのを横目で見送った。

その日の夜だった。屋台の前で宴会が始まった。酒やツマミは大量にあり、誰も浮かれたように飲んでいた。智明は酔った頭で日村繭美のことを考えていた。さっきまでここにいたのだが、今は姿が見えない。今頃彼女は今日見たあの男と合流したのだろうか。

「先輩、飲んでます？」

そう声をかけてきた女がいた。チアリーディング部の一年生だ。名前はたしか赤尾理子。肉感的な子で、野球部の部員の間でも人気の高い新入生だった。実はこの年の夏、彼女に誘われたことがある。学食で会った際、「今度映画でも行きませんか」と言われたのだ。随分積極的な子なんだな。そう思った記憶が残っているが、そのときの誘いは断った。

「飲んでるよ。君は何を飲んでる？」

「何ですかね。よくわかりません」

かなり酔っているようだ。彼女は智明の隣に座り、それから二人で飲み始めた。どんな話をしたのかまったく憶えていない。気がつくと夜も遅くなっていたが、まだ校内は明るくそこかしこで酒宴が開かれていた。軽音楽部の連中が下手糞なギターをかき鳴らしている。どういう話になったのかわからないが、気がつくと理子と二人で校内を歩いていた。学生会館の近くだった。彼女とともに茂みに入り、奥へと進んでいく。ボイラー室のようなコンクリの建物が見えたところで、突然智明は彼女に抱きついていた。頭の中で何かが弾けた。

「や、やめてください」

そう抵抗する彼女の声が聞こえたが、智明はそれを無視して彼女の体に手を回し、尻のあたりをまさぐった。強引に理子の口の中に舌を入れる。彼女の口の中は温かく、そして微かに日本酒の味がした。

※

インターホンが鳴った。日村繭美はベッドの中でその音を聞いた。隣でカサカサという音が聞こえ、眠っていた男が目を開ける。

「誰？　お客さん？」

「宅配便かもしれない。実家からお餅が届く予定なの」

繭美はベッドから抜け出した。下着はつけず、直接パジャマだけ身につける。ベッドの中で男が繭美の体を見上げている。男は落合《おちあい》といい、友人である亀山優子の恋人だ。

きっかけは元日だった。優子から連絡があり、もし東京にいるなら一緒に新年をお祝いしようという話になり、優子の自宅で鍋パーティーをすることになった。そこで繭美は初めて優子の恋人である落合に会った。落合は山登りが趣味で、冬山に登ることもあるという。深夜まで飲み、それからタクシーで帰ることになった。方向が同じなのでタクシーに同乗し、悩みがあると彼に打ち明けられた。

優子のことだった。彼女の気持ちが重い。落合はそう表現した。恋人というより妻のように立ち振る舞う彼女の態度に疑問を覚えることがあるという。正式にプロポーズをしたわけではないのに、なぜか彼女は勝手に結婚するつもりになっていると落合は不満をこぼした。親友の悪口を聞くのは気分のいいものではないが、そのときの繭美には優子の悪口は蜜の味がした。繭美は落合を自宅に招き入れた。

落合は昨日も、そして今日も繭美の部屋に来ている。通算して三回目だ。どうやって優子に別れを切り出そうか。さきほどまでそういう話をしていた。できれば優子を傷つけたくはないというのが二人の共通した気持ちだが、難航するだろうという予感もある。これを最後の恋にする。そのくらいのことを優子が思っていても何ら不思議はなかった。

再びインターホンが鳴った。パジャマのボタンを留めながら玄関に向かう。「どちら様？」と訊くと、「俺」という短い声がドアの向こうから聞こえた。繭美は溜め息をつく。居留守を使うべきだった。

ドアチェーンをかけてからドアを開ける。そこには神野智明が立っていた。

「悪い、繭美。急に来ちゃって。どうしても……」

「ごめん。帰って」

「えっ？」

「いいから帰って。もうあなたとは会わないから」

ドアを閉めようとしたが、彼の手がドアを摑んだ。スーツを着ている。彼が必死な目で訴えてきた。

「俺は無実だ。無実なんだよ」

彼が無実なのは私が一番よく知っている。彼を陥れたのは私たち三人なのだから。まさか本当に逮捕されるとは思わなかったが、こうして釈放されたということは彼の無実が証明されたということだ。いい薬になればいいのだけれど。

「悪いけど帰って」

「刑事が来たんだろ。嘘をついていたのは謝る。でも俺は真剣に君を……」

「そんな話は聞きたくないから」

「ちょっと待てよ。少しくらい話を……」

智明が口を閉ざした。その視線の先に黒い革靴がある。落合の靴だ。事情を察したようで、智明の手がドアから離れた。その隙を見逃さず、「ごめん」と声をかけてから繭美はドアを閉めた。

しばらくその場で息を殺す。ドアの向こうで彼が立ち尽くしているのがわかったが、しばらく待っているとドアの前から遠ざかっていく足音が聞こえた。部屋に戻ると落合はベッドに座って煙草を吸っている。

「吸わないでよ」

「だって外は寒いし」

藺美は換気のために細く窓を開けた。落合が訊いてくる。

「誰だったの？」

「えっ？」答えに詰まるが、藺美は正直に言った。「去年まで付き合ってた人。多分もう来ないと思う」

「そうなんだ。まあ、どうでもいいけど」

どうでもいい。本当にどうでもいいことばかりだ。恋愛も結婚も実はどうでもいいことなのかもしれない。そんなどうでもいいことに私はこんなにも躍起になっている。本当に馬鹿馬鹿しい。

「何笑ってんだよ」

煙草の煙を吐き出しながら落合が言った。

「私、笑ってた？」

「笑ってたよ」

不意に思いついたことがあり、藺美はクローゼットを開けた。ハンガーにかかっていた臙脂色のネクタイをとり出した。智明が最初にこの部屋を訪れたときに忘れていったネクタイだ。彼の働く病院まで届けにいったこともあるが、そのときに返しそびれて以来、ずっと藺美が持っている。

ネクタイ片手に玄関に向かう。サンダルを履いて外に出た。外階段の手摺りから下を見下ろす。ちょうど智明がエントランスから外に出たところだった。そのまま智明は路肩に立って通りに目を向けている。空車のタクシーが通りかかるのを待つ気のようだ。

繭美はネクタイをくるくると巻き、智明の頭上をめがけて投げつけた。しかし繭美の手を離れた瞬間、ネクタイは解《ほど》けてしまって風に舞い、あらぬ方向に向かって飛んでいく。

タクシーが停まるのが見えた。智明が後部座席に乗り込もうとしたとき、ちょうどネクタイが通りに落ちた。智明が乗ったタクシーが停車している車線とは反対側だった。

智明が乗ったタクシーが発進したとき、さらに風に飛ばされたのか、臙脂色のネクタイは通りの上から消え失せていた。

※

「本当ですか？　それは間違いありませんね」

「ええ。間違いありません。お問い合わせの玉名翠という女性が出国した記録はありませんね。去年の六月に日本に帰国して以来、出国した記録は残っていませんよ」

一月四日、ようやく入国管理局に連絡がつき、玉名翠の出国記録について問い合わせをすることができた。たっぷり三時間ほど待たされたあと、ようやく電話で回答を知らされたのだ。玉名翠は出国していない。それがわかっただけでも大きな前進だ。

「助かりました。ありがとうございます」

通話を切り、すぐに上原は伊東署の脇谷に連絡した。この年末年始で判明したことを彼に告げる。神野由香里の近所に住む玉名翠という女のこと。最初は反応が薄かったが、上原が説明を終える頃には電話の向こうで脇谷が興奮している様子が伝わってきた。

「つまりですよ、上原さん。例のホトケは神野由香里ではなく、その玉名翠という塾講師なんですか？」

「あくまでも想像です。脇谷さんも憶えておいでだと思いますが、あの遺体は損傷が激しかった。夫である神野智明も遺品を見て判断したんだと思います。実は三日前に夫の智明にこの話をぶつけてみたんですが、彼も否定はしませんでした」

「なるほど。もし遺体の主が別人であるならば、事件はまったく違うものになりますね」

「そうなんですよ。しかしですね、あの遺体が玉名翠であることを証明するのは難しいようです」

すでに遺体は荼毘に付されており、残っているのは遺骨だけだ。鑑識係の職員に尋ねてみたのだが、遺骨を鑑定するのはかなり困難な作業のようだ。日本における火葬炉の温度は千度近くあり、それほどの高温で焼かれてしまうと、残った骨には分析に必要な成分が残っていないとのことだった。

「つまりあれですか」上原の説明を聞いた脇谷が確認するように言う。「あの遺体が神野由香里ではないことを科学的に証明することはできないわけですね」

「その通りです」

「そ、それは……」

電話の向こうで脇谷が押し黙る。あの遺体が神野由香里ではなく、玉名翠のものである。現時点ではそれを証明するのはほぼ不可能ということだ。ただし方法がないわけではない。

「あの遺体が玉名翠であるなら、神野由香里は生きているということです。彼女は絶対に何か知ってます。彼女を捕まえることが真実へ辿り着く唯一の方法です」

そうは言ってみたが、神野由香里の居場所を捜す方法など思いついていない。おそらく息をひそめてどこかに潜伏しているはずだし、そもそも東京から離れてしまっているかもしれない。熊野市の実家には戻っていないはずだ。どうやって彼女の行方を追おうか。そう考えていると電話の向こうで脇谷が尋ねてきた。

「その玉名翠ですが、どういう女性ですか?」

「年齢は三十五歳。神野智明と同じ年で、元小学校教師です。三年ほど前に……」

わかっている範囲で玉名翠について説明する。上原の話を聞き終えると、電話の向こうで脇谷が思いもよらぬことを言い出した。

「上原さん、これは私の想像というか、本当に冗談みたいな話なんですが、仮に神野由香里が生きていたとしますよね。彼女が玉名翠として生活してるってことは考えられないでしょうか。ほら、年も近いようですし」

まさか――。上原は受話器を落としそうになっていた。そんなことは考えてもいなかった。頭の中を整理しながら上原は興奮気味に言う。

「それはあるかもしれません。いや、脇谷さん。完全に盲点でした。その可能性は高いかもしれない」

玉名翠という女性は両親から財産を相続し、それほど金に困らない生活を送っていたという。一方、神野由香里は嫁いだ先は金持ちだが、本人は多くの資産を持っていたとは想像しにくい。

「助かりました、脇谷さん。ちょっとその線を調べてみます。神野由香里が玉名翠に成り代わっているなら、どこかにその痕跡が残っているかもしれません」

礼を言ってから電話を切った。最初に当たるべきはクレジットカードの使用履歴、または銀行口座だろう。上原は周囲を見回し、熊沢理子の姿を探した。こういう作業は人手が多い方がはかどるものだ。しかし彼女は見当たらなかった。

「おい」と上原は通りかかった同僚の刑事を呼び止める。「熊沢はどこだ？　もし見かけたら俺が探していたって伝えてくれ」

「彼女だったら今日は休みみたいですよ。何か風邪を引いたみたいです」

「そうか。ならいい」

まずは玉名翠の自宅を調べてみるのが先決だ。場合によっては強引に中に入ってみてもいいかもしれない。

上着を摑み、上原は立ち上がった。


進展があったのは翌日だった。玉名翠の自宅内を捜索した結果、神野由香里に結びつくようなものは発見できなかったが、クレジットカード会社からの郵便物が見つかっていた。問い合わせた結果、クレジットカードの使用履歴が明らかになった。

先月、玉名翠名義のカードが三軒のホテルで使用されていた。中でも赤坂のホテルで使用された際には支払い金額が五十万円を超えていた。

「間違いないですね。玉名翠さんというお客様が宿泊されています。セミスイートに三泊されたようです」

上原は赤坂のホテルに出向いて従業員から話を聞いた。数年前にオープンしたばかりのホテルのようで、内装も新しかった。いずれにしても一介の刑事である自分には縁遠い高級ホテルだ。

「支払い金額が五十万円を超えていますが、一泊十万円以上もするんですか?」

「少々お待ちください」従業員が手元の資料を見て答える。「宿泊費が大部分ですが、ルームサービスも多いですね。かなりの量のお食事をされたようです。お部屋でパーティーでも開かれたのではないでしょうか」

「部屋を見せていただくことは可能ですか?」

「申し訳ありませんが、今はほかのお客様がチェックインされています」

「では廊下だけでもお願いします」

案内されたのは二十階だった。赤い絨毯が敷かれた高級感のある廊下だった。玉名翠と名乗る女性が宿泊したのは廊下の一番奥にあるセミスイートらしい。

「ちなみに大量のルームサービスが注文されたのはいつでしたっけ?」

「先月の十九日ですね」

十二月十九日か。上原が手帳で確認すると、その日はちょうど神野智明に任意同行を求めた日だと判明した。昼間に任意同行を求め、夜になって神野智明がみずから世田谷署に出頭し、そのまま取り調べをおこなったのだ。

廊下に防犯カメラは設置されていないらしい。一階のロビーには防犯カメラが設置してあり、その映像は一ヵ月分保管されているという話だった。フロントの奥の部屋に案内してもらい、そこで映像を確認することにした。

ルームサービスが注文されたのは午後五時三十分のことだという。午後五時からの映像を見せてもらうことにした。チェックインする客が多く、ロビーを多くの客が行き交っている。フロントを斜め上から撮っている映像だ。

「あ、止めてください」

上原の声に従業員が再生を止めた。ロビーを横切っていく女性の姿が見える。割とカメラから離れているのでよく見えないが、その容姿は日村繭美に似ているような気がした。画面右下の時刻は午後五時五十二分だった。問題の女性はフロントの前を通過して奥のエレベーターに向かって去っていった。

「拡大できますか？」

「すみません。そういう機能はちょっと……」

もしこの女性が日村繭美だとしたら、いったいそれは何を意味しているのか。日村繭美は神野智明の愛人だ。神野由香里とはある意味で敵対する関係と考えていい。実は二人はグルだった。二人で共謀して玉名翠を殺害したというのだろうか。そうだとしたら動機は何だろうか。

日村繭美には何度か事情を尋ねたことがある。特に嘘をついているようには見えなかったし、神野智明と深い仲にあることを彼女自身が恥じている感情も垣間見れた。あの彼女が嘘をついていたのであれば、上原の目が節穴だったということだ。

「続けてください」

再び映像が再生される。カメラの前を多くの客が通り過ぎていく。やはり高級ホテルだけのことはあり、男性は皆スーツを着用しているし、女性もそれなりの身なりをしていた。もし妻と娘をこのホテルに泊まらせてあげたら、父親としての株もだいぶ上がることだろう。

「ん？　ちょっと巻き戻してもらっていいですか？」

上原の言葉に従業員が映像を一時停止し、少し巻き戻してからまた再生した。

画面奥のエレベーター付近から手前側に向かって歩いてくる一人の女性がいた。地味なグレーのスーツを着ており、一見して事務員風の外見をした女性だ。彼女はすぐにカメラの死角に入ってしまい、画面から姿を消した。映っていたのはほんの数秒。明らかにカメラの位置を意識した動き方にも見える。

問題はその容姿だ。一瞬見ただけだが、似ている女性を上原は一人だけ知っていた。しかしその女性はここにいてはいけないし、いる理由すら思い浮かばなかった。

映像に写った女性は熊沢理子によく似ていた。


熊沢理子は今日も欠勤していた。署に戻ってそれを知った上原は、彼女の自宅住所を調べて様子を見にいくことに決めた。短い映像だし、それほど鮮明でもないため、他人の空似という可能性もある。本人に訊くのが一番早い。

意外なことに彼女の自宅は、神野智明の勤務先である世田谷さくらぎ記念病院の近くだった。

全体的にクリーム色をした二階建てのアパートだった。女性が多く住んでいるような印象を受ける。世田谷さくらぎ記念病院の職員が多く住んでいるのかもしれない。そんなことを思いながら上原は外階段を上った。理子が住んでいる部屋は二〇三号室だと署の警務課から聞き出していた。

二〇三号室の前に立つ。『熊沢』という表札が見えた。インターホンを押してしばらく待っても反応はない。留守か。体調が悪いなら寝込んでいるか、もしくは病院に行っているという可能性もある。もう一度だけインターホンを押そうと指を伸ばしたとき、ドアの向こうで物音が聞こえた。ドアチェーンが外され、ドアが開かれる。

「すまんな、急に押しかけて」

ドアの向こうにはマスクをした熊沢理子が立っている。具合が悪そうで、顔は土気色だった。理子が頭を下げて言った。

「上原さん、申し訳ありません」

声にも覇気がない。続けて理子が言った。

「正月で病院もお休みで、寝てれば治ると思ったんですけど、なかなか……。ところで何か用ですか？」

「まあな。ちょっと確認したいことがあったんだ」そう言って上原は部屋の内部を見る。ワンルームで質素な部屋だ。「さっきな、赤坂のホテルの防犯カメラを確認してきたんだ。説明すると長いんだが……」

これまでの経緯を説明する。神野由香里が生きている可能性があり、その代わりに死んだのは玉名翠という女性かもしれないこと。神野由香里が玉名翠として生活している可能性を考慮し、今は玉名翠のカードの使用履歴を調べていること。

「俺の気のせいかもしれないが、ちょっと引っかかってな。先月の十九日だ。お前、赤坂のホテルに――」

不意に彼女が前のめりに倒れた。上原は咄嗟にその体を受け止める。完全に彼女の体は脱力しており、意外に重かった。

「おい、熊沢。おい」

額に手を当てると、想像以上に熱があった。呼吸も荒い。かなり具合が悪そうだ。世田谷さくらぎ記念病院は目と鼻の先だ。一キロも離れていない。運んでしまった方が早いが、そこまで自分の体力が持つか甚だ不安だ。

救急車を呼ぼう。そう思ったとき背後で人の気配を感じた。振り返ると若い女性が立っていた。このアパートの住人らしく、スーパーの袋を持っている。上原は言った。

「世田谷署の者です。すぐに救急車を呼んでください」

「わ、わかりました」

女性の返事を聞き、上原は再び理子に視線を落とす。苦しそうな呼吸だった。力を込めて、上原は彼女の体を持ち上げる。汗をかいているらしく、彼女が着ている衣服は湿っている。

外階段を下りる。両腕の筋肉が痺れてきた。階段を下り、外に出たところでたまらず理子をアスファルトの上に座らせ、背中を抱くように支えた。さきほどの女性が階段を下りてくるのが見えた。

「救急車、呼んでくれましたか？」

上原が息を切らしながら訊くと、女性が答えた。

「ええ、呼びました」

ほどなくして救急車のサイレンが聞こえてくる。何事かといった様子で近所の住人が遠巻きにこちらを見守っていた。熊沢理子は目を閉じたまま苦しそうに呼吸をしていた。

「熊沢、すぐに病院に連れていってやるからな」

彼女の耳元に口を近づけ、そう語りかけたが反応はなかった。サイレンが一際大きくなり、角を曲がった救急車が見えた。

お前はあのホテルにいたのか？　いったいお前は何を知っている？

そう問いかけたい気持ちを抑え、上原は走り寄ってくる救急車に向かって手を振った。

※

「先生、そろそろ午後の診察が始まりますよ」

そう声をかけてきたのは以前一緒に働いたことのある内科のナースだった。智明は職員専用の食堂にいた。ここで遅い昼食を食べるのが日課で、その後は事務室に戻って仕事をすることもあれば、ここで午後の診察時間まで休憩することもある。今日はずっと医学誌を読んでいた。

上原という刑事が自宅に訪ねてきたのは元日のことで、あれから四日がたっているが何の連絡もない。上原の話は智明の想像をはるかに超えていた。伊東で見つかった遺体が由香里のものではないというのだった。

言われてみればあの遺体は正視に耐えないほど損傷しており、医学的な根拠があって遺体の主を由香里だと断定したわけではない。警察の言葉を借りるならば状況証拠だ。由香里が旧姓を使って伊東市内の旅館に宿泊していたことは知っていたし、実際にドライブインで智明は彼女と対面していた。彼女が離婚を考えるほど悩んでいることもそのとき知った。そして遺体が嵌めていたパテック・フィリップは結納のときに両親から彼女に贈られたものだ。あの時計を見間違うはずがない。遺体が由香里であると多くの状況証拠が物語っていたのだが――。

もしも違うのであれば、発見された遺体は誰なのか。上原の想像では玉名翠だという。近所に住んでいた同級生であり、大学時代に一年半ほど付き合っていた元恋人だ。

由香里が玉名翠と懇意にしていたことは知らなかったし、その組み合わせは意外でもあった。ただ由香里は日中はずっと桜木の自宅にいるものの、彼女がどんな生活を送っているのかまったく知らなかった。母とずっと一緒にいるのだと思っていたが、彼女も彼女なりの人間関係を作っていたことに多少のショックを受けた。籠の中で飼っていたつもりだったインコが、たまに勝手に外に出ていたことを知った。そんな感じだろうか。

「かなり重症らしいわ。肺炎かもしれないって」

「とにかく急ぎましょう」

二人のナースがそう言いながら智明を追い越していく。裏の搬入口に向かったようだ。今、智明が歩いている廊下は部外者が立ち入れない区域だった。

廊下の角を曲がる。搬入口の前に救急車が停まっており、救急隊員やナース、それから医師が揃っていた。患者がストレッチャーに乗せられ、こちらに向かって一団がやってくる。その中に意外な人物を見つけた。

世田谷署の上原だった。患者の付き添いだろうか。上原は患者の容態を気にしているようで、智明の存在には気づいていない。

ストレッチャーに横たわっているのは女性だった。口に酸素マスクがつけられていて、土気色した顔からかなり深刻な状況だとわかる。しかし問題は彼女の風貌だ。赤尾理子だ。いや、今の名字は熊沢といったか。

処置室に運ばれていくストレッチャーを見送る。できればあとを追って顚末を見届けたいが、午後の診察の時間が迫っていた。智明は思いを振り払って廊下を歩き始める。

理子が智明に会いにきたのは去年の暮れ、伊東署から釈放されて東京に戻ってきた日のことだった。その日のことを智明は思い出していた。


「先輩、ようやく気づいてくれましたね」

そう言って女刑事は腕を絡ませてくる。間違いない。この子は赤尾理子だ。まったく雰囲気が違っていて気がつかなかった。智明は混乱しながら理子に言う。

「ちょ、ちょっと待ってくれ。どういうことだ？　き、君はいったい……」

「赤尾理子です。ご無沙汰してます。今は熊沢って名字です」

腕を組んだまま、理子に引き摺られるように通りを歩いた。角を曲がったところに車が停まっている。彼女の車らしく、理子が助手席のドアを開けた。押し込まれるように中に入る。彼女も運転席に乗り込んできた。

「先輩、気づくのが遅いですよ。何度も顔を合わせたじゃないですか」

そっと横顔を盗み見る。あの頃の面影はまったくない。今はどこにでもいる地味な女といった感じだ。しかし敢えて化粧もせず、服装も地味なものを選んでいるとも考えられた。女が化粧で化けるのは智明も知っている。彼女は違う意味で化けているのかもしれない。

「な、何が目的だ？」

智明は彼女に訊いた。薄気味悪くて仕方がない。なぜ彼女は刑事になっていて、しかも今まで正体を明かそうとしなかったのか。彼女の存在に恐怖さえ覚えた。

「まさか、あのことか？」

心当たりがあるとすれば、大学三年生のときの学園祭の夜だ。あのときに自分がやったことは今も憶えている。酔っていたのですべてを鮮明に記憶しているわけではないが、彼女に対する所業は今も決して忘れていない。

「まあ、あのときはお互い若かったですからね」

まったく気にしていない。そんな感じで理子が言ったが、それが本心かどうかは見抜けなかった。やはり警察官、しかも刑事ということもあってか、女性の割に老獪な印象を受けた。

「先輩、これで終わりだと思っていませんか」智明の顔を覗き込むように理子が言う。「今日、釈放されましたよね。俺は由香里を殺してないから逮捕されたりしない。これでもう安全だ。そう思ってるなら大間違いですよ。警察って先輩が想像してるよりはるかにしつこいです。新しい証拠が見つかったら、簡単に起訴まで持っていきますよ」

もちろんこれで終わりだとは思っていない。社会的な信用が損なわれてしまったのは実感していたし、病院を移ることも真剣に考え始めている。ただし自分が殺人罪で起訴されることは絶対にないだろうと思っていた。だって俺は由香里を殺してなどいないのだから。

だが本当にそうだろうか。理子の話を聞き、急に疑心暗鬼になってきた。今回の逮捕もそうだ。

無実の俺に逮捕状が出されたのだ。今後も何が起こるかわかったものではない。いや待て。もしかして——。

「き、君か？　俺を陥れようとしていたのは君なのか？」

現場で白いポルシェが目撃されたり、指紋つきのボールペンが発見されるなど、なぜか智明に不利な証拠が続けて見つかった。誰かが意図的に仕組んでいるのではないかと思っていた。熊沢理子は一度、智明が住む離れに足を踏み入れている。由香里の遺体が見つかる前日のことだ。あのときボールペンをこっそり持ち出したのではないか。

熊沢理子は薄く笑みを浮かべて答える。

「そんなことどうでもいいじゃないですか。私が先輩の弱みを握ってるのを忘れちゃいました？先輩が私にしたこと、今からでも洗いざらい話すこともできるんですよ」

「今さら、何を……」

「とにかく先輩、助かりたいなら私の言うことを聞いてください。それ以外に道はありません」

すべて目の前にいるこの女が仕組んだことなのか。彼女の暗躍により、警察から疑いの目を向けられるようになったのかもしれない。それ以前に由香里の死の真相はどうなのだ。由香里は本当に自殺だったのか。

「教えてくれ。何がどうなってる？　俺にはもうさっぱりわからないんだ」

「先輩、落ち着いてください。先輩は私の言う通りにすればいいんです。そうすれば助かります」

「君は刑事だろ。特定の人間に力を貸すなんてできるはずがない」

「できますよ」いとも簡単に理子は言う。「私にはできます。私だからできるんです。私には怖いものなんてありませんから」

飄々とした顔つきで言っているが、その瞳には並々ならぬ決意が宿っているように見えた。

大学時代に一度関係を持っただけで、それほど理子のことを詳しく知っているわけではないが、智明が知っている彼女は平凡な新入生だった。地方から上京し、チアリーディング部に入って浮かれている、そういう女の子だ。しかし今、運転席に座っている熊沢理子にはあの頃の面影など微塵もなく、酸いも甘いも嚙み分けた一人の女がそこにはいた。

「ど、どうすれば俺は助かるんだ？」

「何もしないことです。先輩は何もせず、ただ時が過ぎるのを待っていてください。それだけです」

はっきり言って拍子抜けした。散々脅すようなことを言っておきながら、何もするなとはどういう意味だろう。

「ちょっと待ってくれ。何もするなとはいったい……」

熊沢理子は無言のまま懐から一枚の紙片を出し、それを智明の膝の上に置いた。写真だった。中学生くらいの男の子が写っているが、暗くてその顔ははっきりと見えない。

「これは……誰なんだ？」

智明がそう訊くと、熊沢理子は不敵な笑みを浮かべた。化粧っ気のない三十路の女の疲れた顔ではあるのだが、抗い難い不思議な狂気を感じ、智明は彼女の視線から思わず顔を背けた。

※

駅からタクシーを使って十五分ほどのところにある市営住宅だった。一階建ての住居が狭いところにひしめいている。どの住居にも老朽化の兆しが見てとれた。タイヤのパンクした自転車や、脚が折れたテーブルなどが外にそのまま放置されている。上原はメモを頼りにその家を探した。

静岡県の沼津市に来ていた。熊沢理子の実家を訪ねるためだ。昨日病院に運び込まれた熊沢理子は、重度の肺炎と診断された。本人とも話せる状態になく、家族に連絡をとることができなかったため、こうして上原が実家を訪ねることになったのだ。神野由香里の件があったせいか、理子の世話係は上原だと周囲には認識されているらしい。赤坂のホテルの映像の件もあり、一度理子のプロフィールを確認しておきたいと思っていたところだったので都合がよかった。

ようやく目当ての住居を発見した。玄関の引き戸に『熊沢』という表札が見えた。インターホンはないようなので、上原は「こんにちは」と声を張り上げる。しばらく待っていると戸が開き、一人の女性が顔を出した。六十代くらいの女性だ。やや疲れた印象を受ける。おそらく理子の母親だろう。そう予想してから上原は頭を下げた。

「世田谷署の上原と申します。理子さんのことでお話があって参りました。理子さんのお母さんでしょうか？」

理子の家族構成については、署の警務課で保管してある彼女の履歴書を見て知っている。母の光枝《みつえ》、それから二歳下の妹と、さらにその下に年の離れた弟がいるらしい。

「そうだけど、娘が何か？」

「実はですね……」

上原は説明する。昨日、理子が病院に搬送され、肺炎と診断されたこと。意識は混濁状態にあり、命に別条はないが数日間の入院が必要で、念のために実家の家族へ連絡しておくべきだと判断されたこと。

「……昨日からお宅に何度も電話をかけたんですが、繋がらない状態でしてね。それで私が直接訪ねることになったんですよ」

「それは悪かったね、遠いところ。電話はあまり出ないことにしてるんだよ。借金の催促がうるさいからね」

光枝の口から娘を心配する言葉が出てこないのが不思議だった。娘が肺炎で入院した。それを知ったら詳しい状況を知りたがるのが親心ではないか。

「まあ上がってよ。散らかってるけどさ」

そう言って光枝は部屋の奥に向かっていく。「お邪魔します」と靴を脱ぎ、上原は中に上がった。室内を見回す。家具や電化製品も一昔前のもので、お世辞にも高い生活水準にあるとは言い難い。炬燵の中に足を入れ、光枝がテレビを消してから言った。

「娘のことが心配じゃないのか。あんた、そう思ってるんだろ」

図星だったので返答に窮していると光枝が続けた。

「あの子が出ていったのは十年くらい前だったかな。それから一度も帰ってきたことはないよ。まあお金だけは送ってきてくれるんだけどね。あの子、元気にしてるかい？　こう見えても母親だからね、私は。多少はあの子のことを心配してるんだ。うちの家系、男運がないんだ。私も離婚してるし、希子《きこ》も二度も結婚に失敗してる。今は近くのスーパーでパートしてるよ」

下の娘――理子には希子という妹がいると履歴書にも書かれていた。光枝は炬燵の上のミカンを手にとって訊いてくる。「食べるかい？」

「結構です」

奥に勉強机が置いてあるのが見え、その上には参考書らしき書籍が載っている。窓の外に揺れる洗濯物の中に男性用の下着が干されているのも見えた。ミカンを一粒、口に放り込みながら光枝が訊いてくる。

「あの子の話を聞きにきたんだろ」

あの子、の意味がわからなかった。理子のことだろうか。それともほかの誰かのことだろうか。するど光枝は今の発言を撤回するかのように言った。

「まあいい。理子のことはわかったよ。東京は遠いし、お見舞いになんて行けないわね。治療費とかはどうなんだい？　まさかうちに請求書が来ることなんてないだろうね」

「それはないと思います」

「そろそろいいかい。買い物に行かないといけないから」

「わかりました。それでは……」

上原が立ち上がろうとしたときだった。外で自転車のブレーキ音が聞こえたかと思うと、玄関の引き戸が開いて一人の少年が中に入ってくる。黒い制服に学帽を被っていて、背格好からして中学生だと思われた。少年は上原に気づいてやや警戒した表情を向けてくる。上原が会釈をすると、少年も学帽をとって頭を下げてきた。坊主頭だった。この子が末の弟だろう。

「どうした？　忘れ物かい」

光枝の言葉に少年はうなずき、奥の勉強机に向かっていく。参考書を数冊手にとり、それをバッグの中に入れて再び上原たちの前を横切り、彼は玄関から外に出ていった。上原は光枝に訊く。

「息子さん、ですか？」

「そうだよ。上の子たちとは年が離れているけどね。塾に通ってるんだよ。大変だよ、最近の子は」

ほんの数秒、顔を見ただけだ。しかしさきほどの少年の顔が脳裏に焼きついて離れなかった。理子の弟に当たるらしい。姉弟だから顔立ちが似通っていて当然だ。しかし少年の顔にはそこにあってはいけないはずの容貌が滲み出ていた。もしや――。

いったん浮かしかけた腰を戻し、上原は正座をした。そして光枝に向かって言う。

「あの子の話を聞かせてください」

光枝は何も言わず、残りのミカンを口の中に放り込んだ。その顔には諦めの色がわずかに浮かんでいた。

「当時はまだ私も結婚してたから、赤尾という名字だったんだ。だからあの子も赤尾理子って名前だった。前の旦那は御殿場にある精密機械の工場に勤めてた。その男の血を継いだのか、理子も割と勉強ができる方だった。だから東京の大学に進学させたのよ」

聖花大学。お金持ちの子が多いと聞いていた大学だったが、近くに寮もあることから仕送りはそれほど多くはなかった。入学して最初のお盆休みに理子は帰省してきたが、その容姿は半年前と比べ格段に垢抜けていた。姉の姿を見た妹の希子が「別人になったみたい」と漏らすほどだった。

「十一月だったかな。突然、あの子が帰ってきた。寮を引き払い、こっちに帰ってきたのよ。自分の部屋に閉じ籠もったきり、あの子はほとんど部屋から出てこなかった。学校には休学届を出したみたいだったね」

東京で何かあったことは明らかだったが、それを追及している余裕が当時の赤尾家にはなかった。旦那の浮気が発覚し、離婚するしないで連日のように夫婦喧嘩が絶えなかったのだ。そしてようやく離婚する方向で話が進み始めた頃、衝撃の事実が発覚する。何と理子が妊娠していることが明らかになったのだ。

「四ヵ月だった。堕胎も可能だと医者は言ったけど、あの子は産むことを選択したの。そして生まれたのがあの子。名前は大輔《だいすけ》。理子はまだ十九歳だったし、とても一人で育児なんて無理だった。話し合った末、大輔は私の子供だということにして育てることにしたの」

医者からもらった書類に手を加え、それを役所に提出した。何か言われないか不安だったが、役所は疑うことなく書類を受理した。

「大輔が生まれて一年後、突然理子が姿を消した。捜索願を出そうかどうか迷っていたら電話がかかってきて、今は東京にいるってあの子は言った」

大輔を育てるためには金がかかる。そのためにはもう一度大学に入り、いい仕事に就く必要がある。仕送りは欠かさないから私のわがままを許してほしい。

「馬鹿なことを言ってないで帰ってきなさい。そう言ったけど無駄だった。一度こうと決めたら絶対に曲げない子だったからね。実際、その翌月から金が送られてきた。学費だってあるのに、どうやって稼いだんだろうね」

仕送りは今も続いている。大輔が小学校に上がる前、仕送りの額が急激に増えた。理子が大学を卒業し、きちんとした仕事に就いた証《あかし》だった。しばらくして手紙が届き、警察官になったことを教えられた。

「まさか警察官になるとは思ってもいなかったけどね。あの子、警察でうまくやってるのかい？あんたは上司なんだろ」

「ええ、まあ」

急に話を振られ、聞き役に回っていた上原はうなずいた。

「娘さんは今は刑事になっています。立派に仕事をしてくれていますよ。ところでお母さん」上原はずっと感じていた疑問を口にする。「息子さん――正確にはお孫さんになるのかもしれませんが、大輔君の父親に心当たりはありますか？」

光枝は即答する。

「ないね。どうせ付き合っていた男に捨てられたとか、そんなところじゃないか」

さきほど大輔の姿を見たとき、彼の顔から連想したのが神野智明だった。熊沢大輔の顔には神野智明の面影が見てとれるのだ。そして光枝の話にもあった通り、理子はわずか八ヵ月間という短い時間だったが、聖花大に籍を置いていた。神野智明も同じ聖花大だ。二学年の差があるが、同じ時期に同じキャンパスに二人がいたのは間違いない事実だった。さらに同時期に日村繭美も聖花大にいたのである。いったい理子の身に何があったのか。神野智明、それから日村繭美の二人には詳しい話を聞く必要がある。

「お孫さんですが、年齢はおいくつですか？」

「十四歳。誰に似たのか頭がいいんだよ。成績も学校で一番らしい。将来は医学部に行きたいって本人も言ってるけど、そこまではどうかね」

収穫は大きい。熊沢理子には十四歳の息子がおり、その息子の父親が神野智明である可能性が浮上した。しかしそれはあくまでも理子の過去に関する話で、伊東で見つかった遺体との繋がりは現時点では一切ない。

きっかけは伊東で発見された女の遺体だ。最初は神野由香里のものだと思われ、妻を殺害したとして夫の神野智明が疑われた。しかし遺体の主は神野由香里ではなく、玉名翠なる別の女性である可能性が浮上した。

事件の中心にいるのは神野智明だ。そして彼の周囲には女たちがいる。妻の神野由香里に愛人の日村繭美。幼馴染みの玉名翠と事件を捜査していた女刑事、熊沢理子。女たちの思惑が複雑に絡まり合い、全体像を見えにくくしている。

出口のないトンネルの中を延々と歩かされているような、そんな気がしていた。果たしてこのトンネルには出口があるのだろうか。俺が思っている以上にこのトンネルは遠くまで、地中深くまで繋がっているのではないだろうか。

「さて、そろそろいいかね。買い物に行かないといけないから」

「長々と居座ってしまって申し訳ありません」

上原は立ち上がった。また足を運ぶ機会もあるかもしれない。靴を履いて外に出る。風が冷たかった。タクシーは帰してしまったので、通りに出てバス停でも探すしかないかもしれない。上原は歩き出した。

※

神野智明は集中治療室の中を覗いた。今朝までここで治療を受けていたはずの熊沢理子の姿がない。

「神野先生、どうしました？」

振り返ると白衣を着た医師の姿がある。ちょうどよかった。彼は理子の処置を担当した内科の医師だ。智明は彼に訊いた。

「あの女性、熊沢さんでしたっけ？　彼女はどこに？」

「お知り合いですか？」

「刑事ですよね。何度か話したことがあるので気になったんです」

「容態が安定してきたので個室に移ってもらいました。もっと早く病院に来ればあそこまで酷くなることはなかったんですが」

熊沢理子は肺炎だったらしい。彼女と会ったのは去年の年末だった。あのときは体調を崩しているようには見えなかったが、あれから風邪をひいてこじらせたのだろう。

「でも気になることが一つ」担当の医師が声を低くして言う。「警察の人から保険証を届けてもらったんですけど、ケースの中に城南医大の診察券が入っていたんです。定期的に通っているようだったので問い合わせてみました。彼女、乳がんのようです」

「本当ですか？」

「ええ。あちらの担当医師と話したから間違いないです。発見が遅かったのか、切除は難しいというのがあちらさんの所見ですね。今は抗がん剤治療を定期的に受けてるって話です」

末期の乳がん患者ということか。年末に彼女と話したときには、そんなことをおくびにも出さなかった。私には怖いものはないと言っていたが、あれは死を受け入れた覚悟だったのか。

「可哀想ですね、まだ若いのに」

そう言い残して医師は廊下を立ち去っていった。一人残された智明は廊下を歩き始めた。

熊沢理子。十四年前の学園祭の夜、半ば強引に関係を持った女だ。まさか刑事になって目の前に現れるとは思ってもいなかった。しかも彼女は刑事という身分にありながら、伊東の海で見つかった遺体――おそらく玉名翠の遺体だと思われるが、彼女の死に何らかの関与をしているらしい。いったいどういうことなのか、智明には皆目見当もつかなかった。

今年に入って伊東署から連絡はない。昨年まであれほど執拗に妻殺害の容疑で疑われていたのが嘘のようだ。世田谷署の上原が指摘していたように、遺体の主が本当に由香里のものなのか、その根底の部分が揺らぎ始めているのかもしれない。

智明はズボンのポケットから一枚の紙片を出した。年末に熊沢理子と会ったとき、彼女から渡された写真だ。写真の裏に『熊沢大輔』という名前が書かれている。将来、この男の子が頼ってきたら、是非とも力になってほしい。それが最後に彼女が出してきた条件だった。何とも曖昧な条件だったが、あのときはそれを受け入れるしかなかった。

年齢の離れた弟のようだ。かなり勉強ができる子で、将来は医学部への進学も視野に入れているという。もしも困ったことがあったら東京にいる神野智明という医者を頼るように。熊沢理子は弟にそう言い含めているらしい。今になって思うと彼女は自分の死期を間近に控え、そのために弟の未来を案じていたような気がしてならない。いや、きっとそうに違いない。

それにしても――。智明は写真に目を落とす。学帽を被った男の子がはにかんでいる。実はずっと気になっていた。似ているのだ。中学生だった頃の自分に。

どうしてこの子には自分の面影があるのだ。思いつく推論は一つだけだが、それを認めてしまうのは怖かった。この子は、俺の血を継いだ子なのか――。

急に息子がいると言われても戸惑うだけだ。絶対に自分からこの子と会うことはないと断言できる。もし向こうから訪ねてきたら、そのときはそのときだ。

「先生、ちょっといいですか？」

背後から呼ばれ、智明は振り向いた。入院病棟担当の医療スタッフが立っている。智明は彼女に訊いた。

「どうかした？」

「昨日から入院している患者さんからナースコールがありました。患部に激しい痛みがあるみたいです」

「わかった。すぐに診よう。カルテを持ってきて」

写真をズボンのポケットに押し込み、智明は廊下を足早に歩き出した。

※

病室に入ると、ベッドの上に横たわっている熊沢理子の姿が見えた。瞼を閉じており、眠っているようにも見える。すでに面会時刻は過ぎているが、無理を言って入れてもらったのだ。

「ありがとうございました」

突然聞こえた声に上原は思わず飛び上がりそうになる。眠っていたと思っていたが、どうやら起きていたらしい。理子が目を開いてこちらを見ていた。顔がやけに青白い。

「起きていたのか？」

「ええ。ありがとうございました」理子がもう一度礼を言いながら体を起こす。「担いで階段を下りてくださったんでしょう。私、重かったですよね」

捜査中はプライベートな話をしたこともほとんどなく、元来大人しい性格の子だと思っていた。しかし今、彼女は普段とは違う別の人格のような気がした。戸惑いを覚えつつも彼女に言う。

「随分回復したようだな。何よりだ」

「そうですね。今後は気をつけます」

さきほど担当医から聞いた話だが、熊沢理子は末期の乳がんらしい。切除は難しいと別の担当医は言っているようだ。それはつまり、手の施しようがないという意味なのかもしれない。

「体のことは聞いた。何ていうか、俺にはかける言葉が見つからない」

同情はするが、それとこれとは話が別だ。上原は単刀直入に訊いた。

「お前が玉名翠を殺したのか？」

理子は答えなかった。無表情なまま上原の顔を見上げている。上原は続けた。

「伊東で見つかった遺体は神野由香里のものではない。残念ながら証拠はないが、おそらく間違っていないはずだ。じゃあ死んだのは誰なのか。神野由香里の近所の住人、玉名翠だ。周囲には海外に行くと話していたそうだが、彼女には出国した形跡はない」

「さすがです。よくお調べになりましたね」あくまでも他人事といった物言いで理子が言う。「でも上原さん、考えてみてください。もう神野由香里は死んだことになってるじゃないですか。今さら蒸し返してもどうにもなりませんよ」

たしかに遺体の主は神野由香里ということになっており、そこに疑問を持っているのは自分のほかには伊東署の脇谷くらいだ。しかし玉名翠という女性が失踪しているのは紛れもない事実だった。それに沼津市内の理子の実家で聞いた話で確信を強めた。あの熊沢大輔という少年の顔は今も上原の脳裏に焼きついている。

「今、沼津から帰ってきたばかりなんだ」

上原がそう切り出すと、理子がはっとした表情を見せた。それは初めて彼女が見せる感情の表出だった。

「お前のことをいろいろ聞いた。十九歳のときに産んだ男の子のこともな。彼を見かけたよ。頭のよさそうな子だった。名前は大輔君、だったかな。随分長い間会ってないようじゃないか」

理子は口を真一文字に結んでいた。その手は布団のシーツをギュッと握っている。

「あくまでも俺の印象だが、彼にはある男の面影が見てとれた。神野由香里の旦那、神野智明だ。

皮肉にも彼はこの病院で働いている。君が八ヵ月だけ通っていた聖花大の医学部卒だ。あの大輔という少年の父親は……」

「私は何も喋りませんよ」上原の言葉を遮るように理子が言った。「絶対に喋りませんから。どんな証拠を突きつけられても必ず黙秘を貫き通す覚悟があります。死ぬまで絶対に喋りません」

その迫力に押された。死ぬまで喋らない。それが比喩でも何でもなく、末期の乳がんと宣告された彼女の覚悟だと伝わってきた。それでも上原は彼女に対して質問を重ねる。

「何があった？　お前と神野智明との間にだ。それに妻の由香里、そして日村繭美。玉名翠をどうやって殺した？　神野由香里も共犯なのか？」

あの晩、神野由香里は伊東市内にいた。もし玉名翠が殺害されたのであれば、その犯行に加担していたと考えるのは必然だ。いや、理子なら誰の手も借りずに一人でやり遂げるかもしれない。崖の上から気を失った女の体を突き落とす理子の姿が脳裏に浮かぶようだった。

「彼女はやってませんよ」

嘲笑《あざわら》うように理子が言った。それを受けて上原は言う。

「ということは、お前が……」

「上原さん、よく考えてみてください」理子が言葉を被せてくる。「あの遺体はもう燃やされちゃったんです。神野由香里は死んだことになってるんですよ。当然、死亡届も受理されてますし、葬式だって終わってる。それを覆すことなんて不可能なんです」

それを言われると何も反論できないのが悔しかった。

「将来的にはお骨で遺伝子を鑑定できる未来があるかもしれない。でも現時点ではそれは無理。

あの遺体が神野由香里ではないと科学的に判断するのは不可能なんです。上原さん、私は絶対に逃げ切ってみせます」

「逃げ切るってお前、やはり……」

何が彼女をここまで突き動かしているのか、その動機がわからなかった。なぜ理子は玉名翠を殺害したのか。

そのとき、唐突に頭に浮かんだ。この事件は単純に金目当ての犯行ではなかろうか。死んだ玉名翠は親の資産を相続し、裕福な暮らしを送っていたという。沼津で会った少年の顔を思い出す。末期のがんと診断された母親は、息子に対して何か遺してあげられないかと思案する。そして玉名翠の資産に目をつけた。

そもそも今回の事件、不確定な要素が多すぎるのだ。伊東沖でたまたま漁船が遺体を引き揚げたのだが、遺体が見つからない可能性もあったわけだ。さらに言えば遺体が綺麗な状態のまま見つかる可能性さえあった。その場合、彼女たちの工作は意味をなさない。しかしそれでいいのだ。わずかな時間——玉名翠に成り代わって金融機関から金を引き出す時間だけあれば、目的は達するのだから。もしかすると息子が成人したら金を渡せるよう、すでに何かしらの手段を講じたのかもしれない。いや、きっと何らかの手を打ったはずだ。

「わかったぞ。金だな。金を息子に……」

理子の顔から余裕の色が消えた。彼女はかけていた布団を下に落とし、床に足を下ろした。懸命に立ち上がろうとしているのだった。すっかり体力が落ちているのか、足元は覚束ないし、背中も小刻みに震えている。思わず上原は理子の肩に手を置いて彼女の体を支えたが、その手を振り払うようにして理子が言う。

「出てってください。ここから出てって」

そう言って理子が両手を上原の胸に押し当ててくる。非力だったが、上原は後退するしかなかった。そのときだった。背後に人の気配を感じた。夜勤のナースが騒ぎを聞きつけたのかと思ったが、振り返るとそこに立っていたのは意外な人物だった。

「署長……」

世田谷署の署長、坂口だった。茶色いズボンに黒のトレーナーというラフな服装だった。まさかこんなところで遭遇するとは思っていなかったのか、坂口はやや狼狽気味に言った。

「上原君、こんな時間にどうして……」

「あ、いえ……」

何と答えたらいいのかわからない。理子は顔を背けて俯いている。坂口がとり繕うように言った。

「私はお見舞いに来たんだ。署員が入院していたらお見舞いに行くのは当然だろ」

気まずい空気が流れている。坂口の困惑気味の表情から上原は察する。そういうことか。おそらくこの二人はそういう関係なのだ。だからこうして人目を忍んで夜の病室に訪れたというわけだろう。彼女が刑事課に配属になったのも、おそらく――。

「失礼します」

ここは立ち去るべきだ。そう判断して上原は病室をあとにした。すると坂口も廊下に出てきて上原と目を合わせずに早口で言った。

「ここで会ったことは内密にな」

「わかりました」

上原は小さく頭を下げてから廊下を歩き出した。さきほど病室で見た、必死の形相で上原の胸を押してくる熊沢理子の顔が瞼の裏側によぎる。そして次に上原が思い浮かべたのは伊東で出会ったガソリンスタンドの店員だ。彼に偽証を強要させたのも彼女に違いない。

思えば女ばかりだ。熊沢理子、神野由香里。日村繭美に玉名翠。まったく女というのは理解できない生き物だ。いつも男を惑わせ、それを楽しんでいるようでもあり、それでいて時には命を張って何かを守ったりする。不思議な存在だ。

エレベーターの前に立った。ちょうど窓が見え、その向こうは夜の闇に包まれている。この一連の事件もこのまま闇に埋もれてしまうのではないか。上原は漠然とそう思った。

※

「多恵ちゃん、瓶ビール一本。あとイカの塩辛もお願い」

「まったくもう。私、この店の従業員じゃないんですから」

そう言いつつも平井多恵は立ち上がり、冷蔵庫から瓶ビールを出してカウンターに座る常連客の前に置いた。ドライブインたなかの店内だ。富乃屋の仕事が終わったら、ここに立ち寄るのが最近の習慣になっていた。健太は厨房で煙草をふかしていた。自分が吐き出した煙草の煙が換気扇に吸い込まれていくのを飽くことなく見上げている。

去年の暮れから健太と付き合い始めた。そうはいっても年末年始は富乃屋の予約が一杯のため忙しく、二人で出かけたのは初詣くらいだ。それでもこうして毎日のようにドライブインたなかに立ち寄り、健太とカウンター越しに話をするのが日課のようになっている。

「健ちゃん、イカの塩辛」

「おお、悪い悪い」

煙草を灰皿で揉み消してから、健太は冷蔵庫からイカの塩辛を出し、それを小鉢に盛った。

「はい」と健太から渡された小鉢を受けとり、それをカウンターの常連客の前に置く。

「お待たせしました。イカの塩辛です」

「ありがとね。それにしても多恵ちゃんはいい奥さんになるな。これでこの店も安泰だよ」

ちらりと厨房の中を見ると、まるで今の言葉が耳に入っていないかのように健太はそっぽを向いている。彼とは同級生なので、二人とも今年で三十一歳になる。結婚を意識しない年齢ではないし、彼もそれなりに真面目に考えてくれていると思うが、多恵は一度結婚に失敗しているので、ここは慎重になってもいいかなと思っている。

「でも実感湧かないよな。明日からどうなっちまうんだろ」

「何も変わらねえよ。嫁っこの顔が変わるわけでもないんだし」

「ははっ、そりゃそうだな」

客たちの会話を聞き流し、多恵はコップのビールを飲み干した。今、店内にはカウンターに二人の常連客が座っているだけだ。時刻は午後九時を過ぎている。そろそろ帰ろうかと思っていた矢先、店のドアが開いた。一人の女性客が店内に入ってくる。その顔を一目見た瞬間、思わず多恵は下を向いていた。どうして、この人が——。

「いらっしゃい。お好きな席にどうぞ」

女性客は一番奥のテーブル席に座ったようだ。健太が彼女のもとにお冷やを運ぶ。「オムライスを」という女性の声が聞こえた。自分の心臓が音を立てているのがわかる。多恵はゆっくりと立ち上がり、息を潜めて厨房の中に入った。戻ってきた健太に向かって小声で言う。

「健ちゃん、あの女のお客さん……」

「何だよ、多恵。聞こえないよ」

「いいから」と健太のシャツを引っ張り、彼を座らせた。そして彼の耳元で言う。「あのときの人よ。先月、崖から飛び降りた人。私、見憶えあるもん」

「何言ってんだよ、多恵」

「健ちゃんだって見たはずよ。飛び降りる前にこの店に寄ったんでしょ」

ようやく健太は多恵の言いたいことに気づいたらしい。少し顔を上げて女の方に目を向ける。彼女はこちらに背を向けて座っていた。

「本当かよ」

「間違いない。私、旅館で何度も話したから自信ある」

「他人の空似じゃないか。だって死んだはずじゃ……」

「声が大きいって」多恵は手を伸ばして健太の口を塞ぐ。「健ちゃん、テレビの音を大きくして。私、警察に電話してみる」

「警察って、何で……」

「いいからお願い。音大きくしたらオムライス作って」

健太がリモコンを使ってテレビの音量を上げた。多恵は厨房内にある電話機に向かった。一〇四で番号を教えてもらい、すぐに伊東署に電話をかけた。幸いなことに脇谷という刑事は在席していた。大きく深呼吸をしてから多恵は小声で説明する。先月、飛び降りたはずの女性が店に来ていると。

「通報を感謝します。今すぐ向かいます」

脇谷はあまり驚いていない感じだった。どうしてだろうか。死んだはずの人間が店にやってきて、オムライスを注文しているのだ。健太がまな板の上でタマネギをみじん切りにしながら女性客の方をちらちらと見ていた。後ろから近づき、健太の耳元で言う。

「あんまり見ないで。怪しまれるわよ」

「だってさ……」

テレビではニュース番組が流れている。今日はどのチャンネルも特別番組が組まれていた。眼鏡をかけた官房長官が『平成』と書かれた額を掲げるシーンが映っていた。この映像は夕方からしつこいくらいに繰り返し流れている。これから先、ことあるごとにこの映像が流れるに違いなかった。この小渕《おぶち》という官房長官は将来偉くなるんじゃないかしら。そう思ってしまうほどだ。

今日はまさに歴史的な一日である。

今朝早く、昭和天皇が崩御され、日本全土が暗い空気に包まれた。そんなどんよりとした重苦しい雰囲気の中、午後になって新しい元号が発表されたのだ。新しい元号は、平成だ。

「平成って、何かしっくりこないよな」

「そのうち慣れるだろ。あと一人作ろっかな。そしたらその子、平成生まれだろ」

「だったらこんなとこで飲んでないで早く帰れよ」

カウンターの常連客の会話が耳を素通りしていく。健太がフライパンを火にかけたらしく、バターでタマネギを炒める匂いが漂ってくる。多恵は柱の陰から顔を出し、奥のテーブル席に座る女性客を覗き見た。

ジーンズに黒いセーターという地味な格好だ。宿帳に記載された名前は遠藤由香里だった。なぜ自殺したはずの彼女がここにいるのか。どれだけ考えてもわからなかったが、もし本当に彼女であるなら、自殺を偽装するほどの逼迫した理由があったということだ。

女性が手を伸ばし、コップの水を少しだけ飲む。それを見て、多恵はふと思う。彼女にとって――いや、私たち女にとって、新しい平成という世の中は、果たしてどんな時代になるのだろうか。

本書は書き下ろしです。

装幀　水戸部功

〈著者紹介〉
横関大　1975年静岡県生まれ。武蔵大学人文学部卒業。2010年『再会』(「再会のタイムカプセル」を改題)で第56回江戸川乱歩賞を受賞しデビュー。著書に『グッバイ・ヒーロー』『チェインギャングは忘れない』『偽りのシスター』『沈黙のエール』『K2　池袋署刑事課神崎・黒木』『スマイルメイカー』『マシュマロ・ナイン』『仮面の君に告ぐ』『いのちの人形』、ドラマ化された『ルパンの娘』や、同シリーズの『ルパンの帰還』『ホームズの娘』などがある。

彼女たちの犯罪
2019年10月10日　第1刷発行

著　者　横関 大
発行者　見城 徹

GENTOSHA

発行所　株式会社 幻冬舎
〒151-0051 東京都渋谷区千駄ヶ谷4-9-7

電話:03(5411)6211(編集)
03(5411)6222(営業)
振替:00120-8-767643
印刷・製本所:株式会社 光邦

検印廃止

ISBN978-4-344-03524-9 C0093
幻冬舎ホームページアドレス　https://www.gentosha.co.jp/

この本に関するご意見・ご感想をメールでお寄せいただく場合は、comment@gentosha.co.jpまで。